中国古典
之门丛书

古人吟佳节

——节令诗三百首

GUREN YIN JIAJIE

姜　云◎选注

语文出版社

·北京·

图书在版编目（ＣＩＰ）数据

古人吟佳节：节令诗三百首 / 姜云选注. -- 北京：
语文出版社，2017.7（2023.2重印）
（中国古典之门丛书）
ISBN 978-7-5187-0348-7

Ⅰ．①古… Ⅱ．①姜… Ⅲ．①古典诗歌－诗集－中国
Ⅳ．①I222.72

中国版本图书馆CIP数据核字(2016)第112730号

责任编辑	谢　惠
装帧设计	梁　明
出　　版	语文出版社
地　　址	北京市东城区朝阳门内南小街51号　　100010
电子信箱	ywcbsywp@163.com
排　　版	北京杰瑞腾达科技发展有限公司
印刷装订	保定市正大印刷有限公司
发　　行	语文出版社　新华书店经销
规　　格	787mm×1092mm
开　　本	1／16
印　　张	24.75
字　　数	298千字
版　　次	2017年7月第1版
印　　次	2023年2月第3次印刷
印　　数	4,001-14,000
定　　价	42.00元

📞 010-65253954（咨询）010-65251033（购书）010-65250075（印装质量）

古人吟佳節

啓功題

序：节令诗让互联网时代的中国人更能感受传统的温情

十年砍柴

《古人吟佳节》由语文出版社首次出版，迄今已近卅载岁月。

相比四千余年的中国诗歌史，三十年只是电光火石的一瞬间。但就传播形态而言，这三十年可谓一日千里，信息技术发展之迅猛，超过以前数千年。

以古诗词的选注、出版、传播为例，在《古人吟佳节》出版时的20世纪80年代末，青少年还停留在用钢笔将喜欢的诗句抄录在小本本上的状态，和古代的读书人并没什么区别。在那时，如记忆力不逮要引用或查询一两句诗词，那可得费时费劲埋头于图书馆翻检典籍，如大海捞针一般。姜云先生以一己之力，撷录中国古人吟诵节日的代表性诗篇，按时序一一选注，是一项惠及读者的功德。如其大学时代的同窗、曾任上海古籍出版社副总编辑的汪贤度所言：

> 选择节令诗中有可观者汇成一集，既可供古典诗歌的爱好者阅读欣赏，也可为民俗学的研究者提供比较系统集中的资料，这项工作无疑是有意义的。

可以想见，当时姜云先生独坐书斋，孜孜不倦地于浩瀚的诗歌海洋中一首首选取吟诵节令的古诗，是多么的艰辛。而今，姜云先生已作古有年，中国从文明传播的纸张时代一下子就进入到了互联网时代。今天中国的移动互联网发展水平处在世界前列，差不多六亿人手持智能手机，如果想查询一首有关节令的古诗词，只要在搜索引擎中输入关键词，手指轻轻一点，几秒钟就会在屏幕上涌现出海量的信息。——当然，其中大多数是重复的。

那么，在这个时代，姜云先生三十年前的古诗选注工作还有没有意义？这样的诗集修订再版还有没有价值？

当语文出版社的编辑在确定再版此书的选题时，曾征求过我的意见，并讨论了这个问题。乍看起来，一网打尽世上万物的互联网时代有了搜索引擎，此类分门别类的诗歌集子似乎没多少用处了，就如有人说的"任谁博闻强记也不如一个智能手机在手"。

但我以为这种结论过于武断，经不起推敲。科技在发展，人们写作文章多用电脑输入，但一个人在小学阶段的书写训练不但没有过时，反而更受到重视。——因为书写对熟悉汉字笔顺、对汉字之美的体会，是电脑输入永远不能替代的。没有一定知识积累的人，即便有互联网在，他也只能找到与其浅陋的知识结构所匹配的信息。且以搜索古诗词为例，如果一个人没有对中国古代的诗词有起码的了解，没有读过或背过一些诗，对历代诗人的生平与代表作几无了解，也就是说他连"关键词"都不掌握，那么互联网中丰富的古诗词信息对他又有什么意义呢？他只能如盲人一般站立在旖旎的风光之中。

基于这样的认知与判断，基于对互联网时代古诗词学习的一点了解，我认为姜云先生的《古人吟佳节》在今天不但没有过时，反而更具推广的价值。

几年前，以互联网为平台，中国人的写作进入到自媒体时代。每个人都可以发声，无论是博学鸿儒，还是后学少年，只要自己愿意，就可以在互联网上开设微博、微信公号，然后在自己的一方天地中记述所思所想，转载前人的诗文以表达个人的情感。我发现，爱好中国古诗词和传统文化的人很多。在没有自媒体之前，他们因为职业与传统文化并没有太多的关联，或为生计所累，也因为没有合适的平台，这群数目庞大的古代文化特别是古诗词爱好者，只能旁观而不能参与其中，他们对古诗词的热情没有被激活。

而今情形完全不一样了，有了互联网带来的自媒体平台，无数的华人对中国传统文化的热情被点燃了，他们出于纯粹的爱好，以各种姿态参与到对古代文化特别是古诗词的学习和推广之中。我们以节庆为例，每到中国一个传统的节日来到，如春节、元宵、清明、端午等，互联网上的微博、微信公号、门户网站必定会涌出无数与该节日有关的文章，而古人吟诵那个节日的诗词也一再被引用。

但令人遗憾的是，这种对节令诗的引用，多是借助于搜索引擎，而网上搜出来的信息往往重复、碎片化，错讹处甚多，于古代传统文化只是传言。因为互联网的信息不是凭空生出来的，必须是一个个活生生的人将已有的信息传到网上来供人查找，而古诗词因为时代久远、版本众多，许多版本是繁体字记载，不同的人由于知识结构和对古代文化的理解不同，上传到网上的节令诗显得很庞杂，不少更是以讹传讹。而一首首产生于不同时代的节令诗，搜索出来则以碎片化的形式呈现在读者的眼前，节令诗背后丰富的文化背景往往被忽略，或没有得到较为完整和恰当的解读。

姜云先生选注的这本诗集，弥补了这些不足。这本集子不但系统地、全面地搜集了中国从元日到除夕等最具代表性的节令诗，还从传统民俗和中国人审美观、生死观的角度来解读这些诗。读完这些节令诗，我想许多人可能和我有类似的感受：中国人怎么过节最能体现中国人的生活态度。寒来暑往，花开花谢，中国人迎来一个又一个节日，这些节日的风俗、礼仪充分体现了中华早熟的农耕文明的内核：重视人与自然、人与人之间的和谐关系，天人合一的思想在中国古代的节令诗中尤其得到体现。如《古人吟佳节》收录的第一首诗孟浩然的《田家元日》，最后四句是：

桑野就耕父，荷锄随牧童。
田家占气候，共说此年丰。

大年初一，中国的农人在过节时所祈盼的是风调雨顺、五谷丰登，希望以自己的劳作来换取大自然丰厚的回报。在人们耳熟能详的王维的《九月九日忆山东兄弟》里，独在异乡的诗人为什么"每逢佳节倍思亲"呢？为什么遥想家乡的兄弟遍插茱萸登高望远呢？因为节日是中国人生活哲学的集中和浓缩的体现。过节时，人们有余暇聚在一起欣赏自然之美，享受人伦之乐。

我相信，二十八年前初版的《古人吟佳节》在今天的互联网时代再版，更能发出其灼灼之光，让读者体察、感受到中国传统的温情。但让人伤感的是，姜云先生看不到这一切了。

2017年7月于北京

初 版 前 言

汪贤度

　　中国是诗歌的王国，流传至今的诗歌不下数十万首，这样一笔巨大的文学遗产，值得我们很好地去发掘研究。但是诗薮浩瀚，其中不免良莠不齐、精粗杂陈，除非是特殊需要或专门研究，一般爱好古典文学的读者是没有必要也不大可能把从《诗经》到晚清的全部诗篇从头到尾浏览一遍的。为了适应不同读者对象的不同需要，各式各样的选本就应运而生。就选取的角度而言，有的断限于一朝一代，有的贯穿于上下古今；有的据某一流派而别择，有的视个别作家而选录；有的以专题命名，有的从体裁分类，取舍迥异，各具千秋。自古迄今选本之多难以具列，单就近几年各地已出版的古诗选本来看，已是林林总总，蔚为大观。可以想见，随着人们对传统文化的日益重视和研究的不断深入，将会有更多的古诗选本不断问世。

　　姜云先生编撰的《古人吟佳节》属于专题选本，它的出版给专题诗选补充了一个新的品种，给百花争艳的古诗选注园地增添了一束绚丽的鲜花。

　　我国有悠久的历史和灿烂的文化，多姿多彩的节令风俗也是这伟大文明的组成部分。它也曾给终年处于苦难境地的劳动人民带来过短暂的欢乐和快慰，所以人民群众历来对传统的节令风俗比较重视。每当春秋佳日、逢年过节，人们或阖家欢聚，或邀伴结伙，进行种种祭祖思亲、宴请娱乐、体育竞赛等活动，如正月十五闹元宵，五月端阳赛龙舟，清明踏青扫墓，重阳赏菊登高，七夕乞巧，中秋赏月，除夕守岁等有益身心的活动，千百年来世代相沿，直到今天仍为广大群众所喜闻乐见而盛行不衰。频繁的节日，丰富多彩的娱乐活动，既是人们生活中不能缺少的内容，自然也成为诗人吟咏的题材之一。纵观上下数千年的古典诗歌，涉及节令风俗的篇什不可胜计，诗人们具体描述各有关节令的风俗习尚，形象地表现了当时广大群众欢度节日的生动场面；而更多的则是触景生情、有感而发，寄寓了作者彼时彼地的思想感情。在众多的节令诗中，有一些脍炙人口的名篇佳作，如王维的"独在异乡为异客，每逢佳节倍思亲。遥知兄弟登高处，遍插茱萸少一人"（《九月九日忆山东兄弟》），杜牧的"清明时节雨纷纷，路上行人欲断魂。借问酒家何处有，牧童遥指杏花村"（《清明》），清代诗人黄景仁的"千家笑语漏迟迟，忧患潜从物外知。悄立市桥人不识，一星如月看多时"（《癸巳除夕偶成》）等诗篇，可以说家喻户晓、妇孺皆知，千百年来一直被人们传诵。所以，选择节令诗中有可观者汇成一集，既可供古典诗歌的爱好者阅读欣赏，也可为民俗学的研究者提供比较系统集中的资料，这项工作无疑是有意义的。

这本《古人吟佳节》是从汉代至清代的大量诗歌中选取有关歌咏节令的诗篇编成，收诗凡三百首，按元日、立春、清明等十一个节令分类归属。对每一个节令都作了源流演变、风俗习尚的探讨和介绍；对每首诗除作出简明扼要的注释以外，还附有一段言简意赅的赏析，从作品的思想和艺术两方面进行了精到的剖析，对读者更深入地理解作品有很大帮助。

三十多年以前，我和姜云先生是北京大学的同窗，岁月如流，如今彼此都已两鬓添霜了。这次承他不弃，嘱我为《古人吟佳节》一书写序，自忖不克当此大任，但再三推辞不掉，只得勉为其难草成这一段文字，聊充读后感想而已。

1987年4月于上海

目　录

立春

元宵

寒食

清明

端午

七夕

中秋

重阳

腊日

除夕

元日

元日，在古代又称元旦、元正、元辰、正日。俗称新年、年初一、大年初一，是我国旧历一年中第一个传统佳节。传说在尧舜时代就有庆祝岁首的习俗，"一岁节序，此为之首"（《梦粱录》），故历来为人民群众所重视。

元日的民俗，因时代先后、地区差别等原因，并不尽相同。大致说来有如下习俗：

首先是放爆竹、挂桃符、饮桃汤。这类风俗源于古人驱鬼辟邪，希望在新的一年里平安、幸福。如爆竹，古人云："鸡鸣而起，先于庭前爆竹，以辟山臊（一种怪兽）、恶鬼。"（《荆楚岁时记》）爆竹，最早是烧竹筒，因竹子发出爆裂的响声，故称"爆竹"。宋代以后，逐渐演变为由爆仗用多层纸紧裹火药所代替。桃符是在两扇大门上挂的桃木板，上绘神荼（在左）、郁垒（在右）二神的像，以镇邪除鬼。传说二神手执苇索，专捉恶鬼，或杀或喂虎，是为人类除害的吉神。后来，逐渐简化为在桃板上写二神的名字，再变为在桃板上画披甲执兵（器）的武将，终于变为今天习见的在大门上贴春联的风俗。古人之所以用桃木画神像，是因为传说鬼怕桃木。饮桃汤，是以桃树枝叶煮汤。古人迷信，认为饮了可驱鬼。唐人饮屠苏酒、吃胶牙饧（用麦芽等做的饴糖），是由饮桃汤演变而来的。其次是饮椒酒、柏叶酒（用柏叶浸泡的酒），吃五辛盘（五辛，指五种有辛辣味的菜，如葱、蒜、韭、芸苔、胡荽）。这些习俗，反映了古人辟疫除病、互祝健康长寿和迎新的意愿。

古人在元日还要依长幼次序祭祖，向长辈拜寿贺年。饮酒的次序则是年少者先饮（贺其添岁、成长），年长者后饮（望其延寿）。这些风俗体现了我国人民敬老、爱幼的传统美德，以及合家团聚和睦的良好愿望。

节气上的"立春"也往往在元日后不久，元日又意味着新春之始，所以中华人民共和国成立后将农历元日定为春节，并成为法定的假日。春节期间，海内外炎黄子孙，千门万户，亲人团聚，互贺新年，洋溢着一派节日气氛。这一风俗还流传到东南亚、越南、日本、朝鲜，成为这些国家的传统习俗。

田 家 元 日

［唐］孟浩然

昨夜斗回北^①，今朝岁起东^②。

我年已强仕^③，无禄尚忧农。

桑野就耕父^④，荷锄随牧童。

田家占气候，共说此年丰。

【作者】

　　孟浩然（689—740），襄阳（今湖北襄樊）人。少隐居鹿门山，四十岁应举不第。李白、张九龄、王维对他很赞赏。张九龄镇荆州，署为从事。开元末年，病背疽卒。孟浩然诗作长于写景，以山水风光为多，尤工五言，风格清淡自然，为唐代田园山水诗派重要诗人，与王维齐名，并称"王孟"。有诗集三卷传于世。

【注释】

　　①斗：北斗七星，四星象斗，三星象杓（柄）。回北：指向北。《鹖冠子·环流》："斗柄北指，天下皆冬。"此句意思是，昨夜（除夕）还是冬天。

　　②东：指斗柄指向东。《鹖冠子·环流》："斗柄东指，天下皆春。"此句意思是，今年大年初一起来已经是新春了。

　　③强仕：古人认为，"四十曰强而仕"（《礼记·曲礼》上）。意思是，男子年四十，智虑体力正强盛，可以出仕。后遂以"强仕"为四十岁的代称。

④就：靠近，紧挨在一起。

【简析】

　　与通常的元日诗写新年欢乐、游宦思乡不同，这首诗以白描手法勾勒了一幅春节农忙图。耕父、牧童及诗人自己为丰年预兆而由衷高兴。风格朴素、自然，清新可喜，很像陶渊明的诗风。

新　年　作

［唐］刘长卿

乡心新岁切①，天畔独潸然②。

老至居人下，春归在客先。

岭猿同旦暮，江柳共风烟③。

已似长沙傅④，从今又几年⑤。

【作者】

　　刘长卿（726？—786？），字文房。河间县（今属河北）人，一作宣城（今属安徽）人。天宝中进士，官监察御史。因性情耿直开罪权贵，一度被诬下狱。不久，被贬潘州南巴（今广东茂名）尉。官终随州（今湖北随县）刺史，世称刘随州。其诗多反映仕途坎坷、社会离乱之作。工五言，长写景，时称"五言长城"。有《刘随州诗集》。

①切：急迫。

②潸然：流泪貌。

③风烟：风尘。比喻纷扰、艰辛的世俗生活。

④长沙傅：汉代贾谊为大臣忌谤，贬为长沙王太傅，故称"长沙傅"。

⑤"从今"句：指被贬生活不知又要度过多长时间。

【简析】

　　新春佳节，家人团聚，其乐融融，而诗人却海角天涯，客居他乡，自然倍感寂寞，乡思绵绵而潸然泪下了。但诗人的笔锋没有就此止步，而导引着人们的思绪拾级而上。"老至居人下"，一个"老"字平添了孤独的悲哀，而顾况又"居人下"，点出了贬官异地、寄人篱下的苦况。步步深入，多层次地剖析了诗人痛感时光流逝，归心似箭的沉重心情。最后四句以具体形象描绘了诗人与山猿、江柳同度岁月的寂寞、凄凉生活，委婉地发出了对权贵、奸佞小人的控诉。全诗如山间呜咽的流泉，曲折而下，婉转动人。

岁　日　作①

[唐]顾　况

不觉老将春共至②，更悲携手几人全③。

还丹寂寞羞明镜④，手把屠苏让少年⑤。

【作者】

顾况（？—806），字逋翁，晚年自号悲翁。苏州海盐（今浙江海盐）人。至德二年（757）进士，曾任著作佐郎。因以作诗嘲讽当朝权贵，被贬饶州司户参军。后结庐茅山，自号华阳真逸，隐居以终。顾况诗多同情人民，愤世嫉俗，语言平易通俗，风格朴实。原有文集已散佚，明人辑为《华阳集》。

【注释】

①岁日：岁首之日，即元日。

②将：追随。

③携手：指相知好友。

④还丹：道家炼丹之术。道家炼金丹，以九转（循环反复烧炼）为贵。以九转丹再炼，化为还丹，据传服之可白日升天。这里代指诗人隐居养性的生活。 羞明镜：羞于照镜子。喻指年老，容颜已衰。

⑤屠苏：酒名，以屠苏草浸制而成。在正月初一饮屠苏酒，传说可防瘟疫。 让少年：古俗，元日饮酒，年少者添岁故先饮。让，指由少年人先饮。

【简析】

诗人晚年隐居茅山时作。新春佳节到了，但对已届晚年的诗人来说，却意味着又向老境迈进了一步。年华流逝，隐居寂寞，诗人流露出几缕悲凉愁绪。"手把屠苏让少年"一句，山回路转，奇峰突起，意蕴丰富，弦外之音绕梁：自己老矣，祝愿年轻人如同春光，前程似锦，希望无限。于是，淡淡的愁思转化为热情的鼓励和殷切的期望。

元 日 感 怀

[唐] 刘禹锡

振蛰春潜至①，湘南人未归②。

身加一日长③，心觉去年非④。

燎火委虚烬⑤，儿童炫彩衣⑥。

异乡无旧识，车马到门稀。

【作者】

刘禹锡（772—842），字梦得。彭城（今江苏徐州）人，一说洛阳（今属洛阳）人。贞元九年（793）进士，后任监察御史。永贞元年（805），刘禹锡参加以王叔文为首的政治革新运动，改革失败后刘被贬为朗州（今湖南常德）司马。一度召还，因作诗讥刺权贵，再出为连、夔、和、苏、汝、同等州刺史。后裴度力荐，任检校礼部尚书兼太子宾客，世称刘宾客。在洛阳时，常与白居易唱和，时称"刘白"。刘诗刚健清新，活泼明快。有《刘宾客集》传世。

【注释】

①振蛰：冬天潜伏的昆虫开始活动。潜：悄悄地。

②"湘南"句：以屈原之遭遇喻自己被贬难归。屈原，楚顷襄王时遭谗被流放在湘、沅流域，后于五月初五投汨罗江（湘阴县境）而死。湘阴在湘水之南，故称"湘南"。

③一日长：指从旧年除夕到新年元旦，过了这一天年龄便增长了一岁。

④去年：泛指以往，非实指。非：缺点，错误。刘禹锡被贬后，仕途的险恶和改革之艰难都可能出乎他的预料，事后不免感到自己的天真、幼稚，故发此感慨。

⑤燎火：燎祭之火。古俗，除夕日要焚柴祭祀天地。委：弃置。虚烬：木柴焚烧后的余烬。

⑥炫：夸耀。

【简析】

刘禹锡在永贞元年被贬为郎州司马，到元和十年（815）才离开。此诗即作于朗州任上。春天悄悄地来了，小小的昆虫也抖擞精神活跃起来。反顾自己，却似当年屈原之被谗放逐，有家难归。随着年岁的增长，更觉察往昔自己的天真幼稚。异乡度岁，旧朋星散，门庭冷落，这已经够凄冷了。诗人又以儿童过年时无忧无虑的欢乐、嬉戏作衬托，更深一步显示自己的抑郁和寂寞。透过诗歌表面语气的平缓、冷静，我们能感受到诗人灵魂的颤动、不平。

庾楼新岁①

［唐］白居易

岁时销旅貌②，风景触乡愁。

牢落江湖意③，新年上庾楼。

【作者】

白居易（772—846），字乐天。祖籍太原（今属山西），曾祖父时迁居下邽（今陕西渭南）。少年时，避乱江南。贞元十六年（800）进士，授秘书省校书郎。元和初，任翰林学士，迁左拾遗。后因上表请严辑杀害宰相武元衡的凶手得罪权贵，贬为江州（今江西九江）司马，累迁忠、杭、苏三州刺史。诏还，以太子宾客分司东都（洛阳），后即定居此地。又授太子少傅，以刑部尚书致仕。晚年因居洛阳香山，又号香山居士。

白居易诗平易通俗，深入浅出，妇孺皆知，流传极广。白居易与元稹并称"元白"，与刘禹锡并称"刘白"。著有《白氏长庆集》。

【注释】

①庾楼：指庾公楼。晋庾亮因功都督江、荆等州，镇武昌，曾与僚佐登南楼赏月。江州州治移浔阳后，好事者遂在此建楼，名庾公楼。

②岁时：年节。　销：消除。　旅貌：客居在外劳苦愁闷之貌。

③牢落：孤寂。　江湖意：在异乡引起的惆怅愁绪。

【简析】

元和十年至十三年（815—818），白居易任江州司马。此诗即作于江州司马任上。新年来了，诗人客居他乡的愁思也暂时驱散了。但是愁容刚刚消散，眼前的风光又触发了诗人新的乡愁。白居易不愧为大家，开篇就一唱三迭，曲折有致，由登楼联想到此楼历史上的主人，想起他出奔浔阳的史实，这和自己的贬逐江州又何其相似。于是抚今思昔生发出了很深的感慨，而这种孤寂感是一位正直诗人不为环境所容而产生的时代苦闷。

元 日 田 家

［唐］薛 逢

南村晴雪北村梅，树里茅檐晓尽开。

蛮榼出门儿妇去^①，乌龙迎路女郎来^②。

相逢但祝新正寿^③，对举那愁暮景催。

长笑士林因宦别^④，一官轻是十年回^⑤。

【作者】

薛逢，字陶臣。蒲州河东（今山西永济）人。会昌元年（841）进士，授万年（今陕西西安）尉。历仕侍御史、尚书郎等职。因正直敢言几度被贬，累迁巴（今四川巴中）、蓬（今四川蓬安）、绵（今四川绵阳）三州刺史，官终秘书监。有诗集传世。

【注释】

①蛮：古代对南方少数民族的泛称。榼（ké）：古代盛酒器具。

②乌龙：传说晋会稽张然有狗名乌龙，后用作狗的代称。

③新正：元旦。

④士林：读书界。宦别：做官离别家乡。

⑤回：返，归。指回家。

【简析】

此诗作于诗人贬官四川之时。诗人笔下的农村新年，纯朴、安宁、和睦，充满了田园生活的宁静美，读来恍如桃花源再现，而这种美感来自作者的个人特殊经历。诗的最后两句，作者以对比手法，描述文士的仕宦生活宛如萍踪飞蓬，可叹又可笑，倒不如回乡无官一身轻，表达了诗人厌倦官场生涯，向往回归自然的情趣。诗中泥土味的生活气息扑面而来，意境清新可喜。

谢君实端日惠牡丹^①

［宋］邵　雍

霜台何处得奇葩^②，分送天津小隐家^③。

初讶山妻忽惊走^④，寻常只惯插葵花^⑤。

【作者】

　　邵雍（1010—1077），宋代理学家，字尧夫。祖籍范阳（今河北涿县），后随父迁共城（今河南浑县），隐居不出。后又再迁洛阳，居住达三十多年。著有诗集《伊川击壤集》。

【注释】

　　①君实：司马光字。熙宁四年（1071），司马光任西京留守，家洛阳，与邵雍交往甚密。端日：正月初一。

　　②霜台：御史台旧称。宋神宗初年，司马光任御史中丞，故称"霜台"。奇葩：奇花。

　　③天津：天津桥，洛阳皇城南洛水上的渡桥。小隐家：作者自称。当时，邵雍隐居在天津桥，耕种以供衣食，号其居处曰"安乐窝"。

　　④山妻：作者对自己妻子的谦称。

　　⑤葵花：冬葵，又名葵菜，一种野菜，可食。插：戴。

【简析】

　　全诗充满生活情趣，语言朴实而风趣。日常家用不丰的妻子，乍见名花牡丹，惊喜、珍惜之情跃然纸上。同时，也含蓄地表达了作者对司马光赠花之友好情谊的由衷感谢。

元　日

［宋］王安石

爆竹声中一岁除①，春风送暖入屠苏②。

千门万户瞳瞳日③，总把新桃换旧符④。

【作者】

王安石（1021—1086），字介甫，号半山。抚州临川（今江西临川）人。庆历二年（1042）进士。嘉祐时，上万言书，力主变法，神宗时登相位，实行新法。熙宁九年（1076），因旧党反对，王安石再次被罢相。晚年退居江宁，趋于消沉，不问政事。元丰中，封荆国公，世称荆公。王安石博学，诗、词、文都有成就，为"唐宋八大家"之一。其诗多同情民生疾苦，风格险奇峭拔，写景诗则清丽可喜。著有《临川集》。

【注释】

①爆竹：古时以火燃竹，发出爆裂的声音，称为"爆竹"，用以驱鬼避邪。　除：光阴过去。

②屠苏：酒名。参见顾况《岁日作》注⑤。

③瞳瞳：太阳初升时光亮不强的样子。

④总：都。桃、符：为互文。古人在元日以绘有神荼、郁垒二神的桃木板悬挂在门上，认为它可以镇鬼驱邪。

【简析】

此诗写于王安石初登相位推行新法之时。春风、朝阳、爆竹，千家万户，喜气洋洋，除旧布新，景象热闹，意境含蓄，寓意深刻，富有潜台词。表达了身为宰辅的王安石锐意改革的决心和信心。

新年五首（选一）

[宋] 苏　轼

海国空自暖^①，春山无限清。

冰溪纷瘴雨^②，雪菌到江城^③。

更待轻雷发，先催冻笋生。

丰湖有藤菜^④，似可敌莼羹^⑤。

【作者】

苏轼（1037—1101），字子瞻，号东坡。眉州眉山（今四川眉山）人。嘉祐二年（1057）进士，后任大理评事，签书凤翔府判官，自此进入仕途。神宗时，因与王安石意见不合，出为地方官。元丰二年（1079），有人摘其诗语罗织罪状，一度被捕入狱。后贬至黄、汝、杭等州为地方官，绍圣中再贬至惠州、儋州（今海南儋县）。元符三年（1100）赦还，翌年病死常州。苏轼为北宋一代文豪，诗、词、文均有很高成就，又精通书画。其诗雄浑飘逸明快，笔墨纵横；词开豪放一派，在词史上有重要贡献。有《东坡七集》传世。

【注释】

①海国：惠州近海，故云。

②瘴：山林湿热致病之气。

③雪菌：指雨后盛发之蕈（xùn）菌。韩愈《咏雪赠张籍》："润野荣芝菌。"意思是，大雪滋润田野而使芝菌倍加茂盛。又五代谭峭《化书》："阴阳相搏，不根而生芝。"苏轼此句即由此而来。意思是说，新年是春之始、冬之末，阴阳相搏而生菌。江城：惠州州治，在今东江下游。

④丰湖：在惠州城西，广袤十余里，又名石湖。藤菜：落葵的别名，又名蔠（zhōng）葵、藤葵、藤菜，其叶冷滑如葵。

⑤莼：水葵，盛产于江南水乡，其嫩叶可做羹。

【简析】

原诗共五首，此选其一。此诗作于绍圣三年（1096），当时诗人在惠州。苏轼晚年，朝廷的"新党"已为群小所操纵。在复杂的新旧党争中，诗人再次被贬至荒僻之地的惠州。苏轼处境虽恶但并不悲观，他以期待春雷发动催冻笋出土的诗句，抒发不尽之意于言外，表明诗人热切盼望政局清明、山河改貌。最后两句，诗人以调侃的语气表达了有家难归的隐痛和处逆境而不失旷达的胸怀。

次 韵 元 日①

［宋］黄庭坚

会朝四海登图籍②，绛阙清都想盛容③。

春色已知回寸草④，霜威从此霁寒松⑤。

饮如嚼蜡初忘味⑥，事与浮云去绝踪⑦。

四十九年蘧伯玉⑧，圣人门户见重重⑨。

【作者】

黄庭坚（1045—1105），字鲁直，号山谷道人。洪州分宁（今江西修水）人。治平四年（1067）进士，调叶县尉。哲宗时，预修《神宗实录》，迁起居舍人。绍圣年间，新党执政，贬涪州（今重庆涪陵）别驾。徽宗朝召还，后又以文字罪流贬宜州（今广西宜山），卒于贬地戍搂。诗学杜甫，为江西诗派之祖，与苏轼并称"苏黄"。其诗风格奇险、艰涩，但时见新意；又工词，兼擅书法。有《山谷集》传世。

【注释】

①次韵：依对方诗韵次序写成的诗。此诗当系绍圣初被贬为涪州别驾任内所写。

②会朝：群臣朝会天子。四海登图籍：正月初一日，天子受四海图籍。（典出《东都赋》）此句意思是，元旦，天子举行庆典接受群臣朝贺。

③绛阙：宫殿门阙。清都：帝王所居都城。以上两句是作者想象京中元日群臣朝会的盛况。

④"春色"句：孟郊《游子吟》："谁言寸草心，报得三春晖。"黄庭坚贬官外地，以寸草自喻，希望春天温暖的阳光能照到自己身上。

⑤霜威：喻严寒之威。霁：收敛。此句意思是希望严冬过去，青松不再受严寒威胁。这也是诗人自况。

⑥嚼蜡：喻无味。

⑦事：指往事。

⑧蘧（qú）伯玉：蘧瑗，字伯玉，春秋卫国人，年五十而知四十九非，人荐其贤，卫灵公不用。此句是诗人自喻。

⑨圣人：指皇帝。这句指朝廷门户重重，召还遥遥无期。

【简析】

此诗当系哲宗绍圣初被贬为涪州别驾任内所写。诗人在异乡度岁，遥想京中元日盛况，盼望春回大地之时，朝廷能息威降恩泽及自身。但愿望毕竟是愿望，一回到现实想起如烟往事，作者心情就十分沉重，乃至于饮食无味。反顾自己，如同古人蘧伯玉一样不被重视。故最后作者以无可奈何的语气，感慨君门九重而还京无期。

新　年

［宋］陆　游

寄迹人间梦已长，新年脱帽始微霜。

坐中使气如秦侠，陌上行歌类楚狂①。

扫榻欲招贫与语，杜门聊以醉为乡。

稽山剡曲虽堪乐②，终忆祁连古战场③。

【作者】

陆游（1125—1210），字务观，号放翁。越州山阴（今浙江绍兴）人。绍兴二十四年（1154），应锁厅试，遭秦桧忌，被黜免。孝宗时，赐进士出身。乾道六年（1170），入蜀任夔州通判。乾道八年（1172），转入四川宣抚使王炎及范成大幕府，投身军旅生活。光宗时，以宝章阁待制致仕。晚年退居家乡，但收复国土之志始终不渝。陆游一生力主抗金，又有勇力，尝雪中搏虎，惜屡受排挤，壮志难酬。陆游写诗近万首，题材广泛，陆游关心民生疾苦，风格雄浑豪迈，而写日常生活则多清新之作。又工词善文，与范成大、杨万里、尤袤并称"南宋四大家"。有《剑南诗稿》《渭南文集》等传世。

【注释】

①楚狂：楚人陆通，即接舆。楚昭王时政令无常，他披发佯狂不仕，时人谓之楚狂。后因此泛指狂士。

②稽山：会稽山，在浙江绍兴东南。剡（shàn）曲：指会稽（今绍兴）镜湖剡川。《新唐书》卷一九六《贺知章传》："有诏赐镜湖剡川一曲。"据宋代《嘉泰会稽志》记载，剡川在当时"极目浩渺，光景澄彻，实佳景也"。

③祁连山：匈奴语称天为祁连。古代祁连山分南北，其中南山在今甘肃张掖县西南张掖、酒泉二地界上。汉霍去病北击匈奴所至即南祁连山，亦即今南山山脉。

【简析】

此诗作于淳熙十三年（1186），时年诗人六十二岁，在山阴闲居。

诗人一生最大的遗憾就是"但悲不见九州同"，但时间一年年流逝，头发已经微霜，自己的爱国壮志却宛如一场春梦，因而诗人愤懑难平，坐中使气，陌上放歌，酷类游侠、狂士。除将满腹心思诉之于村邻百姓外，就只能"以醉为乡"了。结尾两句，诗人直接点明自己忧愤难平的原因。故乡山村虽堪乐，终难忘金戈铁马收复失地的理想。咏佳节而不忘忧国，使这首节令诗风格激昂、慷慨，别具特色。

元　日

［宋］范成大

老来百味絮沾泥^①，期会关身尚火驰^②。

几夜乡心欹枕处^③，今年脚力上楼时^④。

酒缸幸有乾坤大^⑤，丹鼎何忧日月迟^⑥。

莫道神仙无可学，学仙犹胜簿书痴^⑦。

【作者】

　　范成大（1126—1193），字致能，号石湖居士。吴县（今苏州）人。绍兴二十四年（1154）进士。乾道六年（1170），奉命使金，言词慷慨，坚贞不屈，不辱使命而返。历任知府、中书舍人、广西经略安抚使、四川制置使、参知政事，颇有政绩。晚年，退居故乡石湖养病。范成大有文名，工诗词，为"南宋四大家"之一。其诗多写统一国土的愿望、人民疾苦、田园风光等，诗风清新、妩媚。自辑《石湖集》传世。

【注释】

　　①百味：百事趣味。絮沾泥：柳絮沾泥后不再飘飞，喻心情况静，不易激动。此句意思是，年纪老了，对身外事物都已淡忘。

　　②期会：约定期限，泛指施行政令。此句意思是，涉及施行政令之处，自己还得往来奔波。

　　③乡心：思乡之心。欹枕：指斜倚衾枕，难以成眠。

　　④"今年"句：指从今年登楼时脚劲不如去年而感到年纪渐老。

　　⑤"酒缸"句：指喝醉后百事不想，可以悠然自得。

　　⑥丹鼎：道士炼丹器具。此句意思是，炼丹求仙可以长生，不

再担忧年已迟暮。

⑦簿书：官署文书，喻做官。

【简析】

　　本诗写于建康知府任上，作者是年五十余岁。诗的前四句写自己年纪已老，百事无味，但还要为政事奔波。官职在身，元日思乡，上楼时自觉脚劲不如往年，真是年老力衰了。但作者这种感叹只是情绪恶劣的反映，下文就透露了作者的真情。后四句，作者以自嘲、调侃的语气说，喝酒才觉天地宽，学仙也比当官强，做官不过是发痴罢了。这当然是牢骚、反话，在幽默、诙谐的言辞之外反映了作者对南宋腐败政局的深刻不满和气愤。

岁　旦

［宋］宋伯仁

居闲无贺客，早起只如常。

桃版随人换①，梅花隔岁香。

春风回笑语，云气卜丰穰②。

柏酒何劳劝③，心平寿自长。

【作者】

　　宋伯仁，字器之，号雪岩。湖州（今浙江湖州）人，一作广平（今属河北）人。嘉熙中，曾为盐运司属官。其能诗善画，尤擅长画梅。有《西塍集》传世。

【注释】

①桃版：指桃符版。参见王安石《元日》注④。

②丰穰（ráng）：丰收。

③柏酒：柏叶经久耐寒，古俗因以柏叶浸酒元旦共饮，以庆贺长寿。

【简析】

桃符换新，春风送笑，梅花传香，看云识天，这首诗从视觉、听觉、嗅觉诸方面写出了作者在元旦佳节一派恬适、怡悦的心情。首尾两联则前后映照、呼应，并富于哲理性。在争名逐利的世俗环境中，诗人这种清高、安贫、淡泊的处世哲学自有其积极意义。"心平寿自长"更言简意赅地道出了长寿的秘密，至今仍富有启发性。

元日隆安道中①

[金] 冯延登

山冈重复三竿日②，溪路萦回一席天③。

老境飘零情更恶，又从马上得新年。

【作者】

冯延登（1176—1233），字子骏。吉州（今山西吉县）人。承安二年（1197）进士，累官国子祭酒。正大末，奉命北使于元，被强留，不从，割其须，羁管丰州（故址在今内蒙古托克托县）二年得还，授官礼部侍郎。元兵陷京城，投井死。《中州集》中收有冯诗十七首。

【注释】

①隆安：府名，金置，治今吉林农安县。

②三竿日：形容太阳已升得很高。

③一席天：形容在峡谷中见到的天空很窄小。

【简析】

诗人笔下的山景、天空都显得分外狭小、局促，这当然是由于渗入了诗人的情绪色彩。作者人入老境，况且飘泊于异乡深山小径，结尾一个"又"字更加传达出诗人多少凄苦和看不到飘零生活尽头的悲哀。这种哀音正是那个动乱时代的回响。

正月——题耕织图奉懿旨撰①

［元］赵孟頫

田家重元日，置酒会邻里。

大小易新衣，相戒未明起。

老翁年已迈，含笑弄孙子，

老妪惠且慈，白发披两耳。

杯盘且罗列，饮食致甘旨②。

相呼团栾坐③，聊慰衰暮齿。

田硗借人力④，粪壤要锄理。

新岁不敢闲，农事自兹始。

【作者】

赵孟頫（1254—1322），字子昂，号松雪道人。湖州（今浙江湖州）人，宋宗室之后。入元，被荐为刑部主事，累官至翰林学士承旨，封魏国公。赵孟頫诗、书、画均有很高的造诣，书称"赵体"，画开有元一代新风，诗清奇飘逸又通俗自然。诗集有《松雪斋集》，书、画传世甚多。妻管道升，擅长画竹、梅、兰；子雍、奕，均善书。

【注释】

①懿（yì）旨：皇太后、皇后的命令。

②甘旨：美味。此指以美好饮食孝敬父母。

③团栾（luán）坐：团聚而坐。

④田硗（qiāo）：土地坚硬不肥沃。

【简析】

此诗为题画之作。诗中有画，为我们描绘出一幅农家新年风俗图。全诗风格朴素，亲切、平淡、自然。

旦日试笔并自和二首（选一）

[元] 刘　诜

炉烟烛影共徘徊，手试春风第一杯。

万里星辰环极共^①，五更鼓角挟春来^②。

凌寒柳意如先动，阅岁梅花不受摧^③。

坐久不知天向曙，出门爆竹发惊雷。

【作者】

　　刘诜（1268—1350），字桂翁。吉安庐陵（今江西吉安）人。幼孤。延祐年间，朝廷恢复科举，刘诜屡试不第。年二十岁后，以教学为业，为文能融汇古今，四方求文者甚多。有《桂隐文集》及诗集传世。

【注释】

　　①环：围绕。极：北极星。《论语·为政》："为政以德，譬如北辰（北极星），居其所而众星（拱）之。"

　　②五更：旧时把一夜时间分为五段，叫五更，也叫五夜。此处指第五更，即天快亮之时。

　　③阅岁：隔年。

【简析】

　　诗人在除夕与炉烟烛影为伴，独守新年到来，这仅仅是从俗守岁吗？不是。腊梅、寒夜、春风、惊雷，分明都是双关语，是一种诗意化的象征。全诗象外有境，意在言外。诗人呼唤春风、黎明到来，盼望"众星拱北辰"的德政出现，寓意深刻而晓畅明快，使全诗散发着理想主义的光彩。

庚 辰 元 旦①

［元］王 冕

试题春帖纪新年②，霭霭青云起砚田③。

展卷不知山是画，举头惊喜屋如船④。

梅花雪后开无数，杨柳风前困欲眠。

怅望关河无限恨，呼儿沽酒且陶然⑤。

【作者】

王冕（1287—1359），字元章。浙江诸暨人。善画梅，号梅花屋主。他出身农家，幼贫放牛，常入学舍听诵读，又入寺庙映长明灯读书，经苦学成才。其屡试进士不第，又拒绝荐举，遂读古兵法，漫游各地。元末大乱，携妻、子隐居会稽九里山，著书作画以终。其诗多写隐逸生活，也有反映民间疾苦、讽刺权贵的作品。有《竹斋集》传世。

【注释】

①庚辰：至元六年（1340）。

②春帖：春联，源出古代桃符。

③霭霭：云盛貌。起砚田：指磨墨作画。

④屋如船：屋顶状如覆舟。作者隐居之地有会稽山，又名覆釜山。覆舟与覆釜形似，故诗人发此联想，以暗喻自己对隐居写诗作画生涯之喜爱。

⑤陶然：喜悦貌。

【简析】

新年已到，诗人挥毫题诗作画，心情沉浸于艺术创作的忘我境界之中。由山水画联想到自己的山林隐居生活，诗人流露出与世俗社会隔绝的愉悦。放眼屋外，红梅斗雪怒放，垂柳随风摇摆，诗人触景生情，又联想起尘世的君子与小人，其弦外之音是清晰可闻的。"怅望关河无限恨"，诗人想起河山被元统治者蹂躏，愤激之余只得"呼儿沽酒且陶然"。这当然是反语，透露出诗人内心深处无法排遣的抑郁和愤懑。

元旦试笔（选一）

［明］陈献章

天上风云庆会时①，庙谋争遣草茅知②。

邻墙旋打娱宾酒③，稚子齐歌乐岁诗④。

老去又逢新岁月，春来更有好花枝。

晚风何处江楼笛⑤，吹到东溟月上时⑥。

【作者】

陈献章（1428—1500），字公甫。新会（今属广东）人。因居白沙里，人称白沙先生。正统十二年（1447），举乡试，次年会试中乙榜。成化十八年（1482），以荐授翰林检讨。乞归，屡荐不起，设帐授徒以终。其善画墨梅，工书法。著有《白沙集》传世。

【注释】

①风云庆会：风云遇合，以天象喻人的际遇。

②庙谋：朝廷对国事的谋划。遣：使。草茅：在野未仕之人，

系诗人自指。诗人乞归故里，屡荐不起，此句似即指被荐事。

③旋：随即，就。

④乐岁：丰年。

⑤"晚风"句：暗用"邻笛"典故。晋向秀与嵇康、吕安居处邻近，常过从宴饮。嵇、吕死，向秀过其旧居，闻邻人笛音，追怀往事而叹。后用"邻笛"比喻思昔怀旧。

⑥东溟：东海。

【简析】

原诗共二首，此选其一。时逢新年，朝廷又屡次征召，可谓风云际会了。但诗人对做官并无兴趣，妙在诗人却不从正面表述，而在第三句笔锋一转写家居过年时的欢乐气氛和愉悦心情。结尾含蓄隽永，饶有韵味。新岁开始之日，诗人的思绪却随着悠扬的笛音跑得很远很远，对往事和旧邻故友的怀恋之情溢于言表。

乙 酉 岁 朝①

［明］陈子龙

小雨凝寒湿翠苔，芜园春色尚徘徊②。

传闻五凤楼初就③，谁信三都赋有才④。

纶琯玉堂惭琬琰⑤，身高金穴即蓬莱⑥。

旌旗遍满淮南北⑦，谁陟凌云韩信台⑧。

【作者】

陈子龙（1608—1647），字卧子，号大樽。松江府华亭县（今上海松江）人。崇祯十年（1637）进士，曾与夏允彝等组织"几社"。南明弘光帝时任兵科给事中，因不满朝政腐败，辞职归乡。清军占领南京后，在松江起兵抵抗。事败，结太湖义兵抗清。事泄，在苏州被捕，不屈，赴水死。其后期诗歌感时伤事，抒写故国之思，悲愤苍凉，被誉为"明诗殿军"。后人辑有《陈忠裕公全集》。

【注释】

①乙酉：南明弘光元年（1645）。

②芜园：荒芜的园子。

③五凤楼：唐代时建造在洛阳，极其工巧华丽，后人因此借喻善文者为"造五凤楼手"。

④三都赋：晋左思作，构思十年始成。初不为时人所重，及有人为之作序、作注，张华誉为班固、张衡之流，乃名重一时，豪富之家争相传写，洛阳为之纸贵。以上两句是作者借古喻今，感叹南明朝廷群小当道，排斥贤才。

⑤纶琯（guǎn）：带青丝绶的玉管（乐器）。玉堂：富贵之家。琬琰（wǎnyǎn）：美玉，喻美德。

⑥金穴：喻富家。蓬莱：海上神山名。

⑦"旌旗"句：当时清军四十万已越过黄河，在山东、淮北一带与南明军队相持。

⑧陟（zhì）：登。韩信台：淮阴有韩信钓台。韩信，秦末淮阴人，有韬略。刘邦争天下，拜韩信为大将，终于击败项羽，统一中原。

【简析】

1644年，陈子龙鉴于南明朝廷"木瓜盈路，小人成群"，以归里安葬祖父母为由辞官返乡。次年元旦，在家乡松江农村写了这首诗。开头两句写景，景象凄寒。三、四句感叹小朝廷群小排斥贤才。五、六句自愧身居华屋却无德无能，消极遁世。最后两句写时局危艰，清军数十万跨黄河、临淮水，虎视眈眈。当此危亡之际，作者大声疾呼，希望有古代韩信那样的帅才出面收拾残局，扭转乾坤。这是危世的爱国之音。

庚子元旦驻师林门①

[明] 张煌言

中华正朔古相传②，永历于今十四年③。

玉几南荒新日月④，金戈北道旧山川⑤。

春来水逐桃花涨⑥，老去人憎柏叶先⑦。

犹幸此身仍健在，拟随斗柄独回天⑧。

【作者】

张煌言（1620—1664），字玄箸，号苍水。浙江鄞县人。崇祯十五年（1642）举人。清兵入关，他在浙江举兵抵抗，并和郑成功联军北伐。失败后，在浙江沿海密召旧部，图谋再起。最后因叛徒探到消息，被捕殉难。张煌言诗密切结合现实斗争，诗风雄健、激昂。著有《张苍水集》。

【注释】

①庚子：南明桂王永历十四年（1660）。林门：浙江台州临门岛，地近台州。

②正：一年之始。朔：一月之始。古代改朝换代，一个新王朝

建立后都要重定正朔。后遂以"正朔"指新王朝颁布的新历法。

③永历：南明桂王朱由榔年号。

④玉几：帝王所用玉饰小案，后代指帝王，此处特指桂王。南荒：指缅甸。此句下作者原注："闻乘舆播迁缅甸。"永历十三年（1659），在清兵穷追下，桂王被迫出奔缅甸。

⑤"金戈"句：指1659年5月郑成功、张煌言联军北伐一事。当时，联军深入长江，兵抵南京城下，张煌言率军连克芜湖等三十余座城池。

⑥"春来"句：旧历二三月桃花盛开季节，黄河水涨，称为桃花水，又称桃汛。

⑦"老去"句：意思是，人入老境，总恨时间走得太快，老走在人前头。柏叶：柏叶酒。因旧俗元日饮柏叶酒，故以柏酒喻过年。

⑧斗柄：斗柄冬天指北、春天指东，喻扭转乾坤的决心。参见孟浩然《田家元日》注①。

【简析】

　　1659年，张煌言、郑成功联军沿长江北上抗清。失败后，张煌言率余部冲出清军包围，于1660年春回到临门岛休整，这首诗即写于此时。诗中回顾了南明永历王朝十四年以来的世事变迁，以及义军的战斗经历。如今，时光流逝，壮志未酬。感叹之余，慷慨言志：只要此身健在，就誓为扭转乾坤而战。不妨说，这是一首元旦誓师词。

丁 卯 元 日①

[清] 钱谦益

一樽岁酒拜庭除②，稚子牵衣慰屏居③。

奉母犹欣餐有肉，占年更喜梦维鱼④。

钩帘欲迎新巢燕⑤，涤砚还疏旧著书⑥。

旋了比邻鸡黍局⑦，并无尘事到吾庐。

【作者】

　　钱谦益（1582—1664），字受之，号牧斋。江苏常熟人。万历三十八年（1610）进士，授编修，累官至礼部侍郎。福王立，又为礼部尚书。顺治三年（1646），清兵定江南，钱谦益迎降，任礼部侍郎兼管秘书院事。旋归乡里，以著述自娱。工诗，与吴伟业、龚鼎孳并称"江左三大家"。

【注释】

　　①丁卯：天启七年（1627）。

　　②庭除：庭前阶下的院子。除，台阶。

　　③屏居：家居。

　　④占：视。视兆以测吉凶。梦维鱼：梦中得鱼。"鱼"与"余"同音，取喜庆有余之意。

　　⑤钩帘：挂起门帘。

　　⑥疏：对旧注进行解释，疏通文义。

　　⑦"旋了"句：意思是，宴请邻居，杀鸡为黍，热情款待朋友。

【简析】

　　稚子绕膝，奉母有肉，邀邻贺年，闭门著书，反映了作者暂离官场家居，元旦节安享天伦之乐时的高兴心情。

己丑元日^①

[清]归　庄

四年绝域度新正^②，此夕空将两目瞠。

天下兴亡凭揲策^③，一身进退类悬旌^④。

商君法令牛毛细^⑤，王莽征徭鱼尾赪^⑥。

不信江南百万户，锄耰只向陇头耕^⑦。

【作者】

　　归庄（1613—1673），一名祚明，字尔礼，又字玄恭，号桓轩。江苏昆山人。明秀才，复社成员，与顾炎武友善。1645年，清兵攻江南，他和顾炎武起兵抗清，失败后改僧装亡命，后到淮阴教书，终身不仕清。工诗文书画，其诗写家国之难，反映了清军南下时之暴行，多悲愤之音。后人辑有《归玄恭遗著》《归玄恭文续钞》等。

【注释】

　　①己丑：顺治六年（1649）。此时，南明桂王在西南。

　　②绝域：边远地区。新正：元旦。

　　③揲（shé）策：以蓍（shí）草卜卦。

　　④悬旌：形容旗帜飘扬不定。以上二句感叹明亡而不甘心失败，但又无所成就，进退失据。

⑤"商君"句：杜甫《述古》："秦时任商鞅，法令如牛毛。"此喻指清朝法令严酷。

⑥"王莽"句：喻清朝横征暴敛。王莽，西汉末权臣，篡权称帝，建立新朝。 征徭：租税，徭役。 鱼尾赪（chēng）：《诗经·周南·汝坟》："鲂鱼赪尾。"注："鱼劳则尾赤"（赪，赤），喻人民劳苦。

⑦锄耰（yōu）：古代平土农具，诗中指农民拿农具当武器起义反清。陇头：田间。陇，田埂。

【简析】

国亡家破逢年节，触目伤情，悲愤倍增。诗的主要部分表达了作者怀念故国，憎恨新朝的情感。然后笔锋一转，结尾两句是希望又是信心。作为一个士大夫，能目光向下寄希望于百万民户，这是难能可贵的。

迎 春

[清]叶 燮

律转鸿钧佳气同①，肩摩毂击乐融融②。

不须迎向东郊去，春在千门万户中。

【作者】

叶燮（1627—1703），字星期，号已畦。江苏吴江（一说浙江嘉兴）人。自幼聪颖，据说四岁时父授《楚辞》即能成诵。康熙九年（1670）进士，授官知县。因刚直触犯上司，落职归家漫游四方胜迹。晚年居吴县横山，人称横山先生。著有《已畦集》《原诗》等。

【注释】

①律转鸿钧：指乐律与历法制度变革，喻指转入太平盛世。律，乐律，历法制度。鸿钧，太平。

②肩摩毂（gǔ）击：形容路上行人车辆拥挤。毂，车轮中心接辐条，有圆孔可插轴的圆木，亦泛指车。

【简析】

春节，车如流水人如潮。春天的气息，荡漾在城乡巷陌，荡漾在人们心头。诗人抓住屋内户外的热闹盛况和人们内心的无限春意，三言两语就写出了年节时的一派新春气象。

甲 午 元 旦①

[清] 孔尚任

萧疏白发不盈颠②，守岁围炉竟废眠。

剪烛催干消夜酒，倾囊分遍买春钱③。

听烧爆竹童心在，看换桃符老兴偏④。

鼓角梅花添一部⑤，五更欢笑拜新年。

【作者】

孔尚任（1648—1718），字聘之，号东塘，又号云亭山人。山东曲阜人，是孔子六十四代孙。康熙中，授国子监博士，迁户部广东司员外郎，不久被罢官。有文名，所写《桃花扇》与洪升《长生殿》齐名，人称"南洪北孔"。

【注释】

①甲午：康熙五十三年（1714）。

②颠：头顶。

③买春钱：过新年给亲属分赠喜钱，示庆贺新春。

④偏：不尽。

⑤鼓角：泛指乐器。梅花：指《梅花落》，乐曲名。一部：一曲。

【简析】

作者写此诗时已六十六岁，在家乡曲阜简居。诗分两段，前四句写除夕，围炉守岁，饮酒消夜。第三句过渡，借分"买春钱"暗示旧年已去，新岁已来。后四句转入写元旦，点爆竹，换桃符，听乐曲，拜新年。字里行间，跃动着作者一颗赤诚的童心，反映出他脱离官场后心情的恬静和愉悦。

癸卯除夕别上海，甲辰元旦宿青浦，越日过淀湖归于家①

［清］陈去病

颒洞鲸波起海东②，辽天金鼓战西风③，

如何举国猖狂甚④，夜夜樗蒲蜡炬红⑤。

【作者】

　　陈去病（1874—1933），字佩忍。江苏吴江县同里镇人。1909年和柳亚子等组织南社，为南社重要诗人。辛亥革命后，参加讨伐袁世凯的斗争。1928年后，曾任江苏博物馆馆长。其诗风格慷慨悲怆，雄放有力。

【注释】

　　①癸卯除夕：光绪二十九年（1903）除夕，即1904年2月15日。甲辰元旦：光绪三十年（1904）元旦（春节），即1904年2月16日。青浦：今上海市青浦区。

　　②浈（hòng）洞：弥漫无际。鲸波：指日俄战争。

　　③辽天：辽东一带。金鼓：锣和鼓。古代作战击鼓而进，鸣金（锣）而退。

　　④猖狂：放纵。

　　⑤樗（chū）蒲：古代赌博游戏，类似后代的掷骰子。蜡炬：蜡烛。

【简析】

　　1904年，正当炎黄子孙欢度旧历春节之时，中国东北大地却战火纷飞——日俄侵略军在我国领土上为独占东北激烈开火，而令人愤慨的是腐败的清政府竟声明"中立"。这首诗即以此事为题材，揭露和痛斥了清政府的腐朽，以及醉生梦死、世风日下的可悲现实。全诗对比强烈，感情激愤。

立 春

立春，二十四节气之一，标志着春天已经来临。立春的日期在公历的2月4日或5日，是我国传统节日之一。立春的风俗，主要有以下几种：

　　首先是戴彩胜。彩胜是彩色的丝绢或纸做的首饰，形状有燕、蝶、小旗等多种，通常戴在头上。这风俗始于汉代，唐宋更甚，民间互相赠送，取迎春之意。在立春日，皇帝也给朝臣赐金锡幡胜，臣僚们插戴在头上入朝称贺。

　　其次是造土牛。土牛称为"春牛"，表示农耕开始。这风俗也源于汉代。至宋，又有了打春牛的习俗。立春日，"临安府进春牛于禁庭……郡守率僚佐以彩仗鞭春（牛），……示丰稔之兆"（《梦梁录》）。

　　再次是吃春盘。所谓春盘，是在盘内盛放切细的生菜、萝卜、面饼等，表示迎新。这风俗唐代已有。还有在门上贴"宜春"二字的习俗，表示颂春。宋代，在皇帝、皇后、夫人的阁上贴春帖、写春词。由此可见，立春风俗除表示迎春、迎新的意思外，还标志农耕已经开始，预兆这一年丰收。

立　春

［唐］杜　甫

春日春盘细生菜①，忽忆两京梅发时②，

盘出高门行白玉③，菜传纤手送青丝④。

巫峡寒江那对眼⑤，杜陵远客不胜悲⑥。

此身未知归定处，呼儿觅纸一题诗。

【作者】

　　杜甫（712—770），字子美。原籍湖北襄阳，生于河南巩县。在长安时，因居长安杜曲（在少陵原之东），故又自称杜陵布衣、少陵野老。开元后期，举进士不中，漫游吴越齐鲁，后寓居长安十年，生活穷困潦倒。天宝十四年（755），任胄曹参军。安史之乱，杜甫为叛军所俘，后冒险逃至凤翔肃宗行在任左拾遗，旋被贬华州司功参军。不久，关中饥荒，弃官入蜀，在成都筑草堂，世称杜甫草堂。后经严武荐为参谋检校工部员外郎，世称杜工部。严武死后，杜甫携家出蜀，病殁于湘江途中。杜诗反映社会动乱现实、人民疾苦，诗风沉郁、悲凉，与李白并称"李杜"。有《杜工部诗集》传世。

【注释】

　　①春盘：古俗，立春日取生菜、春饼等置于盘中作为食品，寓迎新之意，称"春盘"。

　　②两京：唐代有京都长安、东都洛阳，是为两京。

③高门：汉未央宫宫殿门，此代指唐长安皇宫门。行：赐予。
白玉：洁白如玉的瓷盘。古代立春前一日，皇帝向臣僚赐春盘。

④青丝：切细的生菜。

⑤巫峡：长江三峡之一，因巫山得名。那：通"挪"，移动。
对眼：双眼。此句意思是，目光随着巫峡滚滚江水流动。

⑥杜陵远客：杜甫曾寓居长安杜陵东南之少陵原东，故自称
"杜陵远客"。

【简析】

大历元年 （766），杜甫寓居夔州（今重庆奉节），至大历三
年（768）离蜀。此诗作于诗人寓居夔州时，离安史之乱结束不过
数年。作者由眼前的春盘回忆起往年太平"盛世"，以及两京立春
日的美好情景，但眼下的现实却是飘泊异乡，萍踪难定。面对巫峡
大江，愁绪如东去的一江春水滚滚而来。悲愁之余，只好"呼儿觅
纸"寄满腔悲愤于笔端了。这是封建时代一个正直诗人命运坎坷、
前途未卜的形象写照。

立　春①

［唐］冷朝阳

玉律传佳节②，青阳应北辰③。

土牛呈岁稔④，彩燕表年春⑤。

腊尽星回次⑥，寒余月建寅⑦。

风光行好处，云物望中新⑧。

流水初销冻，潜鱼欲振鳞。

梅花将柳色⑨，偏思越乡人⑩。

【作者】

冷朝阳，金陵（今南京）人。大历四年（769）进士，曾为薛嵩从事，与韩翃、钱起过从甚密。工诗，今存诗十一首。

【注释】

①一说曹松作。

②"玉律"句：古人以葭莩灰填律管内端，以定节气。阳气至，灰飞而管通，表示阳春天气已到。《梦粱录》："（立春）于禁中殿陛下，奏律管吹灰，应阳春之象。"此句意思是，玉律吹灰了，表明立春日到了。玉律，玉制的律管，是古代定节气的一种仪器。

③青阳：春天。因春季气清而阳和温暖，故称"青阳"。北辰：北极星。此处代指北斗，因北斗近北极星。北斗七星，四星象斗，三星象杓（柄），斗柄东指标志春天已到。参见孟浩然《田家元日》注①②。

④土牛：土制的牛。古代立春制作土牛，以劝农耕，象征春耕开始。岁稔（rěn）：丰年。

⑤彩燕：立春日戴的装饰品，以彩纸、彩绢剪成，标志春天已到。

⑥星：指北斗星。斗柄由指北转为指东，标志着由冬入春。参见孟浩然《田家元日》注①②。

⑦建寅：正月的代称。古代按北斗星斗柄在一年中的移动位置计算月份，分为十二辰，称斗建，建寅列为正月。

⑧云物：景物。

⑨将：共，连词。

⑩越乡人：远乡人。越，远。

【简析】

作者紧扣"立春"题目，从立春习俗起笔写立春已到，这是前四句。中间四句写行路所见：冬去春来，风光令人耳目一新。最后四句具体描绘春天景象：冰消鱼游，梅红柳绿，不由得勾起了对远方亲人的思念。末句与首句呼应，表达了佳节思亲的主题。全诗结构严谨，浑然一体。

早春呈水部张十八员外二首（选一）①

[唐] 韩 愈

天街小雨润如酥②，草色遥看近却无③。

最是一年春好处④，绝胜烟柳满皇都⑤。

【作者】

韩愈（768—824），字退之。河南河阳（今河南孟县西）人。郡望昌黎（今北京通县东），故世称韩昌黎。早孤，由兄嫂抚养。贞元八年（792）进士及第，贞元十九年（803）任监察御史。因上疏言官市之弊，被贬阳山（今广东阳山）令。元和十二年（817），因随军平淮西之乱功升刑部侍郎。元和十四年（819），又因谏迎佛骨事贬潮州（今广东潮州）刺史。元和十五年（820），召还为国子祭酒。长庆元年（821），任兵部侍郎，次年转任吏部侍郎。韩愈为唐古文运动的倡导者，散文为一代大家，为"唐宋八大家"之首。其诗雄奇、新怪，但一些抒情小诗则清新、隽永，意境优美。著有《昌黎先生集》。

【注释】

①一题作《初春小雨》。水部张十八员外：指水部员外郎张籍。张籍排行十八，故称"张十八"。

②天街：京都的街道。酥：酥油。形容路面为雨所湿，润滑如油。

③"草色"句，春草刚刚吐芽返青，远看融成一片绿色，近看却因为青草幼芽依稀，反而看不出嫩绿的草色了。

④最是：正是。

⑤绝胜：远胜过。烟柳：柳枝柔细，远看如一团烟雾，故称"烟柳"。

【简析】

原诗共二首，此选其一。这首诗与后一首杨巨源的《城东早春》有异曲同工之妙。诗人以细微的观察，从细雨、小草两个细节入手，形象地描绘了一幅早春初绿的美景。冰雪寒冬过去之后，一阵细如蛛丝的春雨降临。在蒙蒙雨雾中，春天悄悄来了，最先报道早春消息的不是花、柳，而是原野上的小草。近看，它那样细小、平凡；放眼远望，却融成一片嫩绿的春色。这意味着一年中最好时光的开始。虽然烟柳满都固然景色明媚，但已是暮春季节春光即逝。通过这种对比，诗人赞美了报春的小草，更赞美了"润物细无声"的丝丝春雨。诗人在提醒人们：要善于发现这种潜在的早春美。全诗景中有情、有理，寓意深刻，难怪于千古传诵了。（姜东）

人 日 立 春①

[唐] 卢 仝

春度春归无限春，今朝方始觉成人。

从今克己应犹及②，愿与梅花俱自新③。

【作者】

卢仝（？—835），自号玉川子。范阳（今河北涿县）人，一作济源（今属河南）人。家贫，隐居少室山，赖邻僧施舍度日。朝廷两度征聘，俱不就。韩愈为河南令，颇为敬重。卢仝常赋诗讥刺奸党，大和九年（835）因甘露之变（谋诛宦官，事败被株连近千人）牵连被害。有《玉川子诗集》传世。

【注释】

①人日：古俗，"正月七日为人日……翦彩为人，或镂金薄贴屏风上，忽载之，像入新年，形容改新"（《荆楚岁时记》）。

②克己：自我约束、克制，以合乎道德规范。

③"愿与"句：此句一语双关。意思是，逢人日，人的仪容打扮应当更新，人的心灵也应焕然一新，就如同梅花逢春而新发一样。

【简析】

此诗立意新颖，构思独特。作者借人日与立春日巧合在同一天展开联想，发挥了他关于做人的一番道理：人应当和梅一样，经历了严酷寒冬的考验之后，逢春来一番反省自新，以新的面貌和姿态迎接新春的到来。

城 东 早 春

［唐］杨巨源

诗家清景在新春①，绿柳才黄半未匀②。

若待上林花似锦③，出门俱是看花人。

【作者】

　　杨巨源（755—？），字景山。河中（今山西永济）人。贞元五年（789）进士第二，历任太常博士、虞部员外郎、国子司业。长庆四年（824）致仕，食禄以终。工诗，《全唐诗》辑录其诗一卷。

【注释】

　　①诗家：诗人。清景：清秀美景。

　　②匀：均匀，匀称。

　　③上林：汉武帝时在长安附近建有上林苑，为离宫林苑。此指唐代皇家宫苑。

【简析】

　　作者表达了这样一种认识：赏景、审美要独具慧眼。对于诗人来说，最好的美景是早春。这时嫩柳刚刚吐芽，色彩浓淡不一，虽然并不起眼，却透露出春的信息。它告诉人们：繁花似锦的春天就要来了。如果等到宫苑里已鲜花似锦，那人人都会一窝蜂地争着去玩赏了，那还有什么稀奇呢？

　　显然，诗人不仅在写景，而且还暗示了一个深刻哲理：要善于发现富有生命力的事物，在它刚露出苗头之时就加以积极扶持、爱惜。对于人才，对于诗歌等一切创作，又何尝不是如此呢？（姜东）

京中正月七日立春

[唐] 罗　隐

一二三四五六七，万木生芽是今日①。

远天归雁拂云飞②，近水游鱼迸冰出③。

【作者】

罗隐（833？—909），原名横，因十举进士不第遂改名隐，字昭谏，自号江东生。新城（今浙江桐庐）人，一说余杭（今浙江余杭）人。光启三年（887），归江东。后镇海军节度使钱镠辟为从事，掌书记。唐亡，不仕。有诗名，诗多讽，与同县罗邺、台州罗虬齐名，时称"三罗"。

【注释】

①"万木"句：意思是，今日立春，万物复苏。

②归雁：大雁为候鸟，春暖飞归北方。

③递：跳跃。

【简析】

此诗通俗明快，别具一格。首句连用七个数字组成，既暗寓正月初七是人日之意，又含蓄表达了诗人仿佛在掰着指头计数，盼望、欢呼着立春之日到来的心情。接着，选写了春天三个代表性事物：万树发芽，鸿雁北归，游鱼腾跃，绘出了春天一派生机勃发的景象。全诗景中寓情，赞美了春光的降临。

渚宫立春书怀①

[唐]吴 融

春候侵残腊②，江芜绿已齐③。

风高莺转涩④，雨密雁飞低。

向日必须在⑤，归朝路欲迷。

近闻惊御火⑥，犹及灞陵西⑦。

吴融（？—903），字子华。越州山阴（今浙江绍兴）人。龙纪元年（889）进士。曾任侍御史，被坐罢官，流浪荆南。后召为左补阙，拜中书舍人。天复元年（901），昭宗复辟，其草诏称帝意，官户部侍郎、翰林承旨等，卒于任上。有诗集传于世。

【注释】

①渚宫：春秋楚成王所建，为楚别宫，在江陵城内，后遂为江陵的别称。

②候：时令。侵：渐渐进入。残腊：指残冬。

③芜：丛生的杂草。

④涩：不畅，不圆润。

⑤向日：喻指内心眷念皇帝。 须：等待。

⑥"近闻"句：唐末军阀混战，昭宗后期李克用曾兵临渭北，进逼长安；凤翔李茂贞曾攻入长安，大肆劫掠，故昭宗两次出奔。惊御火，当指此事。

⑦灞陵：今陕西西安市东。

【简析】

唐末军阀混战，天下大乱。吴融流浪于荆南时，这种混战局面愈演愈烈。作者写此诗，表明他虽已罢官，但仍心系朝廷，关心国事安危。诗的前四句写景：春天已悄悄来到，但风高雨密、莺涩雁低，景象阴寒、凄迷、压抑。写景中渗透了作者的忧国之思，并为下文烘托了气氛。后四句直抒胸臆，表达了诗人担心朝廷安危的心情，这是在当时历史条件下作者反对内乱的爱国思想的反映。

次韵冲卿除日立春①

［宋］王安石

犹残一日腊，并见两年春。

物以终为始，人从故得新。

迎阳朝翦彩②，守岁夜倾银③。

恩赐随嘉节，无功只自尘④。

【注释】

①冲卿：吴充（1016—1075），字冲卿。建安（今福建建瓯）人，一说建州浦城（属福建省）人。未冠，举进士第。历知地方州县，累官枢密使，同中书门下平章事，为王安石亲家翁（吴充之子安持为王安石女婿）。

②翦彩：指以彩纸剪成燕戴于头上，以示迎春。参见冷朝阳《立春》注⑤。

③守岁：除夕之夜家人共坐至天明，表示送旧岁迎新岁。倾银：指饮酒。

④只自尘：《诗经·小雅·无将大车》："无将（用人拉车）大车，只自尘兮。"只，只是。自尘，自惹灰尘。此典的原意是，车本应用牛拉，如用人拉只会徒劳无功。作者此处用典是自谦之语，说自己劳而无功却佳节受赏，于心不安。

【简析】

除日立春，同一天巧逢两个节日，既是旧岁又是新春。诗人从这种巧合中联系生活，悟出了生活的哲理——"物以终为始，人从故得新"。这两句是全诗的精髓。事物旧阶段的终结，同时也是新阶段的开始，人类总是从原有的生活走向新的历程。这种认识，不但符合辩证法，而且表现了作者力主革新的远见、抱负和勇气。

立　春

[宋] 黄庭坚

韭苗香煮饼①，野老不知春②。

看镜道如毗③，倚楼梅照人。

【注释】

①煮饼：吃春饼。旧俗，立春日吃饼，卷以蔬菜，谓之春饼。参见杜甫《立春》注①。

②野老：山野老父，此是作者自称。

③"看镜"二句：化用杜甫"勋业频看镜，行藏（出仕或退处）独倚楼"诗意。意思是，对镜自然自知已入老境，虽勋业未立，但道心（立身处世之道）仍存，并不因年老而消减。倚楼沉思（暗指思考处世得失），但见梅花傲寒而盛开，其言外之意是要以梅为镜，学梅花处逆境而不屈之品格。道如毗，语出《逸周书·太子晋》："视道如毗。"喻道在近侧。

【简析】

黄庭坚晚年因党争被贬于涪州（今重庆涪陵）等荒僻之地，此诗当作于被贬时。首句扣题写立春：户户切韭菜吃春饼，自己却如山间野老心情淡泊而不知"春"在何处。这是写处境、心情，然后笔锋一转表明自己虽处逆境也要学梅花傲霜不屈的品格，反映了黄庭坚刚直的性格与高洁的操守。

立　春

［宋］陈师道

马蹄残雪未成尘，梅子梢头已著春。

巧胜向人真奈老①，衰颜从俗不宜新。

高门肯送青丝菜②，下里谁思白发人③。

共学少年天下士④，独能濡湿辙中鳞⑤。

【作者】

　　陈师道（1053—1101），字履常，一字无忌，自号后山居士。彭城（今江苏徐州）人。元祐中，任徐州教授，谒苏轼后改颍州教授，后任太常博士、秘书省正字。其为人耿直、清高，安贫，不苟取，贫病而卒。以诗著称于世，为江西诗派代表人物之一，常与苏轼、黄庭坚等相唱和。有《后山集》传世。

【注释】

　　①巧：美好。胜：指幡胜。真奈：无奈，怎么办。

　　②高门：宫门。青丝菜：指切细的生菜。古代，皇帝于立春前一日，以春盘并酒赐近臣。

　　③下里：乡里。

　　④少年天下士：似指秦观。秦观少年时有大志，以天下为己任，熟读兵书，想在征辽、征西夏战斗中建立功勋。故陈师道在诗中称赞他为"少年天下士"。

　　⑤辙中鳞：车辙中的鲋鱼，比喻身陷窘境而急待救助之人，亦暗喻秦观。因秦观虽有大志却屡试不第，后自知功业难就，乃退居乡间发愤读书，致力创作，诗文大进。虽陷于困境，犹能自强、奋斗不息，犹如辙中鲋鱼吐沫自濡（湿润）一样。

立春之日，家家户户戴春胜迎春。那些达官贵人自有皇帝给他们颁赐春盘，但谁又能想到乡里的白发老人呢？这自然是作者的夫子自道。接着，诗人以胸有大志而怀才不遇，但仍能奋发向上的好友秦观自勉。字里行间，诗人既对炎凉世态作了讽刺，又表现了自己清高、安贫，绝不趋炎附势、摇尾乞怜的处世态度。诗写得朴素、平淡而又真切。

立 春 古 律①

［宋］朱淑真

停杯不饮待春来，和气先春动六街②。

生菜乍挑宜卷饼③，罗幡旋剪称联钗④。

休论残腊千重恨，管入新年百事谐⑤。

从此对花并对景，尽拘风月入诗怀⑥。

【作者】

朱淑真，号幽栖居士。钱塘（今浙江杭州）人，一说海宁（今属浙江）人。世居桃村，生活于绍圣年间（1094—1097），一说绍定年间（1228—1233），嫁与市井民为妻，一生抑郁。擅长绘画，通晓音律，诗词多忧愁之作。今传《断肠集》。

【注释】

①古律：本指古乐的十二调，以应一年中十二个月。此处指由

古时传下来的节令。

②和气：温暖的和风。六街：唐宋时京都城内均有六街，此泛指都城大街。

③饼：春饼。参见杜甫《立春》注①。

④罗幡：丝罗做的燕、蝶等装饰品，戴于头上。联钗：一对罗幡。参见冷朝阳《立春》注⑤。

⑤管：乐器，本代指音乐上的十二律。古以乐律应时节，故此处喻指时令。

⑥风月：本指美景，又喻指男女情爱。此处是双关语，兼指二者。

【简析】

这是一首呼唤春光、呼唤爱情的诗篇。开头以充沛的激情抒发了对春天的渴望，又以明快的笔调借写立春风俗，表达了对春天来临的喜悦。第五句笔锋一顿，一个"恨"字传达出诗人对往日婚姻、爱情不幸的无限遗恨。诗人的追求是执着而坚定的，最后大胆表示：春光已到，她要把对春光的爱、对爱情的追求全部融入她的诗篇。

立 春 日 雷

[宋] 朱 松

陌上冬干泣老农①，天留甘雨付春工②。

阿香急试雷霆手③，莫放人间有卧龙④。

【作者】

朱松（1097—1143），字乔年，号常斋。徽州婺源（今属江西）人。朱熹之父。进士第，因荐任秘书省正字，累官司勋吏部员外郎。秦桧议和，他上表极言不可，被贬饶州知州，未赴任卒。南宋年间，颇有诗名。有《常斋集》传世。

【注释】

①陌上：田野上。冬干：冬旱。

②甘雨：久旱后的及时雨，如同甘露，故称"甘雨"。春工：春神。

③阿香：神话假说中推雷车的女神。

④莫放：莫使。卧龙：蛰伏之龙。这两句的意思是，女神阿香快推动雷车惊醒蛰龙，让它及时行雨救旱吧。

【简析】

此诗表面写久旱盼甘露，但如果联系南宋偏安的时局，人民盼望收复失地的心理就如同久旱望甘露一样，说此诗有所寄托也该不是牵强附会吧。诗中的"卧龙"显然指尚未为世所用的俊杰，而诗人希望这样的人才能得到重用，能出来大显身手，解救危局。作者借景抒情，以暗喻、象征手法寄托自己的理想，写得形象而又含蓄。（姜东）

新　春

[宋] 陆　游

蒙蒙烟雨暗江干，新岁还胜故岁寒。

酒压浊清鸣社瓮①，菜分红绿簇春盘。

良辰节物元如昨，病客情怀自鲜欢②。

却羡村邻机上女③，隔篱相唤祭蚕官④。

【注释】

①社瓮：社祭之酒瓮。

②鲜：少。

③机：织机。

④蚕官：蚕神。

【简析】

此诗作于淳熙十三年（1186），时年诗人六十二岁，在山阴简居。烟雨蒙蒙，春寒料峭，头两句情景交融，为全诗定下了色调。立春家家吃春盘、饮美酒，本应高高兴兴，但诗人"鲜欢"，故感觉"良辰节物元如昨"，毫无节日乐趣可言。倒是那些年轻的村女不谙世事，兴高采烈地相互招呼去祭蚕神。村女们无忧无虑的样子更反衬出诗人的愁苦寂寞，透露出诗人内心的时代苦闷。

立 春 日

[宋]陆 游

日出风和宿醉醒①，山家乐事满余龄②。

年丰腊雪经三白③，地暖春郊已遍青。

菜细簇花宜薄饼④，酒香浮蚁泻长瓶⑤。

湖村好景吟难尽⑥，乞与侯家作画屏⑦。

【注释】

①宿醉：隔夜酒醉后的余醉。

②余龄：此诗作于嘉泰二年（1202），时年诗人已是七十七岁高龄，自觉来日不多，故云。

③三白：意指腊月已下过三次雪。

④薄饼：指春饼。参见杜甫《立春》注①。

⑤浮蚁：浮于酒面上的泡沫。

⑥湖：指镜湖。诗人住家在山阴（今浙江绍兴）镜湖边。

⑦侯家：公侯之家，此泛指显贵之家。

【简析】

新岁刚过又立春，闲居山村的陆游早已与乡亲父老建立了真诚的友谊，对故乡的山山水水、丰年农事感到由衷的喜悦。但诗人毕竟是壮志未酬的政治家，要他忘情时事是不可能的。"湖村好景吟难尽，乞与侯家作画屏"两句，写景叙事中暗寓讽刺：那些达官贵人尸位素餐、醉生梦死，却无福领略、享受山村风光自然美的乐趣。行文风趣、幽默，嘲讽含而不露。

立春乙巳①

［宋］范成大

彩胜金幡梦里，茶槽药杵声中②。

索莫两年春事③，小窗卧听东风④。

【注释】

①乙巳：淳熙十二年（1185）。时年作者五十岁，在苏州石湖养病。

②茶槽：茶碓，舂茶的工具。药杵：捣药器具。

③索莫：寂寞。

④东风：春风。

【简析】

这是一首迎春小诗。诗人不从正面下笔而从梦入手，梦中见到五彩缤纷的幡胜，可见思春之切；梦醒之后却卧病在床，与茶槽、药杵声做伴，这一对照更反衬出内心对春的渴望。"小窗卧听东风"，病可以拴住诗人的身体，却拴不住他的心灵，其思绪早已随窗外的春风飞到生机勃发的野外去了。全诗表现了诗人曲折而细腻的心理活动，风格委婉、清新。这也是一篇春天的礼赞。

立春日有怀（选一）

［宋］杨万里

飘蓬敢恨一年迟①，客里春光也自宜②。

白玉青丝那得说③，一杯咽下少陵诗④。

【作者】

杨万里（1127—1206），字延秀，号诚斋。吉州吉水县（今属江西）人。绍兴二十四年（1154）进士，曾被召为国子博士，后又提举为广东常平茶盐，升广东提点刑狱，累官秘书监。其为人正直敢言，因主张抗金忤孝宗意，不得大用，后辞官乡居。杨万里为"南宋四大家"之一，其诗自然平易，活泼清新，被称为"诚斋体"。有《诚斋集》传世。

【注释】

①飘蓬：莲蒿，秋枯根拔，风卷而飞，故又名飞蓬。当时诗人客宦外乡，行踪不定，故作此喻。敢：怎敢。一年迟：一年时光迟迟未尽。此年腊月内就立春，旧岁未尽新春已到，故有此语。

②宜：古俗于立春日写"宜春"二字贴于门楣，名"宜春帖"，取吉利之意。此句"宜"字即暗用此典。

③白玉：白芷如玉。青丝：指切细的生菜。宋时，立春也有吃春饼、生菜的习俗，取迎新之意。此句意思是，客居在外，哪里还谈得上吃春饼、生菜呢？

④少陵诗：指杜甫《立春》诗（见前文）。此诗是杜甫飘泊、寓居夔州时所写，杜甫在诗中追忆太平年代在两京过立春的情景。此处是作者借杜诗自况，意思是说国事日非而自己飘泊在外，虽逢立春也无心做春饼、吃春饼，只好吟杜诗自慰了。

【简析】

原诗共二首，此选其一。此诗作于宋高宗绍兴三十二年（1162）。古代风俗，立春要写春帖、吃春盘，以示迎新。但诗人此时寓居外地，朝廷一味苟安，诗人隐怀国忧而无心随俗，于是借用杜诗典故寓愤懑于微讽，以抒发对时事的不满。全诗风格含蓄、委婉。

庚申立春前一日①

[宋] 朱　熹

雪花寒送腊②，梅萼暖生春③。

岁晚江村路，云迷景更新。

【作者】

朱熹（1130—1200），宋代理学大家，字元晦，一字仲晦，号晦庵。徽州婺源（今属江西）人，寓居建阳（今属福建）。绍兴时进士，一生主张抗金。他历仕高、孝、光、宁宗四朝，终焕章阁待制。晚年主讲紫阳书院，世称紫阳先生。

【注释】

①庚申：庆元六年（1200）。

②腊：腊月。

③萼：花朵底部排列成环状的叶片。

【简析】

漫天飞雪，上下皆白的江村小路，一树梅蕾含苞欲放，送来阵阵暖香报道春天悄悄降临的消息。这是一幅红白辉映、色彩绚丽的迎春图，又是对报春使者——红梅的热情礼赞。全诗意境清新、明丽，语言优美、雅洁。

立 春 偶 成

［宋］张　栻

律回岁晚冰霜少①，春到人间草木知。

便觉眼前生意满②，东风吹水绿参差③。

【作者】

　　张栻（1133—1180），字敬夫，又字乐斋，号南轩。汉州绵竹（今属四川）人，后迁居衡阳（今属湖南）。其为高宗时力主抗金的名将张浚之子，年轻时曾从父参赞军务，为人正直坦荡。孝宗时，官吏部侍郎，终右文殿修撰。有《南轩集》等。

【注释】

　　①律回：古人以音乐上十二律应一年中十二个月。十二律分为律、吕两部分，农历十二月属吕，正月属律，立春在十二月与正月之交，故称"律回"。参见朱淑真《立春古律》注①。岁晚：此年立春在农历年底，故云"岁晚"。

　　②生意：生机。

　　③参差：高低不齐，形容水波起伏。

【简析】

　　草木初绿，是春到人间的信息，是生命力复苏的象征。本诗用拟人化的手法，先从草木转绿的初春景色写起，再写春风吹皱一池绿水的盎然春意带给人们的美感。总之，春风一吹，严冬的景象都改变了，一切都充满了活力，反映了诗人对春光的无限喜悦。

立 春

[宋]文天祥

无限斜阳故国愁，朔风吹马上幽州①。

天翻地覆三生劫②，岁晚江空万里囚。

烈士丧元端不惜③，达人知命复何忧④。

只应四十三年死⑤，两度无端见土牛⑥。

【作者】

　　文天祥（1236—1283），字宋瑞，一字履善，号文山。庐陵（今江西吉水）人。宝祐四年（1256）举进士第一，历任刑部郎官，赣州知州。德祐元年（1275），元兵渡江。德祐二年（1276），文天祥任右丞相，受命出使元军谈判，被扣留。中途脱险南归，募兵抗敌进军江西，恢复失地多次。兵败被俘，不屈，作《正气歌》以明志。囚于大都（今北京）四年后，至元十九年十二月（即1283年1月）就义于柴市。前期诗歌清新明快，后期诗歌慷慨悲壮。著有《指南》《吟啸》等集。

【注释】

　　①"朔风"句：作者于1278年在广东抵抗元兵被俘，次年被送往大都。幽州：汉武帝时置，治今天津市蓟县，此泛指北方。

　　②三生劫：极言灾难之深重。三生，佛家语，指前生、今生、来生。劫，佛经中语，谓天地由形成到毁灭为一劫，此喻无法逃避之灾。

　　③元：头。端：果真。有强调确实，肯定无疑的意思。

　　④达人：通达知命之人。

　　⑤"只应"句：作者1278年被俘，时年四十三岁，故有此语。

⑥ "两度"句：指作者1278—1279年两次过立春。土牛：古代立春造土牛以劝农耕，象征春耕开始。参见冷朝阳《立春》注④。

【简析】

1278年，文天祥在广东海丰北的五坡岭抗元被俘，次年被押往大都。身陷囹圄的文天祥在途中逢立春写了咏怀诗，这年立春正是己卯十二月二十六日，即元世祖至元十六年（1279）。诗题为"立春"，但作者笔下的景色毫无春意——夕阳、寒风和残冬空荡荡的江面。前四句情景交融，写出了一场浩劫后河山变色的凄凉景象。后四句以诗明志，决心以身殉国，"无端"二字以蔑视、嘲笑的口吻讥讽统治者对自己枉费心机。诗写得慷慨悲壮，正气凛然。

人 日 立 春

［元］赵孟頫

今年人日与春并①，人得春来喜气迎。

宫柳风微金缕重②，御沟冰泮玉鳞生③。

阴消已觉余寒散，阳长争看晓日明。

霜鬓彩幡浑不称④，强题新句慰羁情⑤。

【注释】

①人日：参见卢仝《人日立春》注①。

②金缕：金丝，形容柳丝。重：因风微而下垂不动，故云"重"。

③御沟：流入宫内的河沟。冰泮（pàn）：冰消融。玉鳞：指鱼。

④浑：全。

⑤羁情：客居异地的乡思、客愁。

【简析】

大地春回，人们都喜形于色。诗人虽也从俗戴彩胜，但从内心里高兴不起来，却是"强题新句慰羁情"。思乡本是人之常情，但联系作者由宋入元的经历，其乡思中又分明融入了怀念故国之情，故而显得深沉、委婉。

立春日赏红梅之作

[元] 元　淮

昨夜东风转斗杓①，陌头杨柳雪才消。

晓来一树如繁杏，开向孤村隔小桥。

应是化工嫌粉瘦②，故将颜色助花娇③。

青枝绿叶何须辨，万卉丛中夺锦标。

【作者】

元淮，字国泉，号水镜。临川（今属江西）人。至元年间（1335—1340），以军功显于闽，官至溧阳路总管。有《水镜集》一卷传世。

【注释】

①转斗杓：斗柄由北指东，标志着由冬入春。参见孟浩然《田家元日》注①②。

②化工：造化之工，指大自然的创造力。粉瘦：指渐融之雪。

③娇：美好可爱。

【简析】

春风催梅梅更红。此诗赞美梅花，因为严冬残雪未尽，它就迎春怒放，万绿丛中一点红。它是报春的使者，"万卉丛中"的冠军。不妨说，这首诗是红梅的礼赞、春风的颂歌。

立春日舟中题

[明] 戴 冠

作客尚无地①，他乡空复春。

舟中儿女大，天末岁时新②。

乐事喧殊俗，羁愁滞远人③。

椒盘怀故里④，肠断白头亲⑤。

【作者】

戴冠，字仲鹖。信阳（今属河南）人。正德三年（1508）进士，为户部主事。因上疏极谏，贬广东乌石驿丞。嘉靖元年（1522）复起官，仕至山东提学副使，以耿直廉洁著称。其受业于何景明，诗受其影响。有《邃谷集》传世。

【注释】

①尚无地：此诗作于被贬赴任途中，故云"无地"。

②天末：天边，当指广东。

③远人：远行在外之人，系作者自称。

④椒盘：古俗，元日，子孙应向父母进椒酒祝寿。椒置于盘中，饮酒时取椒置酒中，故称"椒盘"。此处代指节日。

⑤白头亲：指作者家中的白发双亲。

【简析】

节日旅怀，这是古诗中常见的主题。但"舟中""天末"的特殊环境，平添了诗人的羁旅之愁。结尾从被怀念的对方——家中的白发双亲着墨，虽受唐诗影响，但衔接转折不露痕迹而自成特色。

立春日大雨雪时驻师吴淞①

［明］张煌言

春信惊催玄腊残②，江梅犹带六花蟠③。

屠苏饮出冰余冷，组练光浮木末寒④。

吹垢岂期风入梦⑤，洗兵自合雨成涄⑥。

征人感荷东皇意⑦，且逐年华奋羽翰⑧。

【注释】

①此诗作于1654年。当时，张煌言、张名振率领浙东抗清义军北上进驻上海吴淞，与西南福王政权的李定国军的出击行动相呼应。不久，张煌言等便率军溯江而上，攻克镇江，兵临南京。

②玄腊：古人认为冬天气黑，故称"玄腊"。玄，黑色。

③六花：积雪。雪花呈六角状花纹形，故云"六花"。蟠：盘伏。

④组练：将士衣甲。木末：树梢。

⑤吹垢：雪耻。吹，吹拂，除去。垢，耻辱。

⑥洗兵：出师遇雨。涛（tuán）：盛多。

⑦东皇：春之神。

⑧羽翰：毛笔。此句意思是，新春已到，捉笔赋诗言志。

【简析】

出师遇雪，对作战当然是不利的，但慷慨报国的张煌言毫无畏惧。立春虽到，但雪压红梅，酒后在营帐外眺望仍感余寒未消，将士的衣甲映雪泛光，树梢在风雪中抖动也散出3阵阵寒气。这是一幅残冬风雪图。接着，诗人借景言志：兴兵雪耻，当然不希望遇雪，但既然风雪来了，那就来得更大些吧！字里行间，洋溢着一派豪气。这是迎春诗，又是誓师诗。

十三日立春

[清] 钱谦益

迎春春在凤城头①，簇仗衣冠进土牛②。

铺展烟光来紫陌③，追随笑语到红楼④。

林莺口噤思宫树，官柳眉舒向御沟。

犹有城南羁旅客，与春无分又添愁。

【注释】

①凤城：京都。

②簇仗：言宫廷仪仗之众多。衣冠：指臣僚。土牛：参见冷朝阳《立春》注④。

③烟光：美丽春光。紫陌：京都大道。

④红楼：华丽楼房，多指富贵家妇女的住所。

【简析】

此诗作于崇祯二年（1629）。前四句写京都迎春的喜气，是写人。五六句用拟人手法写莺、柳，仿佛它们也神往于皇宫的春景，进一层渲染了京都迎春的气氛。最后两句画面陡转，前后对照，突出了作者的乡思、春愁。此乐中写哀之手法在古诗中较多见，但此诗运用自然，不见斧凿痕迹。

元　宵

元宵在农历正月十五，是大地春回后第一个月圆之夜。作为我国的传统佳节，元宵有其悠久的历史。据记载，元宵节在汉初就已形成，司马迁创建《太初历》时就把元宵节定为重大节日。在古代，元宵又叫"上元""元夜""元夕""灯节"。

　　元宵的古代风俗首推张灯、观灯。点灯也起源于汉代，其来历说法不一。一说起源于汉代祭太乙神，由黄昏祭到天明，后来的元宵张灯夜游是其遗俗。又一说是东汉明帝永平十年（67），蔡愔从印度学佛法归来，明帝下令在此夜点灯敬佛。这就是元宵张灯的起源，但不管哪一种说法，都说明张灯起源于汉代，这大概是没有问题的。灯的种类，随着时间的推移也日益丰富多彩，其中有为人们所熟知的龙灯、走马灯，还有灯山等。

　　其次是元宵吃汤团（又名吃元宵）。这一风俗始自宋代，宋人称汤团为"圆子"。有的地方，元宵则吃饺子。

　　再次是祭蚕神。传说古代此日熬赤豆粥，祭门户就与蚕事有关。还有迎紫姑（厕神名），也与养蚕等农事有关系。传说紫姑原为人妻，受虐待而死，死后封为厕神，故有迎紫姑可使蚕业丰收云云。这反映了古代劳动人民希望在新的一年里养蚕及其他农事顺利、丰收，使生活得以改善的美好愿望。

正月十五夜

［唐］苏味道

火树银花合①，星桥铁锁开②。

暗尘随马去，明月逐人来。

游伎皆秾李③，行歌尽落梅④。

金吾不禁夜⑤，玉漏莫相催⑥。

【作者】

苏味道（648—705），赵州栾城（今属河北）人。乾封年间进士，延载元年（694）官凤阁舍人、检校、侍郎，并居相位数载。因亲附张易之兄弟，中宗时被贬为眉州（今四川眉山）刺史。与同乡人李峤俱以文辞知名，并称为"苏李"。

【注释】

①火树银花：形容行道两旁树上挂满彩灯。火树，形容灯火辉煌。合：远望灯火相连，融成一片。

②星桥：桥上灯火密集，远望宛如缀满繁星之桥。铁锁：唐时京都实行夜禁，逢元宵等节解除夜禁，开启城门和坊门铁锁让人通行。

③秾李：《诗经·召南·何彼秾矣》："何彼秾矣，华若桃李。"此形容游伎装束浓艳。秾，美艳。

④行歌：漫步唱歌。落梅：指《梅花落》，乐曲名。

⑤金吾：禁卫京师，指皇宫的卫队。

⑥玉漏：古代用铜壶滴漏计时，以玉形容，言其华贵。

【简析】

繁灯、明月、车马、人流，是视觉；歌声、鼓声，是听觉。"暗尘随马""明月逐人"是动态描绘，结合静态写生点出时间的飞逝，为人们绘出了唐代长安元宵夜游的片断动画图。据载，神龙年间，武则天令群臣作诗赋上元盛况，此诗被推为绝唱。

十五日夜御前口号踏歌词二首（选一）①

［唐］张　说

花萼楼前雨露新②，长安城里太平人。

龙衔火树千重焰③，鸡踏莲花万树春④。

【作者】

张说（667—730），字道济，一字说之。河南洛阳人。永昌元年（689），应诏对策第一，授左补阙。历任凤阁舍人、兵部侍郎、修六馆学士、中书令等职，封燕国公。因与姚崇不合，贬相州、岳州，召拜兵部尚书、尚书左丞相。说善属文，与苏颋齐名，人称"燕许大手笔"；亦工诗。有《张燕公集》。

【注释】

①此诗系应唐玄宗之命而写的应制之作。踏歌词：唐乐曲名。

②花萼楼：在兴庆宫（唐玄宗开元年间修建）内西南部。

③龙：龙灯。衔：含，疑指龙含珠。

④鸡踏莲花：彩灯名。古人认为，鸡为积阳之象，用以象征春天阳和之气。（见《艺文类聚》卷九十一）

【简析】

原诗共二首，此选其一。此诗写宫内元宵灯景，景象艳丽，色彩缤纷。管中窥斑，略可见大唐"开元盛世"的堂皇气象。全诗对仗工整。

夜游诗（选一）

[唐] 崔　液

金勒银鞍按紫骝①，玉轮朱幰驾青牛②。

骖驔始散东城曲③，倏忽还妻南陌头。

【作者】

崔液（672？—713？），字润甫。定州安喜（今河北定县）人。登进士第，官至殿中侍御史。坐罪亡命郢州（今湖北钟祥），遇赦还，卒于途。善诗文，尤工五言。有《崔液集》十卷。

【注释】

①金勒：饰金的马络头。紫骝：良马名。

②幰（xiǎn）：车前帷幔，代指古代大官乘坐的车。

③骖：驾车之马。驔（diàn）：黄脊黑马。曲：僻静处。

【简析】

原诗共六首，此选其一。元宵的长安车马满城，游人刚在东城分手，转眼又在南郊碰头。诗句简练、传神地写出了上元之夜，人们流连忘返、四处转悠的游兴。当然，从诗中可以看出，这些游人皆系显贵子弟。

正月十五日夜月

[唐] 白居易

岁熟人心乐，朝游复夜游。

春风来海上①，明月在江头。

灯火家家市②，笙歌处处楼。

无妨思帝里③，不合厌杭州④。

【注释】

①海：唐时，杭州近海。

②市：街市。

③帝里：京都。

④合：应。

【简析】

白居易于长庆二年（822）出任杭州刺史，此诗即作于杭州任内。春风、明月、江海、灯火、笙歌、街市、酒楼，几个典型景物对比排列，通俗朴素、明白如话的白描，呈现在我们面前的是杭州元宵节繁华热闹和恬静柔和的两种画面美的奇妙统一，显示出杭州特有的魅力。字里行间更反映了诗人在新年之后的佳节之夜的喜悦心情。

正月十五夜灯

[唐] 张　祜

千门开锁万灯明①，正月中旬动帝京。
三百内人连袖舞②，一时天上著词声③。

【作者】

张祜（？—849？），字承吉。南阳（今河南南阳）人，一作清河（今河北清河）人。初寓姑苏，称处士，后至长安。长庆中，为令狐楚所器重，其自草荐表，录诗进献，期望在中书门下供职。至京，为元稹所抑，遂游江南名山，爱丹阳曲阿地，隐居以终。与杜牧、白居易等友好，多有交往。以宫词著名，有《张处士诗集》。

【注释】

①千门：形容宫殿群建筑宏伟众多，即千门万户。如杜甫《哀江头》："江头宫殿锁千门。"

②内人：宫中歌舞伎，入宜春院，故称"内人"。

③著：犹"有"。此句形容歌声高唱入云，又兼喻歌声、乐声悦耳动听，宛若仙乐下凡。

【简析】

唐宫内万灯齐明，舞袖联翩，歌声入云，场面壮观，气象恢宏。全诗既有鸟瞰式全景，又有特写式近景。

长 安 夜 游

[唐] 袁不约

凤城连夜九门通①，帝女皇妃出汉宫②。

千乘宝莲珠箔卷③，万条银烛碧纱笼④。

歌声缓过青楼月⑤，香霭潜来紫陌风⑥。

长乐晓钟归骑后⑦，遗簪堕珥满街中⑧。

【作者】

　　袁不约，字还朴。新登县（今浙江富阳境）人。长庆三年（823），登进士第。太和中出仕，后入成都李固言幕府，加检校侍郎。有诗一卷，今存四首。

【注释】

　　①凤城：京都。九门：古代天子所居有九门，此指宫门。

　　②汉宫：借指唐宫。

　　③宝莲：本指佛座，此处用以喻指皇宫后妃的车子。珠箔：用珍珠缀成的车帘。

　　④碧纱笼：以碧纱做罩的灯笼。

　　⑤青楼：泛指豪华精致的楼房。

　　⑥紫陌：指京都大道。

　　⑦长乐：汉宫名。《元和郡县图志》："汉长乐宫，在县西北十四里。"此借指唐代宫殿。

　　⑧簪：妇女插在发髻上的长针。珥：耳饰。

【简析】

　　此诗专写帝宫内眷元宵夜游长安的盛况，反映了唐代风俗的一

74

个侧面，在同类诗中比较少见。作者以旁观者的视角，从视觉、听觉、嗅觉三方面写这支宫廷队列的浩大奢华场面：天明时，人们发现"遗簪堕珥满街中"。结尾一句，含蓄隽永，给全诗平添多少韵味。

和宋中道元夕二首①

[宋] 梅尧臣

其 一

结山当衢面九门②，华灯满国月半昏。

春泥踏尽游人繁，鸣趹下天歌吹喧③。

深坊静曲走车辕，争前斗胜亡卑尊。

靓妆丽服何柔温④，交观互视各吐吞⑤。

摩肩一过难久存，眼尾获笑迷精魂⑥。

貂裘比比王侯孙⑦，夜阑鞍马相驰奔⑧。

其 二

春风来解吹残雪⑨，灯烛迎阳万户燃。

竟看繁星在平地，不妨明月满中天。

赭袍已向端门御⑩，仙曲初闻法部传⑪。

车马不闲通曙色，康庄时见拾珠钿⑫。

【作者】

梅尧臣（1002—1060），字圣俞。宣城（今属安徽）人。宣城古称宛陵，故世称宛陵先生。少年时应进士不第，历任州县主簿、县令等职。仁宗时赐进士出身，改任太常博士，累官至尚书都官员外郎。工诗，风格清淡深远，内容多反映民生疾苦，与欧阳修为诗友，对转变宋初靡丽诗风有积极影响。有《宛陵先生集》传世。

【注释】

①宋中道：赵州平棘（今河北赵县）人。父绶（字公垂），兄龙图馆直学士敏求（字次道），兄弟二人皆长于文学。

②结山：扎缚五彩山棚。 九门：古代天子所居有九门，汴京（开封）有十二门，此处系活用，代指皇宫。

③鸣跸：古时皇帝出行，鸣鞭发响禁止吏民通行。此指车驾出巡。鸣，鸣鞭。跸，禁止行人，肃清道路。 吹：吹奏乐器。

④靓妆：抹脂粉，打扮。

⑤吐吞：犹"吐纳"，指交谈、议论。

⑥"眼尾"句：意思是，来往游人擦肩而过时眼角匆匆一扫，见到对面异性（或即指女性）微微一笑，不禁心驰魂飞。

⑦比比：处处。

⑧夜阑：夜深。

⑨来解：似应作"未解"。

⑩赭袍：红袍，帝王所穿之衣。此代指皇帝。 端门：指宣德门。《东京梦华录》："宣德楼上皆悬黄绿帘，中一位乃御座。"御：行。

⑪仙曲：指皇宫中乐曲。法部：唐代皇宫梨园内训练和演奏法曲（唐代道观所奏乐曲，后引入宫中）的部门叫法部。此处系沿用唐时名称，指宫内主管吹奏乐的部门。

⑫康庄：通衢大道。珠钿：妇女首饰嵌珠花者谓之珠钿。

其一作于庆历八年（1048），时年诗人四十七岁，在汴京任国子博士。全诗二首，写北宋汴京（开封）通宵达旦夜游的场景。与下一首比较，这一首多从正面下笔，着重写人。头四句写汴京通衢大道，中间四句写深坊小巷，后四句写游人摩肩接踵、眉目传情，神态毕肖，并以"夜阑鞍马相驰奔"作结。所写景象华美，气氛热烈，使人想见九百年前开封元宵节的热闹盛况。

其二描写了积雪未消的汴京元宵，繁灯如星，车马如流，乐音缭绕，时间从月满中天一直到天色已晓。结尾"康庄时见拾珠钿"一句，显然受唐诗影响而又有所变化。与第一首相比，这一首更着重写景，从侧面反映了汴京元宵通宵达旦夜游的盛况。两首诗结合成一个整体，多角度地写出开封古城当年的风貌。

上　元

[宋] 曾　巩

金鞍驰骋属儿曹①，夜半喧阗意气豪②。

明月满街流水远③，华灯入望众星高④。

风吹玉漏穿花急⑤，人近朱阑送目劳。

自笑低心逐年少⑥，只寻前事捻霜毛⑦。

【作者】

曾巩（1019—1083），字子固。建昌南丰（今属江西）人。嘉祐二年（1057）进士，历仕地方官，累官至中书舍人。散文平易流畅，为"唐宋八大家"之一。有《元丰类稿》传世。

【注释】

①儿曹：儿辈，年轻人。

②喧阗（tián）：哄闹声。

③流水：月光如水。

④望：阴历十五日。众星：华灯密如繁星。

⑤穿花急：根据玉漏（计时器）报时的更鼓声穿过花丛频频传来。

⑥低心：勉强。 逐：追赶。此句意思是，年老者体力不如年轻人，勉强跟着他们夜游。

⑦霜毛：白发。

【简析】

诗人登高楼，临朱栏，放眼远眺，月光如水，繁灯似星，少年们驰骋嬉闹。这些景象诚然很美，但毕竟是前人多次描写过的，仅限于此就不免落前人窠臼而成为一般的诗作了。妙在诗人笔锋急转直下，面对少年人的豪气意兴，诗人自叹弗如，笑话自己步入老年，脑子里专爱搜索往事，感叹头发已白、年华易逝了。一首普普通通的传统节令诗，于是迸发出了耀眼的理性光彩。它婉转地告诉人们：年龄大的人不要向后看，应当追赶年轻人的步伐，焕发出青春的活力。

上元夜戏作

［宋］王安石

马头乘兴尚谁先①，曲巷横街一一穿。

尽道满城无国艳②，不知朱户锁婵娟③。

【注释】

①尚：自负，夸口。谁先：谁跑在前面。

②国艳：天姿国色的美人。

③朱户：指豪门贵族。婵娟：美女。

【简析】

上元之夜，几位年轻人骑着马，春风得意地穿行在京都的小巷大街。他们一边走马观灯，一边尽情嬉笑。末句笔锋顿转，一个"锁"字既对豪门权贵有所讥刺，又对被"锁"在深宅大院内的美女表示同情和惋惜。诗风清新而又不乏幽默，显示出王安石另一种风貌。

元夕四首（选二）

［宋］范成大

其　一

粉痕红点万花攒^①，玉气珠光宝月圆^②。

帘箔通明香似雾，东君无处著春寒^③。

其　二

不夜城中陆地莲^④，小梅初破月初圆^⑤。

新年第一佳时节，谁肯如翁闭户眠？

【注释】

①"粉痕"句：意思是，各色灯彩如万花集聚。

②宝月：元夕的圆月。

③"东君"句：下有原注："谓吴中剪罗、琉璃二灯。"此句意思是，元夕处处彩灯，一派阳春暖意。东君，司春之神。

④陆地莲：荷花灯。

⑤小梅：早春梅花的蓓蕾。

【简析】

这是作者《元夕四首》中的第一、二首，作于淳熙十二年（1185），当时作者因病放归，在家乡苏州养病。第一首写元宵节街市仕女如云，户户灯火通明的盛况。第二首承接上首而来，在续写灯节不夜城繁华的同时，后两句用设问语气道出了一位卧病在家的老人因无法外出观灯而引起的无限遗憾。户外的热闹欢快与诗人闭户养病的寂寞形成鲜明的对照，体现了作者的一片童心和热爱生活的一面。

京 都 元 夕①

[金] 元好问

袨服华妆着处逢②，六街灯火闹儿童。

长衫我亦何为者③，也在游人笑语中。

【作者】

元好问（1190—1257），字裕之，号遗山。太原秀容（今山西忻县）人。兴定五年（1221）进士，任内乡令、南阳令、尚书省掾、左司都事。金亡，不仕。诗文俱为金代大家，后期诗多慷慨、悲凉之音。有《遗山集》传世。

【注释】

①京都：金都城汴京（开封）。

②袨（xuàn）服：美好的服装。着处：犹“到处”。着，接触。

③长衫：士林儒生多着长衫。

【简析】

此诗作于正大二年（1225），诗人时任国史院编修。金朝都城汴京的元宵节，也许比不上北宋当年的盛况，但“六街灯火”“游人笑语”还是相当热闹的。可是诗人虽也出外观灯，却颇显得勉强从俗，故反躬自问：“长衫我亦何为者，也在游人笑语中。”原来，诗人的郁郁寡欢有深刻的时代原因。元好问是山西人，而1213年蒙古铁骑席卷山西全境，诗人被迫避乱于河南登封。写此诗时，他虽在朝廷做了一名小官，但国危家破的现实在诗人心头投下了一层厚厚的阴影，他的忧郁也就是理所当然的了。

鳌　山①

[明] 瞿　佑

灯火元宵拥翠微②，飞来海上是耶非。

楼台夜识金银气③，岭岫春回日月辉④。

龙伯国人乘钓去⑤，水宫仙子步尘归⑥。

女娲立极多劳苦⑦，不似东风锦绣围⑧。

【作者】

瞿佑（1341—1427），字宗吉，自号存斋。钱塘（今浙江杭州）人。洪武初年，以荐历仕宜阳（今属河南）训导，国子助教官，周王府长史。永乐年间，因作诗获罪，谪戍保安（今陕西志丹）十年。洪熙元年（1425），遇赦放归。其幼年即有诗名，作品艳丽。有《存斋诗集》传世，还著有传奇小说《剪灯新话》。

【注释】

①鳌山：一种巨型灯景扎缚成山形，上面张灯结彩。据神话传说，渤海有十五只巨鳌，负海上五座山，故称"鳌山"，上有神仙居住。下文提到的龙伯国人、水宫仙子、女娲这些神话人物，即指

鳌山上的人形灯景。

　②拥：围拢聚观。翠微：青山，此即指鳌山灯景。

　③楼台：鳌山上的楼台景观。气：光泽。

　④岭岫（xiù）：峰峦洞，亦指鳌山上的景观。

　⑤龙伯国人：古代神话传说中巨人国的巨人，高数十丈，一钓而连六鳌。（见《列子·汤问》）

　⑥水宫仙子：龙宫仙女。

　⑦女娲：神话中女帝名。传说共工氏怒触不周山，天柱折，地维绝，女娲氏断鳌足以作地之四极。极：边境。指以鳌足支撑天以作四极。

　⑧东风：春风。锦绣围：以有彩纹的丝织品做的围屏。

【简析】

　此诗铺写元宵大型灯景——鳌山辉煌壮丽的景观，从一个小侧面反映了明初的世风习俗，也反映了当时的手工工艺水平。

元　宵

[明] 唐　寅

有灯无月不娱人，有月无灯不算春。

春到人间人似玉，灯烧月下月如银。

满街珠翠游村女，沸地笙歌赛社神①。

不展芳尊开口笑②，如何消得此良辰。

【作者】

唐寅（1470—1523），字伯虎，一字子畏，号六如居士、桃花庵主等。吴县（今属江苏）人。少有才气，弘治十一年（1498）中乡试第一。工诗文书画，与沈周、文徵明、仇英合称"明四家"。唐寅性格狂放不羁，作诗晓畅明快。有《六如居士全集》传世。

【注释】

①社神：土地神。古代，每逢社日（分春社、秋社两种）有祭祀土地神祈祝丰收的习俗。

②尊：古代盛酒器具。

【简析】

通常的元夜诗多写都市，而这首诗却取材农村。灯月辉映的乡村是美的，灯月映照下的村女则更美。她们青春焕发，喜气洋洋，尽情欢笑。全诗意境优美感人。

汴京元夕

[明] 李梦阳

中山孺子倚新妆①，郑女燕姬独擅场②。
齐唱宪王春乐府③，金梁桥外月如霜④。

【作者】

李梦阳（1473—1530），字天赐，又字献吉，号空同子。庆阳（今属甘肃）人，后徙居开封。弘治七年（1494）进士。曾任户部郎中，因代人起草弹劾宦官刘瑾而下狱。刘瑾诛，起为江西提学副史。工诗文，主张"写实事，抒真情"，为明代"前七子"之一。有《空同集》传世。

【注释】

①中山孺子：中山本指汉中山靖王刘胜，孺子为其美妾之封号。（见《汉书·艺文志》）此代指明代诸王美妾。此句意思是，诸王的艳美妃妾都更换了新妆，出来看戏听曲。

②郑女燕姬：指古代郑国、燕国两地之美女。擅场：技艺高超出群。

③宪王：朱有燉，明太祖孙，袭封周王，谥宪，号周宪王，所作杂剧、散曲名《诚斋乐府》。

④金梁桥：汴水上桥名，在祥符县（今河南开封境内）天汉桥西。

【简析】

作者写了两个场面，王侯豪门的妻妾们浓妆艳抹观看歌舞弹唱，然后镜头一转到汴水上金梁桥外，月光洒向大地，宛似铺上一层寒霜。是想表示明月在冷眼观看？或是诗人在月下沉思？只留给读者去想象，去补充。但两个镜头、两种色调对比鲜明，褒贬分明，表达了诗人对贵族们一味寻欢作乐的不满，意境含蓄、清新，很有韵味。

元夕咏冰灯

[明]唐顺之

正怜火树千春妍^①，忽见清辉映夜阑^②。

出海鲛殊犹带水^③，满堂罗袖欲生寒^④。

烛花不碍空中影^⑤，晕气疑从月里看^⑥。

为语东风暂相借，来宵还得尽余欢^⑦。

【作者】

唐顺之（1507—1560），字应德。江苏武进人。嘉靖八年（1529）进士第一，官编修。后以兵部郎中视师浙江，屡破倭寇，升右金都御史。巡抚淮扬，病卒于途。其学问深博，为明代中叶古文大家，学者称荆川先生。有文集传世。

【注释】

①妍：美好。

②夜阑：夜残，夜将尽之时。

③鲛珠：鲛人所泣之珠。鲛人，神话中居海底之怪人。晋张华《博物志》："南海水有鲛人，水居如鱼……其眼能泣珠。"

④罗袖：丝袖，代指美女舞袖。

⑤空中影：指冰灯中的光晕。

⑥晕气：烛光经冰折射后发出的彩色光气。

⑦来宵：明夜。

【简析】

正月十五日夜，诗人陶醉在一片火树银花的夜景之中。一个"忽"字，传神地写出了诗人意外发现还有一座光彩夺目的冰灯时惊喜交集的心情。中间四句形象地描绘了冰灯的精巧、光彩、美丽和巨大。冰灯中有献舞的美女，有出水献珠的鲛人，可知这是一座大型宫殿状的冰灯，使观赏者恍如置身月宫看仙女。最后两句含蓄地表达了诗人在冰灯前流连忘返的心情，因为余兴未尽，打算明夜还要继续来游玩欣赏。从诗中所写，可以看出古人制作冰灯的高超技艺，令人叹为观止。

台湾竹枝词（选一）

［清］钱　琦

行来多露畏难禁，要窃花枝过短林①。

为语花阴犬莫吠，侬家自有惜花心②。

【作者】

　　钱琦，字相如，号玙沙。仁和（今浙江杭州）人。乾隆年间进士，官布政使。好为诗，有《澄碧斋诗钞》传世。

【注释】

　　①窃花枝：台俗，元夜姑娘们约伴偷折花枝，云："他日可得佳婿。"

　　②侬家：少女自称。

【简析】

　　原诗多首，此选其一。台湾和大陆一样也欢度元宵佳节，但具体的习俗、风情则有所不同。这首诗描写了台湾元宵节的一种风俗：姑娘们结伴踏着夜间露水去树林里偷折花枝，希望来日找一个如意郎君。末句"侬家自有惜花心"说的是惜花，其实就是珍惜爱情，表现了少女们渴望爱情、渴望幸福的美好愿望。

元夜独坐偶成

〔清〕黄景仁

年年今夕兴飞腾，似此凄清得未曾。

强作欢颜亲渐觉①，偏多醉语仆堪憎②。

云知放夜开千叠③，月为愁心晕一层④。

窃笑微闻小儿女，阿爷何事不看灯⑤？

【作者】

　　黄景仁（1749—1783），字汉镛，一字仲则。武进（今属江苏）人。乾隆二十九年（1764）应童子试，三千人中考了第一。其四岁而孤，一生贫病，寄食四方，历游皖、赣、湘诸名山大泽。后入陕，卒于解州（今山西），年仅三十五岁。诗人少有诗名，工诗，内容多感叹穷愁生涯之作，诗风豪迈而悲凉。有《两当轩集》传世。

【注释】

　　①亲：家属，亲人。

　　②仆：仆人。

　　③放夜：古代都市实行夜禁，定期或暂时开禁叫放夜。唐以

来，元宵前后几天例行放夜。

④晕：月周围光圈。月晕之时，月色朦胧不明，似罩一层薄雾。诗人用以比喻自己的心情如蒙愁雾。

⑤爷：爹。

【简析】

他人在元夜观灯漫游，诗人却独坐愁城，时或发些"牢骚醉语"扫家人节日之雅兴，引得仆人也暗暗讨厌、生憎了。接着，作者以朦胧月色、重叠层云和小儿女的窃笑细语，进一步衬托诗人孤独无告的寂寞和苦闷，典型地反映了当时一般知识分子的穷愁潦倒和不平。

元夕无月（选一）

[清] 丘逢甲

三年此夕月无光①，明月多应在故乡。

欲向海天寻月去，五更飞梦渡鲲洋②。

【作者】

丘逢甲（1864—1912），字仙根，号仓海君。台湾苗栗县人。光绪十五年（1889）进士，官工部主事，曾讲学台中、台南各地书院。1894年甲午战争后，台湾被割让的消息传来，丘逢甲义愤填膺，组织义军抗日，血战二十余日。后因弹尽援绝，于1895年率军离台内渡。后在广东创办新学，曾任广东教育总会会长。辛亥革命后，被选为南京临时政府参议员，因病返回广东，卒。少有诗名，诗作多抒发国土沦丧的悲痛和缅怀故乡的爱国热忱。有《岭云海日楼诗钞》传世。

【注释】

　　①三年：作者于1895年离台，到1898年写此诗时恰好三年。

　　②鲲洋：指台湾海峡。台湾南部名胜有七鲲身、鹿耳门两个海口。

【简析】

　　原诗共五首，此选其一。见月怀乡是诗史上传统的题咏，而作者构思独特，由元宵节想念故乡之月入手，到梦中渡海寻故乡之月结束，以浪漫主义手法表达对沦陷于日寇铁蹄下的故乡山水、父老的无限情思。风格委婉、沉郁，有感染力。

寒食

寒食节，在清明的前一天或前两天。按通常的说法，寒食节与悼念古人介子推有关。据古书记载，春秋时代，避祸流亡国外的晋公子重耳回国即位做了晋文公，封赏当年追随他的功臣，唯独忘了介子推。经人提醒后去找已隐居绵山的介子推，但遍寻不见，于是下令焚山，想用火逼介子推出山。不料，介子推坚持不出，被烧死在山上。晋文公为了悼念介子推，下令自介子推烧死之日起三天内禁火、冷食，故称"寒食"。因此，寒食节又称"禁烟节""熟食日"等。

古代寒食节的风俗，首先是禁火、寒食，已如上述。与此直接相关的则有预制熟食，如熬煮麦粥、糯米粥、稠饧（饴糖），以备节日食用。

其次是扫墓祭祖，在墓前烧纸钱等。

再次则与体育活动有关，如踢足球（古人叫"蹴鞠"）、荡秋千、施钩（一种绳戏，后来演变为"拔河"）。

还有一些习俗今天已不存，如门上插柳、戴柳斗鸡、赛画卵（在鸡蛋上绘画，互相竞赛）。

古人，尤其是唐人对寒食节很重视，留下了大量吟咏寒食节的诗篇。由于寒食节与清明日挨得很近，寒食节的一些习俗活动常常延续到清明节。时间一久，寒食和清明已没有严格的区别。到了今天，寒食节的许多习俗实际上已移入清明节，因此"寒食节"事实上已成为历史上的名词了。

寒食还陆浑别业①

[唐] 宋之问

洛阳城里花如雪，陆浑山中今始发。

旦别河桥杨柳风②，夕卧伊川桃李月③。

伊川桃李正芳新，寒食山中酒复春。

野老不知尧舜力，醺歌一曲太平人④。

【作者】

　　宋之问（656? —712），字延清，又名少连。汾州（今山西汾阳）人，一说虢州弘农（今河南灵宝）人。上元二年（675）进士。武后朝，谄附张易之。武后病重，张易之败，宋之问贬泷州（今广东罗定）参军，不久逃回洛阳。中宗朝，选为修文馆学士。睿宗时，又以"赃罪"被贬越州（今浙江绍兴）长史，流放钦州（今广西钦县）。先天年间，赐死于贬所。工诗，与沈佺期并称"沈宋"。其诗多应制浮艳之作，被贬后有些真情实感的作品。其诗格律严整，对律诗形成有较大影响。明人辑有《宋之问集》传世。

【注释】

　　①陆浑：古县名，故址在今河南嵩县东北，其地有陆浑山。别业：别墅。

　　②河桥：在河南孟县富平津上，自洛阳返，当途经该桥。

　　③伊川：古地名，即唐陆浑县地。

　　④"野老"二句：相传帝尧之时，天下太平，百姓无事。有老

人击壤而歌："日出而作，日入而息，凿井而饮，耕田而食。帝力于我何有哉！"野老，指田野间的老人。

【简析】

诗人以跳跃、对比的手法，写山上、山下的时序和自然景色的差异，以及还归别墅后的欢快心情，反映了诗人对山川自然美的热爱。全诗意境清新。

寒食城东即事

［唐］王　维

清溪一道穿桃李，演漾绿蒲涵白芷①。

溪上人家凡几家，落花半落东流水。

蹴鞠屡过飞鸟上②，秋千竞出垂杨里③。

少年分日作遨游，不用清明兼上巳④。

【作者】

王维（701—761），字摩诘。原籍太原祁县（今山西祁县），后随父迁居于蒲州（今山西永济），遂为河东人。开元九年（721）进士，历仕右拾遗、给事中。安禄山占据长安，王维被迫受伪职。乱平，王维降为太子中允。后累官至尚书右丞，故世称"王右丞"。晚年居蓝田辋川别墅，过着亦官亦隐的生活。以诗画名于世，尤擅长山水田园之作。苏轼赞其诗为"诗中有画，画中有诗"。王维笃信佛教，晚年长斋。有《王右丞集》传世。

【注释】

①演漾：荡漾。蒲：蒲柳，即水杨，水边生。白芷：植物名，生长于近水湿地。

②蹴鞠：唐代一种踢足球的运动。蹴，踢。鞠，以皮革制成，中实以毛线。

③秋千：古代寒食日妇女有荡秋千的习俗。

④清明：寒食后一或二日，古人于此日去郊野踏青扫墓。上巳：农历三月三日，古代士民于此日外出至水滨洗濯，以除邪祛疾。

【简析】

蓝天、飞鸟、青溪、垂杨、落花，在优美环境的衬托下，时而见一个足球高高地飞上半空，时而见秋千荡出垂杨。有动有静，色彩绚丽，表达了诗人对春光、少年和青春的赞美。古人称王维诗"诗中有画"，这首诗就是一幅优美的春游图。

寒　食

［唐］杜　甫

寒食江村路①，风花高下飞。

汀烟轻冉冉②，竹日净晖晖。

田父要皆去③，邻家问不违④。

地偏相识尽⑤，鸡犬亦忘归。

【注释】

　　①江村：水边村子。

　　②汀烟：水边雾气。

　　③要：同"邀"。

　　④问：馈问。

　　⑤偏：僻远。相识尽：尽相识。

【简析】

　　此诗作于上元二年（761），时年诗人在成都浣花溪。寒食节，诗人外出赏景。前四句写景，一派宁静田园风光；后四句写人，农家待客一片热诚。全诗表现了诗人和村邻田父间亲切、随和的关系。

寒　食

[唐] 韩　翃

春城无处不飞花①，寒食东风御柳斜②。

日暮汉宫传蜡烛③，轻烟散入五侯家④。

【作者】

　　韩翃，字君平。南阳（今河南南阳）人。天宝十三年（754）进士，曾入节度使幕府为从事。安史之乱后，曾困居长安十年。建中（780—783）初年，以诗名除驾部郎中、知制诰，官终中书舍人。韩翃为"大历十才子"之一，其诗语言华美，状景叙事明丽精巧。明人辑有《韩君平集》。

　　①春城：春天的京城。飞花：飘舞的柳絮。

　　②御柳：皇家禁苑之柳。古俗，寒食日折柳插门。

　　③汉宫：代指唐宫。传蜡烛：唐制，清明日皇帝赐近臣以榆柳之火，蜡烛用以点火。此日是寒食，本应禁火，但朝廷有特权，不从俗。

　　④轻烟：蜡烛散发出的轻淡之烟。五侯：汉代所谓"五侯"较多，此当指东汉桓帝时一日同时给单超等五个宦官封侯之事。此处"五侯"既用以泛指宠信近臣，又借汉代典故暗喻唐后期宦官擅权的局面。

【简析】

　　读此诗宛如看一幅幅动态的风光民俗图。首先映入眼帘的是全景：风吹柳斜，满城飞絮，一派暮春时节的明媚景色。继而在我们眼前掠过一组活动的特写式画面：苍茫暮色中，一支支点燃的蜡烛，飘散出袅袅轻烟，分别传入一户户王侯权贵之家。透过美的画面表达出了很深的涵义，而熟悉唐代寒食节风俗的人读了此诗都会悟出诗中的弦外之音：百姓不准热食要禁烟，皇帝却可以给宠臣赐火。

寒　食

[唐] 孟云卿

二月江南花满枝，他乡寒食远堪悲①。
贫居往往无烟火，不独明朝为子推②。

【作者】

孟云卿，河南（今河南洛阳）人，一说武昌人。天宝年间，应举不第。大历初年，流寓荆州，仕终校书郎。有才名，诗风高古。《全唐诗》编其诗一卷。

【注释】

①远：更。

②子推：介子推。

【简析】

江南处处杂花生树，景色虽好却终究不是家乡。异乡遇寒食，勾起了诗人心头的愁思。这是乐景中写哀。再由寒食禁火的风俗写到诗人飘泊贫居、断炊停烟的窘况，最后推出主题：他人断烟是因为从俗，自己熄火却由于穷愁，从而倾吐了诗人内心深沉的愤懑和不平。全诗平易中见深刻，直诉中见委婉，对比映衬，颇具韵味。

寒食寄京师诸弟

［唐］韦应物

雨中禁火空斋冷，江上流莺独坐听。

把酒看花想诸弟，杜陵寒食草青青①。

【作者】

韦应物（737—？），京兆长安（今陕西西安）人。少任侠使气，以三卫郎事玄宗，宿卫宫廷。安史之乱后失官，复折节读书。

乾元二年（759），就读太学，应举登第。后历官滁州、江州、苏州刺史，有惠政，人称韦江州或韦苏州。晚年居苏州以终。以田园风物诗著称，亦时有反映民生疾苦之作。诗风恬淡，近陶潜，世称"陶韦"。有诗集传世。

【注释】

①杜陵：在长安东南，为唐代游乐之地，又是作者故园所在。草青青：暗用《楚辞·招隐士》："王孙游兮不归，春草生兮萋萋。"

【简析】

全诗围绕佳节思亲这一传统主题，由近及远，动静相济，融情于景，着意渲染烘托了思亲之情。开头，"雨""空""冷"三字先渲染出一派空寂、孤独气氛。接着，远处的江声、莺啼声声入耳，以反衬手法更显出"空斋"的冷落、寂寥，使我们恍若看见诗人空斋独坐，默默沉思。第三句点明了"思亲"，随之画面出现了故乡杜陵的一片暮春景色。末句暗用《楚辞·招隐士》典故，想象家中诸弟也在盼望远方的自己早日返乡，一正一反，收双倍渲染之效。本诗娓娓叙来，情随景发，耐人寻味。

寒　食

[唐] 卢　纶

孤客飘飘岁载华①，况逢寒食倍思家。

莺啼远墅多丛柳，人哭荒坟亦有花。

浊水秦渠通渭急②，黄埃京洛上原斜③。

驱车西近长安好，宫观参差半隐霞④。

【作者】

　　卢纶（748—799？），字允言。河中蒲阴（今山西永济）人。早年避安史之乱，客居鄱阳。屡试不第，以文为元载所赏识，补阌乡（今河南灵宝境）尉，累迁检校户部郎中，为"大历十才子"之一。诗长于写景，亦有雄放的长诗。《全唐诗》编录其诗五卷。

【注释】

　　①岁载：年岁。载，年的别称。华：头发花白。

　　②浊水：东经富平、蒲城之南而入洛水。秦渠：秦代开凿的水渠。从今陕西泾阳引洛水东流，至今陕西三原北汇合。

　　③京洛：洛阳在唐代为东都，故称"京洛"。上：驱车而上。原：同"塬"，黄土高原的一种地貌。四周被流水切割成深沟，顶面仍平坦、广阔。

　　④宫观：供帝王游息的宫馆。

【简析】

　　诗人孤身一人由洛阳驱车西上，到达京都长安近郊时正逢寒食节。前四句由眼前所见寒食扫墓的传统习俗和花、柳、啼莺的暮春景色，引起了诗人的乡思。后四句则回忆自己由洛阳动身上路的情景，经过千辛万苦、长途跋涉总算到达了目的地。只见宫观参差、晚霞映照，京都在望了。于是诗人转忧为喜，然后又高兴起来，把一个奔走仕途的知识分子矛盾、复杂、微妙的心理活动表现得曲折、细腻，富有层次，并含而不露。

途 中 寒 食

[唐] 白居易

路旁寒食行人尽，独占春愁在路旁。

马上垂鞭愁不语，风吹百草野田香。

【简析】

　　此诗约作于建中四年（783），白居易当时避兵乱于越中。异乡避乱，途逢寒食，既是传统节令，又是暮春季候，于是缕缕春愁涌上心头。首句"行人尽"三字透露了诗人一直在路边观望，直到路上已空无一人还在马背上、大路边出神发愣，只有田野上的春风送来阵阵草香。这里可谓"此地无声胜有声"，把诗人满腹无处诉说的乡思春愁描绘得含蓄深沉、力透纸背。

寒 食 日

[唐] 元 稹

今年寒食好风流①，此日一家同出游。

碧水青山无限思②，莫将心道是通州③。

【作者】

元稹（779—831），字微之。河南（今河南洛阳）人。元和元年（806），对策举制科第一，授左拾遗。元和二年（807）任监察御史。早期反对权贵宦官，贞元十七年（801）贬为江陵士曹参军。元和十年（815）转通州司马，后又转而依附宦官。元和十五年（820）授祠部郎中、知制诰，长庆二年（822）拜同中书门下平章事。被裴度劾罢，出为同州刺史、越州刺史。大和四年（830），官武昌节度使，卒于任内。工诗，与白居易友好，相互唱和，提倡新乐府，世称"元白体"。有《元氏长庆集》传世，别著有传奇小说《会真记》。

【注释】

①风流：双关语，既指美好风光，又有时髦、不同流俗之意。

②思：情思，遐想。

③心道：心之道。《管子·君臣下》："心道进退。"意为对出仕或隐退的思考。是：善，赞美之意。通州：今四川达县。

【简析】

元和十年，元稹由贬地江陵转任通州司马，诗当作于此时。元稹因得罪宦官权贵而贬逐异乡，寒食携家出游，通州的青山绿水引起了诗人无限诗情。在大自然美景的陶冶下，荣辱得失，出仕隐退，这些功利考虑都显得微不足道了。诗中表达了诗人一种超脱、豁达的心境，有其积极意义。

寒食夜池上对月怀友

[唐] 雍 陶

人间多别离，处处是相思。

海内无烟夜，天涯有月时。

跳鱼翻荇叶①，惊鹊出花枝。

亲友皆千里，三更独绕池。

【作者】

雍陶（805—? ），字国钧。成都人。大和八年（834）进士，历仕侍御史、国子毛诗博士。大中八年（854）任简州（今四川简阳）刺史，复为雅州刺史，后居庐山养病以终。雍陶一生爱游川、陕、鲁、鄂、湘、闽、塞北等地，故多写景、旅游之作。诗风清婉，今存诗一百三十余首。

【注释】

①荇：水生植物，嫩时可吃，多长于池塘中。

【简析】

唐人的抒情诗，常在诗尾点明主题，这种写法自有其艺术魅力。这首诗则迥异其趣，一开头就点明它表达的是离情别绪。如此起笔难度较大，因为主旨一经挑明则下文常难以为继，但作者很高明，说了离别相思的普遍性之后，便扣住"寒食"题目更深入一层。"海内""天涯"说明友人之远，"无烟夜"暗示节令，"有月时"是由眼前明月联想到天涯共明月的远方友人，暗寓思念之情。诗人怀友沉思，四周一片寂静，以致连池鱼跳水、夜鹊惊飞都清晰可闻，这是巧妙地以动写静之手法。最后两句再回到"思念"

的主题，前后呼应，浑然一体。全诗细腻、含蓄，情景交融，颇有
特色。

寒 食 日 作

〔唐〕温庭筠

红深绿暗径相交①，抱暖含芳披紫袍②。

彩索平时墙婉娩③，轻球落处花寥梢④。

窗中草色妒鸡卵⑤，盘上芹泥憎燕巢⑥。

自有玉楼芳意在⑦，不能骑马度烟郊⑧。

【作者】

温庭筠（812?—866），原名岐，字飞卿。太原（今属山西）
人。少有才华，但屡试不第，又任性使气，曾作诗忤宰辅令狐绹，
故被摈斥压抑，终身不得志，官终国子助教，后流落而死。诗多写
个人怀才不遇的感慨，间或有讥刺，语言多华丽。诗词与李商隐齐
名，时称"温李"。明人辑有《温飞卿集笺注》。

【注释】

①红：指花。绿：指春天草、树的颜色。

②紫袍：大官公服。

③彩索：五彩绳缆做的秋千。婉娩：形容秋千飞起时轻柔飘逸
的状态。

④轻球：古代寒食日踢球为戏。寥：稀疏。梢：树枝。

⑤鸡卵：《初学记》引《玉烛宝曲》：寒食节"城市尤多斗鸡卵之戏"。富贵人家将茜草根作染料把鸡蛋染作红色，有时还加雕琢，互相馈赠以斗富。

⑥"盘上"句：意思是，燕泥沾污了盘子，所以憎恨燕子在梁上筑巢。

⑦玉楼：华丽的楼房。芳意：春意。

⑧烟郊：春景明丽的郊外。

【简析】

这首诗的内涵比较隐晦。诗中"抱暖含芳"的主人公是谁？观其"被紫袍"的身份，当不会是作者自指，而是指那些达官贵人。他们在花红柳绿的春天拥姬抱暖、贪睡晚起，睁开睡眼时窗外已秋千轻扬、轻球飞空了。五、六两句写大自然生长的茜草被用去染红鸡卵，供贵人们在节日去夸耀富贵；盘子被泥沾污了就憎恨春天的燕子，其弦外之音是不言而喻的。尾联用的是讽刺性反语，达官贵人们的乐趣在玉楼上的温柔乡，无兴趣去欣赏郊外的春景，当然就无法领略大好春光给人们带来的欢乐。由此看来，这分明是一首借题发挥的讽喻诗，表现了作者愤世嫉俗的情怀。

寒食行次冷泉驿①

[唐] 李商隐

驿途仍近节，旅宿倍思家。

独夜三更月，空庭一树花。

介山当驿秀②，汾水绕关斜③。

自怯春寒苦，那堪禁火赊④。

【作者】

李商隐（813—858），字义山，号玉谿生。怀州河内（今河南沁阳）人。开成二年（837）进士，历仕县尉、秘书郎、东川节度使判官、检校工部员外郎。时牛、李党争，李商隐在大和三年（829）曾入天平节度使令狐楚（牛党）幕，后在大和七年（833）入泾原节度使王茂元（李党）幕并娶其女，故为令狐楚之子令狐绹所恶。令狐绹为相，李商隐长期受排斥，辗转各地幕府，潦倒终身，客荥阳（今属河南）病卒。工诗，尤擅长律诗、绝句，内容多揭露时弊。诗有文采，典丽精工婉曲。有《玉谿生集》传世。

【注释】

①行次：旅途中停宿之处。冷泉驿：在汾州孝义西南二十里，炎夏清凉，故名。

②介山：在汾州介休县（今山西介休）东南，也在孝义县的东南。古名绵山，春秋时晋人介之推隐居于此，故名。

③汾水：流经介休县境。

④赊：长，久。

【简析】

诗人起笔先点明主题羁旅思乡。中间四句融情入景，借绘景烘托自己的忧思。明月三更，独览庭花，表现诗人思乡心切而夜难成眠，这是近景。远处，介山横斜，是视觉中的朦胧暗影；汾水绕关，是脑海联想中的景象。看到介山，自然会想起古人介之推，抚古思今，由彼及己，暗寓怀才不遇的愤懑。此情此境，再加上寒食禁火，诗人自然倍感春寒料峭、孤寂凄苦了。

寒食日题杜鹃花①

[唐] 曹 松

一朵又一朵，并开寒食时。

谁家不禁火，总在此花枝。

【作者】

　　曹松，字梦徵，舒州（今安徽潜山）人。早年居住洪都（江西南昌的别称）西山，后依附建州（今福建建瓯）刺史李频。李死，流落福建、广东一带，一生久困名场。光化四年（901），年七十余岁，才与其他四老同时登第，号"五老榜"，后特授校书郎，反映了封建社会下层知识分子的辛酸。有诗集一卷传世。

【注释】

　　①杜鹃花：又名映山红，春季开花，花色如火，也有浅红色、白色的。此处指红色杜鹃花。

【简析】

　　节令诗，通常或写习俗风情，或写乡思别绪，这首诗则独辟蹊径，构思奇巧。在家家禁火、户户冷食，一派阴冷、凄苦的环境气氛中，唯独杜鹃谁也禁它不住，花发如火，给人间带来温暖、生机。在诗人笔下，它分明被人格化了，是希望、光明的象征。

寒食山馆书情①

[唐] 来 鹄

独把一杯山馆中，每经时节恨飘蓬。

侵阶草色连朝雨，满地梨花昨夜风。

蜀魄啼来春寂寞②，楚魂吟后月朦胧③。

分明记得还家梦，徐孺宅前湖水东④。

【作者】

来鹄（？—883），豫章（今江西南昌）人。咸通中应举不第，一生飘泊。工诗，内容多写飘泊、穷愁生活。今存诗近三十首。

【注释】

①山馆：山中住屋或书房。

②蜀魄：杜鹃鸟。相传战国时蜀主杜宇称帝，后退隐让位，死后化为杜鹃。蜀人怀念他，故以"蜀魄"作为杜鹃鸟的别称。

③楚魂：鸟名。楚怀王与秦昭王会武关，楚王被囚，客死于秦。传说其魂化为鸟，故称"楚魂"。以上两句，暗喻诗人思归。

④徐孺：指东汉高士徐稚，字孺子。徐家贫，耕作自食，朝廷多次征聘，均坚辞不就。其故里在南昌东湖南山洲上。诗人借此典故以自况。

【简析】

写寒食思家，处处紧扣一个"寒"字：冷酒、冷风、冷雨、冷月（月色朦胧，给人以凉意），连落花也令人联想到肃杀之气。"寒"字之外，又强调一"孤"字：独饮、孤吟、孤梦，杜鹃、楚魂啼鸣（这也是动态与孤寂之法的结合）。这一切造成全诗幽冷、孤独、凄苦之意境，反映出寒食思亲与其他节令思乡的不同气氛，颇有特色。

寒食都门作

［唐］胡　曾

二年寒食住京华，寓目春风万万家①。

金络马衔原上草②，玉颜人折路傍花。

轩车竞出红尘合③，冠盖争回白日斜④。

谁念都门两行泪，故园寥落在长沙。

【作者】

　　胡曾，字不详。邵阳（今属湖南）人。有才学，初累试不第。咸通年间，中进士不第。高骈镇蜀征为掌书记，后又从赴荆南，终老于故乡。著有《咏史诗》三卷、《安定集》十卷传于世。

【注释】

　　①寓目：过目，指看到。

　　②络：马笼头。衔：马嚼子。

　　③轩车：车顶高而有帷幕的车，多为达官贵人乘坐。

　　④冠：官员礼帽。盖：车盖。以官吏服饰、车盖代指官吏。

【简析】

　　诗的前六句以浓墨渲染京都寒食节车马如龙、竞相郊游的盛况，末尾两句峰回路转点明主题：思念故园，都门落泪。原来上文均是用来反衬诗人的乡思，从而产生鲜明、强烈的对照作用——万家春风一人愁，权贵欢游贫士忧。艺术效果十分明显。

寒 食 夜①

［唐］韩 偓

恻恻轻寒翦翦风②，杏花飘雪小桃红。

夜深斜搭秋千索，楼阁朦胧细雨中。

【作者】

韩偓（842—923），字致尧，小字冬郎，自号玉山樵人。京兆万年（今陕西西安）人。龙纪元年（889）进士。迎昭宗至凤翔，官至兵部侍郎、翰林学士承旨，为帝倚重。后为朱全忠排斥，贬为濮州（今山东曹县）司马，乃弃官南下。天祐三年（906），入闽以终。其诗多写艳情，辞藻华丽，有"香奁体"之称，也有部分诗歌反映了动乱社会现实。后人辑有《韩内翰别集》传世。

【注释】

①一作"夜深"。

②恻恻：凄冷。翦翦：轻微之风。

【简析】

寒风细雨之夜，满院红白相间，那是飘落在地的杏花、桃花。这是一幅风雨落花图，是为下文渲染和烘托气氛的。接着诗人目光转向夜空中空悬的秋千索，它紧扣诗题点明了这是寒食之夜。但空落落的秋千本身，既不美也不重要，诗人注视它分明是在思念白天曾在秋千上嬉戏的女郎。她也许正是诗人的意中人，现在人去院空，风雨落花，引起诗人无限惆怅。"楼阁朦胧细雨中"，显然是暗示那位未露面女郎的住处。楼阁或者就在诗人视野之内，或者只是浮现在诗人意念中的景象，是作者情思的延伸、深化，并和全诗景色融为一体，构成了一个完整的凄迷惆怅的意境，含蓄而耐人寻味。

寒食二首（选一）

[唐]李山甫

柳带东风一向斜，春阴澹澹蔽人家①。

有时三点两点雨，到处十枝五枝花。

万井楼台疑绣画，九原珠翠似烟霞②。

年年今日谁相问，独卧长安泣岁华③。

【作者】

李山甫，字、号、生卒年均不详。咸通中累举不第，郁郁不得志，且不满当朝权贵。后飘泊黄河以北一带，曾为魏博节度使（治所在魏州，今河北大名府东北）幕府从事。黄巢起兵时，翰林待诏王遹北游于邺（故址在今河北临漳北），李山甫曾遇之于道观中并赋诗，后不知所终。后人辑有诗集传世。

【注释】

①春阴：春天的树荫。澹澹：原指水波动貌。此指柳条飘动，柳阴如水波起伏。

②九原：墓地。珠翠：首饰。此代指扫墓的妇女。烟霞：云气，形容墓地人多如云聚集。

③岁华：年华。

【简析】

原诗共二首，此选其一。与许多唐诗一样，这首诗也是末句点明主题：感年华易逝，叹异乡飘泊。这中间有乡思，但更多的是怀才不遇的伤感和苦闷，而前面六句则是为表现这一情绪作烘托、反衬的。轻轻的风，飘飘的柳，稀稀的雨，疏疏的花，华丽的楼阁，扫墓的佳丽，色彩浓淡相间，这样的画面既羡慕又带有淡淡的哀愁，正好对主题起到了烘托和反衬的对照作用。诗的三、四两句以数字入诗，把恼人的春意和诗人莫可名状的感伤、寂寞都点染得恰到好处。

丙辰年鄜州遇寒食，城外醉吟五首（选一）①

［唐］韦 庄

满街杨柳绿丝烟，画出清明二月天②。

好是隔帘花树动，女郎缭乱送秋千③。

【作者】

　　韦庄（836？—910），字端己。京兆杜陵（今陕西西安）人。少孤，家贫力学，屡试不第。乾宁元年（894），近六十岁时才中进士，任校书郎，左、右补阙等职。为避难求官，辗转各地。后依附王建于蜀，为掌书记。唐亡，王建称帝，韦庄官至吏部侍郎平章事，诏令多出其手。工诗，多写闺情离愁，语言清丽；又工词，词风清新。

【注释】

　　①丙辰：乾宁三年（896）。鄜州：今陕西富县。

　　②清明：天空清朗。

　　③缭乱：纷乱。

【简析】

　　原诗共五首，此选其一。此诗为韦庄避唐末战乱，寓居陕北富县所写。题材为寒食郊行所见，因而呈现出的画面是移动的。先是鸟瞰式全景图：鄜州花繁柳绿，景色明丽，一派春光。继而转换成特写式镜头：一户庭院，门帘内树影颤动，秋千女郎摆动的身影使人眼花缭乱，目不暇接。两个画面组合起来，构成了一幅充满活力的春天寒食风俗图。全诗充满了诗意美，很能代表韦庄的诗风。

寒　食　夜

　　［唐］崔道融

满地梨花白①，风吹碎月明。

大家寒食夜，独贮望乡情②。

【作者】

　　崔道融，字不详，自号东瓯散人。荆州（今湖北江陵）人，因避战乱入闽。曾任永嘉（今浙江温州）令，后官至右补阙。工诗，其诗集自序云："乾符乙卯（当为乙未，即875年）夏，寓永嘉山斋，收拾草稿，得五百篇。"有《申唐集》《东浮集》，已散佚，当为入闽后所作。

【注释】

　　①梨花：透过树枝投在地面上的月光，散碎如梨花。

　　②贮：储藏。此处指乡思郁结。

【简析】

　　客居异乡，关山万里，唯有晴朗之夜，天涯共一明月。此时抬头见明月，俯首见银光，最易触动乡思。此诗抓住了人们这一普遍心理，由地下散碎的月光写对故乡的情思。况逢节令，乡思更是源源不绝而来。末句一个"贮"字，把乡思越来越浓且排解不开的心理过程传神、细腻地写了出来。

寒　　食

[宋]王禹偁

今年寒食在商山①，山里风光亦可怜②。

稚子就花拈蛱蝶③，人家依树系秋千。

郊原晓绿初经雨，巷陌春阴乍禁烟。

副使官闲莫惆怅④，酒钱犹有撰碑钱⑤。

【作者】

王禹偁（954—1001），字元之。济州钜野（今山东巨野）人。九岁能文，太平兴国八年（983）进士。曾任长洲知县，后任右拾遗，拜左司谏，翰林学士知制诰，判大理寺。因直言敢谏，屡遭贬谪。咸平初年（998），因修太祖实录直书史事，与宰相意见不合，被摈斥，出知黄州（今湖北黄冈），迁蕲州（今湖北蕲春），不逾月而卒。王禹偁为人正直，提携后进，当时名士多出其门。诗多反映民生之作，风格质朴，对扭转宋初淫靡文风起到了积极作用。有《小畜集》等传世。

【注释】

①商山：山名，在今陕西商县东。淳化二年（991），王禹偁触怒皇帝被贬为商州（今陕西商县）团练副使。这首诗约作于淳化三年（992）。

②可怜：可爱。

③拈：以手指取物。蛱（jiá）蝶：蝴蝶。

④副使：作者自指。

⑤撰碑钱：为别人撰写碑文、墓志铭等文章所收的润笔费。

【简析】

"今年寒食在商山"，开头点明地点、节令，又暗示往年过寒食是在京都。下面接写山区小城寒食的景象：这里没有车如流水、佳丽似云，有的是绿色的郊野、树上的秋千和天真嬉戏的儿童，这是与京都的繁丽相对照的质朴、宁静的美。诗人览赏之余，又泛起一阵莫名的惆怅，这是对京师的不能忘情，又是对被贬的不平。故末尾句用貌似自嘲、揶揄的语气写出。身为团练副使的王禹偁当然不会窘迫到靠润笔来买酒的地步，但作者对当权者不会用人的讥讽却无疑是辛辣、犀利的。

寒食假中作①

［宋］宋 祁

九门烟树蔽春廛②，小雨初晴泼火前③。

草色引开盘马地④，箫声催暖卖饧天⑤。

縈丝早絮轻无著⑥，弄袖和风细可怜。

鳌署侍臣贪出沐⑦，珉糜珠馅愧颁宣⑧。

【作者】

宋祁（998—1062），字子京。安州安陆县（今属湖北）人，后迁雍丘（今河南杞县）。天圣初年（1023）进士，官龙图学士、史馆修撰。与欧阳修合修《新唐书》，书成晋工部尚书，拜翰林学士承旨，谥景文。诗词多写个人生活，语言工丽。因词作《玉楼春》中有"红杏枝头春意闹"之句，世称"红杏尚书"。清人辑有《宋景文集》。

【注释】

①假中：官吏例假休息之日。

②九门：指皇宫。廛（chán）：指市内百姓居住区。

③泼火：寒食节禁火，此日下雨，则称"泼火雨"。此句写寒食前下雨，故称"泼火前"。

④盘马地：驰马盘旋之地。此指春天绿色郊野延伸得很远。

⑤箫声：卖饧者所吹箫声。卖饧（táng）天：指寒食天。饧，加饴糖的粥。《荆楚岁时记》："寒食禁火三日，造饧大麦粥。"

⑥縈丝：春天空中飘扬的游丝。早絮：柳初生之絮。

⑦鳌署：掌文翰的官署。此指翰林院，作者曾在此供职。出沐：休息沐浴，指例假。

⑧珉糜：珍美之粥。珠馅：珍贵的食品。颁宣：朝廷分赏。

【简析】

　　作者写了寒食节风俗的一个侧面。在春阴、柳絮、绿草、和风的背景下，街市上传来了卖饴糖甜粥的悠扬箫声，给这禁火吃冷食的寒食节平添了节日的温暖气氛。但这箫声是吹给老百姓听的，朝廷的臣僚们自有皇帝给他们赏赐美味佳肴，这也可以说是一种艺术的对照吧。

再至洛中寒食①

［宋］梅尧臣

西洛逢寒食②，依依似昔年。

千门方禁火，九野自生烟③。

飘泊梨花雨④，追随杏叶鞯⑤。

游人莫惜醉⑥，风景满伊川⑦。

【注释】

　　①洛中：指洛阳。

　　②西洛：洛阳在北宋时为陪都，因在京都汴京之西，故称"西洛"。

　　③九野：中央与八方，泛指各处。

　　④梨花雨：寒食前后正当梨花盛开之时，此时下雨谓"梨花雨"。

　　⑤鞯：马鞍坐垫。

　　⑥醉：陶醉。

⑦伊川：伊河，流经洛阳。

【简析】

此诗作于明道元年（1032），时作者三十二岁，任河阳（今河南孟县）主簿，常往来于河阳、洛阳之间。这次，诗人骑马由河阳到达洛阳郊外，正逢寒食节，漾漾春雨中炊烟袅袅、梨花如雪、杏树呈绿，一派生机。画面上没有出现一个人，但从炊烟、花树中处处感受到人的存在和人的活力。于是诗人陶醉在伊河两岸一派春光秀色之中，即兴吟成了这首具有朴素美、自然美的诗篇。

春游五首（选一）

［宋］邵　雍

人间佳节唯寒食，天下名园重洛阳①。

金谷暖横宫殿碧②，铜驼晴合绮罗光③。

桥边杨柳细垂地，花外秋千半出墙。

白马蹄轻草如剪，烂游于此十年强④。

【注释】

①"天下"句：古代洛阳名园极多。宋代李格非著有《洛阳名园记》，专记洛阳名园之胜。

②金谷：亦名金谷涧，在洛阳市东北，有水流经此处，向东南流入瀍（chán）河。晋代石崇曾在此筑有名园，即世传之金谷园。暖横：暖气四溢。

③铜驼：指铜驼陌，傍瀍河。唐宋时，桃李繁盛，每当春日时仕女成群结队在此游玩。合：配上。绫罗：丝织衣服。光：华丽耀目。

④烂游：随意漫步游览。

【简析】

原诗共五首，此选第四首。"人间佳节唯寒食，天下名园重洛阳"，作者起笔从最佳时令（春）、最佳地点赞美了这次春游。中间四句是铺写景色，为我们具体展示了洛阳的美景和郊游盛况。最后两句描绘诗人放松缰绳、马蹄轻举、漫步赏春的愉悦心情，使我们也仿佛领略到春光无限的美景。

寒食许昌道中寄幕府诸君①

[宋] 司马光

原上烟芜淡复浓②，寂寥佳节思无穷。

竹林近水半边绿，桃树连村一片红。

尽日解鞍山店雨③，晚天回首酒旗风④。

遥知幕府清明饮，应笑驱驰羁旅中⑤。

【作者】

司马光（1019—1086），字君实。陕州夏县（今属山西）涑水人，世称涑水先生。宝元二年（1039）进士，历仕仁宗、英宗、神宗三朝。熙宁三年（1070）因反对王安石新法而出知永兴军（今西安），次年退居洛阳。元丰八年（1085）哲宗即位，召还为相，尽废新法，恢复旧制。司马光政治上保守，但居官清正，作风简朴，谥文正，追封温国公。其诗风格质朴，亦如其人。与刘恕等人编撰的《资治通鉴》共二百九十四卷，是我国著名的编年史著作。

【注释】

①许昌：今河南许昌市。幕府：军政大吏的衙署。

②烟芜：草丛远望如一团团烟雾，故称"烟芜"。淡复浓：草色近看浅淡，远看浓深。

③尽日：终日。

④晚天：日暮。

⑤羁旅：旅行途中。

【简析】

"原上烟芜淡复浓"，首句系化用韩愈"草色遥看近却无"的名句而来。作者伫立原上，视线由近及远，呈现在视线中的暮春草色也由淡转浓。作者捕捉住生活中这类常见的视觉误差现象，巧妙含蓄地表达了自己"佳节思无穷"的绵绵思绪。中间四句写景并交代自己旅途滞留的原因，借异乡美景以烘托自己思亲怀友的心境。结尾两句从被思念的对方着墨，写作者想象中"幕府诸君"对自己的关切，从而巧妙地表达了作者对他们的怀念。这样的手法在唐诗中累见，显示出唐人对宋诗的影响。

壬 辰 寒 食①

［宋］王安石

客思似杨柳，春风千万条。

更倾寒食泪，欲涨冶城潮③。

中发雪争出，镜颜朱早凋。

未知轩冕乐③，但欲老渔樵④。

【注释】

①壬辰：皇祐四年（1052）。时年王安石三十二岁，在舒州（今安徽怀宁）任通判。此诗大约是作者由舒州回江宁扫墓（其父王益死后葬于江宁中首山）时所作。

②冶城：在今南京西，古为吴国铸冶之地，故名。潮：长江潮。

③轩冕：古制，大夫以上的官可乘轩戴冕，后遂以轩冕代指官位爵禄。轩，有屏障的车。冕，古帝王、诸侯、卿大夫所戴礼帽。

④老渔樵：终老于渔夫、樵夫生活，意谓隐居不仕。

【简析】

作者寒食前由舒州任上奔回江宁为亡父扫墓。诗从外地乡思写起，三、四句写赶回家乡后的哀痛。作者用极其夸张的手法写他泪倾如雨，直欲使江水为之涨潮。这是尽情抒发他对亡父的思念和愧疚心情。他内疚什么呢？后四句从字面看，似乎是王安石自叹早衰、有意隐退，这和后几年奋发有为的一代名相的形象实在相去太远。比较合理的解释是，他并非真想隐退，而是因为急急奔回家乡扫墓，不免联想起自己多年在外对长辈尽的孝心太少，愧对死去的父亲，便转而觉得为官实无乐趣，倒不如退隐在家可多尽孝道，这也是人之常情。从艺术效果看，这样写则可强化并突出丧父的哀痛。

寒 食 书 事^①

［宋］赵　鼎

寂寞柴门村落里，也教插柳纪年华^②。

禁烟不到粤人国^③，上冢亦携庞老家^④。

汉寝唐陵无麦饭^⑤，山溪野径有梨花。

一樽竟藉青苔卧^⑥，莫管城头奏暮笳^⑦。

【作者】

　　赵鼎（1085—1147），字元镇。解州闻喜（今属山西）人。崇宁五年（1106）进士，对策斥章惇误国。从高宗南渡，历仕河南洛阳令、殿中侍御史、迁御史中丞，进尚书右仆射兼枢密使，与张浚并居相位。赵鼎力图中兴，荐岳飞收复襄阳重地。又斥和议，忤恼秦桧，被贬潮州五年。再移居吉阳军（广东崖县，今海南三亚），仍受秦桧迫害不已。三年后，气愤不食而死，世称"中兴贤相"。有《忠正德文集》传世。

【注释】

　　①书：记载。

　　②插柳：古俗寒食日在门上插柳以为标志。

　　③粤人国：两广地区古称两粤，古时荒僻，寒食无禁火习俗。

　　④庞老：庞德公。汉末襄阳（今湖北襄樊境）人。因年长，人称庞公。有知人之名，隐居襄阳岘山之南农耕。荆州刺史刘表数请，坚辞不就，后携妻、子去鹿门山采药，隐居以终。有一次，隐士司马徽去拜访，正逢庞公扫墓返回。此处以庞公代指山村农民举家扫墓。家：眷属。

　　⑤汉寝唐陵：泛指历代帝王陵墓。陵，帝王墓。寝，帝王陵墓

上的正殿，是祭祀之所。麦饭：麦子磨成粉屑，连同麸皮一同做成的饭。古代民间上坟多用来祭祀死者。

⑥竟：完，饮尽。藉：凭靠。

⑦笳：古代类似笛子之类的乐器，军中多用来报时。

【简析】

此诗是作者贬官广东崖县时作，取材和思想都别开生面。作者不写逢节思乡，而写当地山村寒食节的纯朴民风。山村人稀静寂，但照样插柳过节又不禁烟火，农民举家携麦饭扫墓。又转而联想起古代的帝王陵墓，当年何等显赫，现在却冷落无人过问了。字里行间，透露了作者对官场富贵生涯的厌倦。所以，他在山野中独卧独饮，流连忘返，尽情享受大自然的乐趣，懒得去理睬那军中报暮的笳声了。

寒　食

[宋] 陈与义

草草随时事①，萧萧傍水门②。

浓阴花照野，寒食柳围村。

客袂空佳节③，莺声忽故园④。

不知何处笛⑤，吹恨满清尊。

【作者】

陈与义（1090—1138），字去非，号简斋居士。洛阳（今属河南）人。历仕开德府教授、太学博士、中书舍人、翰林学士知制诰。高宗时，任左中大夫、参知政事。诗词与黄庭坚、陈师道齐名。诗风原属江西诗派，南渡后感怀时事而诗风有变。有《简斋集》传世。

【注释】

①草草：愁闷貌。时事：岁时（指寒食节）之事。

②萧萧：提起脚跟引颈而立，形容望归心切。水门：临水之门。

③客袂：指客居外地。袂，袖口。

④故园：家乡。

⑤笛：暗用"邻笛"典故。意思是，闻邻笛而追怀往日家乡旧事。

【简析】

这是一首谱写思乡情绪从无到有、由淡到浓的心理历程的诗篇。寒食节的到来触发了诗人乡思，于是依门竦立，陷入沉思。这是第一层。眼前柳暗花明春色一片，而自己客居异乡辜负了美好佳节。这是第二层。婉转的莺声，仿佛把自己带回到了家乡。这是第三层。最后是那笛音使诗人思乡情绪达到了极点，引起了无限的遗憾、惆怅。这样结合写景层层深入，把诗人的乡思从无到有、从淡到浓的心理过程，写得既细腻真实又极有层次，因而很有感染力。

寒食日九里平水道中①

[宋] 陆 游

晓雨丝丝熟食时②，泥深辙断客行迟③。

乱云重叠藏山寺，野水纵横入稻陂④。

马鬣松阴封旧陇⑤，龟趺道左立新碑⑥。

扶衰此出知能几，清泪临风不自持。

【注释】

①九里：指山阴县侯山，在县西四里。俗名九里山，以去县（指山阴县）之里数取名。平水：水名，在山阴县东二十五里。镜湖有三十六条大小河流注入，平水为其中之一。

②熟食时：指寒食日。因寒食禁火，要预制熟食过节。

③辙断：指车子因泥泞无法前进。辙，车轮迹。

④稻陂。灌满水的稻田。陂，池塘。

⑤马鬣（liè）：坟上的封土。陇：田埂。

⑥龟趺（fū）：龟形碑座。

【简析】

此诗作于庆元五年（1199），时在山阴闲居。乱云、晓雨、野水、泥路、旧墓、新坟，在这一片荒凉、阴冷的景象中，透露出诗人闲居田野壮志未酬而又年老病衰所引起的苦闷。末句"清泪临风不自持"则系画龙点睛之笔，道出了藏于诗人内心深处的苍凉、悲哀之感。

孤 山 寒 食①

［宋］赵师秀

三月芳菲在水边②，旅人消困亦随缘③。

晴舒蝶翅初匀粉，雨压杨花未放绵④。

有句自题闲处壁，无钱难买贵时船。

最怜隐者高眠地⑤，日日春风是管弦。

【作者】

赵师秀（1170—1219），字紫芝，号灵秀。永嘉（今浙江温州）人。绍熙元年（1190）进士，曾任地方官，终于高安（今属江西）推官。其写景诗较细腻，为"永嘉四灵"之一。有《清苑斋集》传世。

【注释】

①孤山：在杭州西湖边，傍无联附，为湖山之绝胜。

②芳菲：花草茂盛芬芳。

③旅人：时年作者寄寓杭州，故自称"旅人"。随缘：随时从俗。

④绵：指柳絮。

⑤怜：可惜。隐者高眠地：北宋隐士林逋墓。林逋，钱塘（今杭州）人，隐居孤山，二十年不入城市。

【简析】

西湖的寒食，春景芳菲，诗人随时从俗也到孤山一游，而"随缘"二字透露了作者游春多少有一点勉强。三、四句写天气初晴的景色；五、六句写自己无钱雇船泛舟而专拣闲静之处题诗，进一步透露作者是勉强游春；结尾两句是鲜明的对照。寒食有扫墓的习俗，可是却没有人想到要去本朝有名隐士的墓地上洒上一杯酒，反在它的周围欢歌作乐，从而暗示了作者之所以郁郁寡欢、提不起兴致的原因。诗的言外之旨比较隐蔽、含蓄，它曲折地反映了作者对南宋京都一味歌舞升平的世风的不满。

壬子寒食①

［元］元好问

儿女青红笑语哗②，秋千环索响呕哑③，

今年好个明寒食④，五树来禽恰放花⑤。

【注释】

①壬子：元宪宗二年（1252）。时距金亡已十八年，作者已回到故乡今山西忻县城里读书，并在山下过着隐居的遗民生活。

②儿女青红：指儿女穿红着绿。古时，男穿青襟，表示其读书人身份；女儿穿红，盛装过节。

③呕哑：象声词，形容秋千环索作响之声。

④明：明媚。

⑤五树：纵横交错在一起的树，形容树多而密。五，纵横交错。

【简析】

在家乡过着遗民生活的爱国诗人元好问，在这首诗中为我们描绘了一幅山村春光明媚、鸟语花香，以及儿女绕膝嬉乐的图画。这是不是表明他对时事已渐趋淡忘了呢？当然不是，正相反。他正是用赞美山野风光、天伦之乐来曲折表达他决心不跟新统治者合作，而宁愿隐居以终的意志。

寒 食 马 上

［元］萨都剌

道旁杨柳已栖鸦，几度春深未到家①。

城北城南千树雪②，行人马上看梨花③。

【作者】

萨都剌（1305？—1355？），字天锡，号直斋。先世为西域回族，随蒙古军东来，世居雁门（今山西代县）。泰定四年（1327）进士，历官京口录事司达鲁花赤三年，有闽海宪司知事、燕南宪司经历。晚年寓武林（今浙江杭州），后入方国珍幕府，病卒。性好游历山水，工诗文，多山水诗作，亦间有反映民生疾苦作品。诗风流丽清婉，又时有雄伟豪迈之作，名冠一时。有《雁门集》传世。

【注释】

①"几度"句：作者于泰定四年在镇江做官，其年终因事赴京，次年十二月始回到任所。天历二年（1329）春至秋卧病，是年因故未在镇江任所。天历三年（1330）寒食，因事在旅途中。如此先后三年，故云"几度春深"。家：指作者在镇江录事长时的任所。

②雪：指盛开的白色梨花。

③行人：作者自指。

此诗作于至顺元年（1330），时任京口（今江苏镇江）录事长。作者骑马从外地回城，走到城郊已是柳树栖鸦、鸟雀归巢的时候了，想到几年来暮春时节都在外度过，愈近家门便对周围的一切愈觉亲切和眷恋。于是诗人为城外的景色所吸引，放松缰绳欣赏起"千树万树梨花开"的美丽景色来。

寒食上蘧冢①

〔明〕汤显祖

总为金陵破我家，子规啼血暮光斜②。

寒浆独上清明冢，年少文章作土苴③。

【作者】

汤显祖（1550—1616），字义仍，号若士。临川（今江西抚州）人。万历十一年（1583）进士，官至礼部主事。以弹劾首辅任人唯亲，被贬为雷州徐闻（今属广东）县典史。后改任浙江遂昌知县，颇有政绩。又以忤权贵落职，乃不再出仕，专心著书。有诗文集《玉茗堂集》；又创作有《牡丹亭》等四种传奇，合称为"临川四梦"，并在戏剧史上有重大影响。

【注释】

①蘧（qú）：作者长子士蘧，万历二十八年（1600）秋卒于金陵（今南京）。

②子规：杜鹃鸟，叫声悲哀。

③土苴（zhǎ）：犹土渣，比喻极轻贱的事物。

【简析】

　　此诗作于晚年弃官家居之时。寒食为亡儿扫墓，汤显祖触景伤情写下了这首悼念诗。首句直抒儿子亡故给全家带来的重大打击。中间两句写景，气氛凄凉哀伤。尾句与开头呼应，痛悼亡儿有才华却早逝。父亲悼念儿子，白头人哭黑发人，感情沉重而真挚。

寒　食　雨

［明］陈子龙

绣野春楼动地红①，美人遥夜玉铃风②。

凭栏尽日常无语，相对残花细雨中。

【注释】

　　①动地：指遍地落花改变了地面的颜色。动，改变。红：落红，即落花。

　　②遥夜：长夜。

【简析】

　　此诗辑自《湘真阁稿》，据此推断其当作于崇祯十一至十二年（1638—1639），当时作者守孝在家乡南园读书。诗中描写寒食的夜晚，风声、铃声更兼细雨，使多愁善感的楼上美人彻夜不眠。清早，只见户外落红遍地。面对细雨、残花，她凭栏沉思默默无语，流露出无限惜花、惜春的情思。作者对主人公的心境不著一词而情态毕现，缠绵动人。显然，诗中女主人公的身上有着作者的体验和影子。

清明前一日^①

[清] 李　渔

正当离乱世^②，莫说艳阳天^③。

地冷易寒食^④，烽多难禁烟^⑤。

战场花是血，驿路柳为鞭^⑥。

荒垄关山隔^⑦，凭谁寄纸钱？

【作者】

　　李渔（1611—1679?），字笠鸿，号笠翁。浙江兰溪人。明崇祯八、九年间（1635—1636）秀才，有文名。清顺治初年（1644），由兰溪移家杭州，居杭十年，又移居南京。康熙十六年（1677），返杭州终老。在晚年返杭前，他漫游南北，三到北京，携家设戏班到各地达官贵人门下演出求资助。著有传奇十种，另写有小说。诗词文杂著有《一家言全集》，其中《闲情偶记》在戏剧理论上有建树。

【注释】

　　①清明前一日：寒食日。

　　②离乱世：作者经历了明亡清兴改朝换代的大变动，故云。

　　③艳阳天：阳光灿烂、风景美好的春天。

④地冷：意思是，避乱在各地奔波，地方不熟，生活不安定，常吃冷食。

⑤烽：烽火。难禁烟：寒食禁烟火，但战火遍地无法禁烟。

⑥"战地"二句：写在避难者眼中，花的红色使人联想起流血，柳条也使人联想起打人的皮鞭。

⑦荒垄：久无人扫祭之墓。

【简析】

这是兵荒马乱年代产生的一首特殊节令诗。作者笔下寒食节的春光、花柳、习俗经过一个逃难者眼光的过滤，一切景象都蒙上了一层战争的阴影，气氛凄惨，反映了战乱中人们颠沛流离的生活和彷徨无主、疑惧哀伤的情绪。

寒 食

［清］洪 升

七度逢寒食，何曾扫墓田。

他乡长儿女，故国隔山川①。

明月飞乌鹊②，空山叫杜鹃。

高堂添白发③，朝夕泪如泉。

【作者】

洪升（1645—1704），字昉思，号稗畦。浙江钱塘（今杭州）人。国子监生。康熙二十八年（1689），因在佟皇后丧期演唱《长生殿》，被革除国子监生籍。后回浙江，醉后失足落水死。著有传奇《长生殿》，与孔尚任齐名，有"南洪北孔"之称。有传奇《长生殿》及诗集《稗畦集》《稗畦续集》传世。

【注释】

①故国：故园，故乡。

②"明月"句：曹操《短歌行》诗云："月明星稀，乌鹊南飞。绕树三匝，何枝可依！"此处借乌鹊归巢喻自己的思归。

③高堂：指父母。

【简析】

"何曾扫墓田""他乡长儿女""高堂添白发"，作者抓住脑海中飞速掠过的三个闪念反复咏叹，再配合"乌鹊""杜鹃"的比喻，抒发了内心强烈的思乡、思亲之情。经过上述铺垫，水到渠成的引出"朝夕泪如泉"一句，便不感到突兀而显得真挚感人了。

清明

清明在公历四月四日或五日，亦系二十四节气之一，又是我国传统的节日之一。清明的节日风俗，正如古人所说的，"清明节在寒食第三日，故节物乐事皆为寒食所包"（陈元靓《岁时广记》引吕原明《岁时杂记》）。如扫墓、荡秋千、拔河、门上插柳等习俗，皆与寒食节相同。

　　当然，清明也有与寒食不同之处。

　　首先是生新火。"寒食"禁火到清明这一天结束，这时要生新火、吃熟食。在古代，生新火是件相当麻烦的事。如唐、宋时用榆木、柳木钻火，其难度可想而知。所以，唐代"长安每岁清明，内园官小儿于殿前钻火，先得上进者，赐绢三匹、金碗一"（见《岁时广记》引《唐辇下岁时记》）。朝廷在这一天还给亲信近臣传烛赐火，被视为莫大的恩宠。

　　清明又盛行踏青，又称寻春、探春。富贵人家子弟这天驰马郊游，唐代新进士于清明这天集中在曲江亭开宴、泛舟、赏春，尽情游乐。宋代画家张择端的《清明上河图》，就是反映宋代汴京清明踏青的盛况。这天，民间还流行放风筝的习俗。

　　今天，清明节扫墓、踏青、郊游等习俗仍为广大群众所继承并有所发展，成为人们赏春、旅游的美好节日。

清明二首（选一）

［唐］杜　甫

此身飘泊苦西东①，右臂偏枯半耳聋②。

寂寂系舟双下泪，悠悠伏枕左书空③。

十年蹴踘将雏远④，万里秋千习俗同。

旅雁上云归紫塞⑤，家人钻火用青枫⑥。

秦城楼阁烟花里⑦，汉主山河锦绣中⑧。

风水春来洞庭阔⑨，白苹愁杀白头翁⑩。

【注释】

①"飘泊"句：大历三年（768），杜甫离夔州（今重庆奉节）出蜀，在江陵（今属湖北）、公安（今属湖北）、岳州（今湖南岳阳）、衡州（今湖南衡阳）一带辗转流浪，故云"飘泊……西东"。亦泛指诗人一生颠沛流离的生活。

②偏枯：偏瘫，半身不遂。

③左书：因右半身偏瘫，故用左手书写。

④十年：乾元二年（759），关中大饥，杜甫弃官举家迁移，赴秦州（今甘肃天水）、同谷，再入蜀至成都。大历三年（768）出蜀，到达岳阳，刚好十年。将雏：携子而行。此句意思是，在四川过了十个清明节，现在将要举家远远离开了。

⑤紫塞：北方边塞，此代指京都长安。

⑥"家人"句：古人钻木取火，四季所用树木种类不同，称

"改火"，以表示季节的更换。古书记载"春承榆柳之火"，杜甫因举家飘泊外乡，所以将就用枫木取火。

　　⑦秦城：长安。烟花：指绮丽的春景。

　　⑧汉主山河：长安又为汉代京都，故以此代指唐代长安一带。

　　⑨风水：春风，湖水。

　　⑩白苹：水鳖，又名马尿花，一种水生植物。

【简析】

　　原诗共二首，此选第二首。这是杜甫在其生命的最后两年飘泊在湘鄂一带留下的遗篇之一。全诗分三部分，前四句写诗人以老病之身蜗居扁舟、飘泊湖上，凄苦之状如见。中间四句是回忆与现实的对照，十年来颠沛流离，如今依然飘泊异乡，因而仰看北飞的大雁，心也飞向北方的京都长安。最后四句写诗人的希望和现实的矛盾，念长安而不可见，却飘泊于茫茫湖水之中，表达了作者希望无法实现的悲哀。杜甫的命运不仅是他个人的不幸，也是大唐帝国急剧走向没落的反映，因而他的悲哀也是时代的哀音。

清明日送邓、芮二子还乡

［唐］戴叔伦

钟鼓喧离日①，车徒促夜装②。

晚厨新变火③，轻柳暗翻霜④。

转镜看华发⑤，持杯话故乡。

每嫌儿女泪，今日自沾裳。

【作者】

戴叔伦（732—786），字幼公。润州金坛县（今属江苏）人。曾任抚州（今江西抚州）刺史，后改任容州刺史，兼容管经略史，有政绩。还朝，上表请为道士，不久病卒。其诗多表现田园生活，也有部分边塞诗和反映劳动人民疾苦的作品，诗风清丽。明人辑有《戴叔伦集》传世。

【注释】

①钟鼓：古人报时，晨敲钟，暮击鼓。

②车徒：赶车的仆人。促夜装：连夜治理行装。

③变火：古人因季节不同而用不同的树木钻火，称"变火"，以表示季节的更换。

④"轻柳"句：意思是，柳树悄悄长出了柳絮。柳絮是白色绒毛，故喻为"霜"。

⑤"转镜"句：反复照镜观看自己的花白头发。

【简析】

诗题告诉我们这是对朋友的送别诗，实际上是乡思、惜别兼而有之。诗从清晨写起，报晓的晨钟响了，仆人们已整装待发。天已渐亮，厨房已生新火，户外白色柳絮也已清晰可见，朋友动身的时刻越来越近。诗人想起清明佳节本该回乡扫墓，而自己头发花白却还身居异乡，如今两位友人又要告别还乡，故乡情加上惜别情，终于使诗人悲不自禁泪湿衣裳。诗人娓娓叙来，步步深入，引出绵绵情思，既平易亲切又深刻动人。

清明日赐百僚新火

[唐] 韩 濬

朱骑传红烛^①，天厨赐近臣^②。

火随黄道见^③，烟绕白榆新^④。

荣耀分他室，恩光共此辰。

更调金鼎膳^⑤，还暖玉堂人^⑥。

灼灼千门晓^⑦，辉辉万井春^⑧。

应怜萤聚者^⑨，瞻望及东邻^⑩。

【作者】

韩濬（jùn），字不详。江东人。大历九年（774）进士。

【注释】

①朱骑：穿朱衣的骑马使者，为皇宫分送新火的前导。

②天厨：皇家御厨，指御厨生的新火。

③黄道：皇帝经行的道路，以黄土铺路，故云"黄道"。

④"烟烧"句：清明钻榆树取新火。

⑤金鼎：铜鼎，古代炊具。

⑥玉堂：唐称翰林院为玉堂，此泛指臣僚。

⑦千门：千家。

⑧万井：相传古制八家为一井，"万井"喻人户之多。

⑨萤聚者：指车胤，晋南平（今福建南平）人，字武子，以博学知名。幼时家贫，勤学而无灯，夏日聚萤照读。此处作者自喻，亦兼指贫苦的读书人。

⑩东邻：邻居。西汉匡衡，经学家，少时家贫，凿壁就洞孔映

照邻家火光读书。此亦指贫苦读书之人。

【简析】

　　全诗四句一段，首段写景点题——清明日皇帝给近臣分赐新火，中间一段颂皇恩君德，末段宕开一笔扩写到京都千家万户也纷纷生火。结尾处恳请君主分赐新火时，不要忘了穷困潦倒的读书人。在祈求中又略带微讽，从中可看出封建社会一般下层文人的心理状态。

清明日次弋阳①

[唐] 权德舆

自叹清明在远乡，桐花覆水葛溪长②。

家人定是持新火，点作孤灯照洞房③。

【作者】

　　权德舆（789—818），字载之。秦州略阳（今甘肃秦安东北）人。以文章晋升，由谏官累升至礼部尚书同平章事，封扶风郡公。有《权文公集》。

【注释】

　　①次：旅途经过。弋阳：今江西弋阳县。

　　②葛溪：水名，在弋阳县，下游合弋水等注入上饶江。

　　③洞房：深宅内屋，指妇女居处。此当指作者妻子卧室。

【简析】

　　作者是北方人，清明节远行在南方旅途中，故而乡思格外强烈。"桐花复水葛溪长"，不仅点明了客居他乡的具体地点，又暗喻思绪如葛溪之水潺潺不绝。后两句从反面着墨，想象家中清明时也生起了新火，夜里孤灯独守的妻子也一定倍感寂寞而默默无语地思念远行异乡的亲人。诗中白天明丽的春景与夜晚暗淡的孤灯相对照，正反映衬，风格委婉缠绵，引人遐想。

题都城南庄①

[唐] 崔　护

去年今日此门中，人面桃花相映红②。

人面不知何处去，桃花依旧笑春风。

【作者】

　　崔护，字殷功。博陵郡（今河北定县）人。早年屡试不第，贞元十二年（796）进士，终岭南节度使。今存诗数首。

【注释】

　　①关于此诗有一段佳话：据说崔护举进士未第时，清明日独游都城南，口渴，向一村女求饮，两相爱慕。翌年清明，崔护再往，已人去户空，乃题诗（即此首）于门扉。隔数日复往，有老父出，告云：女见诗已哀恸而亡。崔护请入视，则女又复苏，老父乃以女妻之。（见孟棨《本事诗》）相传，崔护当年借水的南庄，即今陕西长安杜曲的桃溪堡。

②人面：少女面容。相映红：少女艳红的面色和桃花的红色相互映照生辉。

【简析】

"人面桃花"是一个流传极广的典故，就来源于这首小诗。作者写了两个画面：第一个是回忆中的景象，在满树桃花的衬托下，一位少女亭亭玉立、脉脉含情，使你无法说清是少女艳若桃花，抑或是桃花美似少女。第二个画面是眼前的景象，桃花依旧，人去户空。前后对照，使人产生一种强烈的失落感。本来生活中一个人旧地重游，眼前的景物必然会引起种种回忆，何况一个年轻人满怀希望专程去探望意中人，却寻芳不遇，其失望、惆怅该是何等强烈。诗人抓住现实中人们普遍具有的这种心理给以艺术的烘托、强调，从而激起人们内心的共鸣，难怪后人可据此敷演成戏文并在舞台上演出了。

清 明 夜

[唐] 白居易

好风胧月清明夜，碧砌红轩刺史家①。

独绕回廊行复歇，遥听弦管暗看花。

【注释】

①砌：台阶。 轩：有窗槛的长廊。刺史家：白居易此年（宝历元年，825年）在苏州刺史任上。

【简析】

此诗取材、构思都别具一格。在清明之夜，月色朦胧，晚风微拂，诗人独绕回廊默默散步，一边听远处传来的乐声，一边看院中依稀可辨的鲜花，表达了诗人流连美景而深恐春天将去的微妙心理。这里无一字直抒胸怀，而诗人惜春之意自显。

清明日园林寄友人

［唐］贾　岛

今日清明节，园林胜事偏①。

晴风吹柳絮，新火起厨烟。

杜草开三径②，文章忆二贤。

几时能命驾③，对酒落花前④。

【作者】

贾岛（779—843），字阆仙。范阳（今河北涿县）人。初为僧，名无本，居洛阳，后居长安青龙寺。韩愈赏识其文才，令还俗，举进士久不第。五十九岁时，坐诽谤，贬谪长江（今四川蓬溪）主簿，故人称贾长江。开成五年（840）迁普州（今四川安岳）司仓参军，终于任上。贾诗喜写寒苦之境，风格以平淡朴素见长。与孟郊齐名，有"郊寒岛瘦"之称。有《长江集》传世。

【注释】

①胜事：美好的事情，此指美景。偏：不寻常。

②杜草：杜若，一种香草，春夏开花。梁沈约《杜若》诗云："生在穷绝地，岂与世相亲。不顾逢采撷，本欲芳幽人。"沈诗中把杜若作为怀才不遇、孤芳自赏者的象征，此句即用此意。三径：指家园。西汉末，王莽专权，兖州刺史蒋诩辞官归隐，在院中辟三径，唯与知交求仲、羊仲二人来往。后以"三径"泛指家园。下文"二贤"，即以友人比拟求仲、羊仲这样的知交良友。

③命驾：动身。

④落花前：落花时节之前，指春景未完之时。

【简析】

诗的前半部分写清明春景之美，为下文烘托气氛作铺垫。面对美景、佳节，独自玩赏不免辜负春光，于是引出了"怀友"的主题。诗的后半部分借助典故，巧妙地表达了对友人知己的感激和思念之切。末句"对酒落花前"既是对友人的再次促请，又含有"惜春"之意。诗写得朴素平易，而又蕴含较丰富的思想情感。

清　明

[唐] 杜　牧

清明时节雨纷纷①，路上行人欲断魂②。

借问酒家何处有③，牧童遥指杏花村④。

【作者】

杜牧（803—852），字牧之。京兆万年（今陕西长安）人。大和二年（828）进士，复举贤良方正。历仕左补阙，黄、池、睦三州刺史，司勋员外郎，湖州刺史，官终中书舍人。杜牧有志于国事，主张削藩、强兵、固边，曾注《孙子兵法》。诗作清秀俊逸，为晚唐一大家。与稍后的李商隐齐名，后世称为"小李杜"。其甥辑其稿为《樊川集》传于世。

【注释】

①纷纷：形容细雨蒙蒙。

②断魂：神魂与躯体断离，形容心情忧愁。

③借问：请问。

④杏花村：杏花深处的村庄。安徽贵池、山西汾阳都有杏花村，当系后人因此诗之远播加以附会而命名的。

【简析】

从全诗色调、情绪看，诗可分两部分。前两句描绘的是"清明寒雨行旅图"，在佳节清明，诗人他乡奔波，冒雨趱行，道路泥泞，春衫尽湿。景象是凄苦的，同时色彩灰暗，气氛抑郁。写到这里，似乎路尽途穷了，然而诗人笔锋一转，"借问酒家何处有？牧童遥指杏花村"，就像满天乌云中突然露出了一道阳光，陷于困境中的行人总算有了暂时消乏、避雨驱寒之所了。这种意境很容易使人想到宋代诗人陆游的名句："山重水复疑无路，柳暗花明又一村。"全诗写得清新秀逸，朴素中见深刻，平凡中含哲理。

清 明 日

[唐] 温庭筠

青娥画扇中^①，春树郁金红^②。

出犯繁花露^③，归穿弱柳风。

马骄偏避幰^④，鸡骇乍开笼^⑤。

柘弹何人发^⑥，黄鹂隔故宫^⑦。

【注释】

①青娥：妇女用青黛画的眉，代指美女。此句意思是，美女艳如画中丽人。

②郁金：郁金香，香草名。

③繁花：繁盛的春花。

④骄：骄逸，不受控制。偏：旁侧。幰（xiǎn）：车前帷幔，代指古代大官乘坐的车。

⑤"鸡骇"句：古俗，寒食、清明以斗鸡为戏。

⑥柘（zhè）弹：柘材制造的弹弓。

⑦黄鹂：黄莺。

【简析】

诗人以旁观者的眼光写了几个场景：晨露未消，如画美女便结队春游，去时露水打湿了她们的衣裳，归来已春风和煦、柳丝飘舞了；沿途，达官贵人的马车横冲直撞地驰过；斗鸡场上，刚从笼中奔出来的斗鸡急躁不安地呱呱乱叫；皇宫内苑，时而飞出几粒打鸟的弹子。在描绘宫内、宫外一派游乐盛况时，诗人对上层社会耽于游乐的侈靡风气也略有微讽。全诗画面转换迅速，节奏明快，色彩浓丽。

湖寺清明夜遣怀①

[唐] 李群玉

柳暗花香愁不眠,独凭危槛思凄然②。

野云将雨渡微月③,沙鸟带声飞远天④。

久向饥寒抛弟妹,每因时节忆团圆。

饧餐冷酒明年在⑤,未定萍蓬何处边⑥。

【作者】

　　李群玉(813?—860?),字文山。沣州(今湖南沣县)人。举进士不第。大中八年,以布衣进长安,后由裴休荐授弘文馆校书郎。未几,乞假归。李群玉善写羁旅之情,诗风清婉。有诗集传世。

【注释】

　　①湖寺:傍湖的寺庙。

　　②危槛:高楼上的栏槛。

　　③"野云"句:原野上乌云飘移,看上去仿佛月亮在浮动。

　　④沙鸟:沙鸥,水鸟,栖息在沙洲。

　　⑤饧(táng):加饴糖的粥。寒食禁火,预先熬饧,以备食用。

　　⑥萍:浮萍。蓬:飞蓬。

【简析】

　　通常的清明诗都是写大白天,这首诗却是写夜雨欲来的景象。朦胧的柳影,黑压压的乌云,惊飞的水鸟,将临的夜雨,在这气氛沉重的背景衬托下,一个人独立危楼凭栏远眺,这就把他愁肠百结的情绪充分渲染出来了。诗人在想什么呢?诗的后四句有层次地予以点明：首先是佳节思亲，其次是飘泊生活远没有结束，这就意味着乡思也将绵绵不绝看不到尽头。全诗写得缠绵婉转，有一种哀伤的美。

清明日与友人游玉粒塘庄

[唐] 来　鹄

几宿春山逐陆郎①，清明时节好烟光。

归穿细荇船头滑②，醉踏残花屐齿香③。

风急岭云飘迥野，雨余田水落方塘。

不堪吟罢重回首，满耳蛙声正夕阳。

【注释】

①逐：追随，陪伴。陆郎：陆绩，三国时东吴吴郡人。孙权辟为奏曹椽，官至郁林（今广西桂平西）太守。陆绩六岁时，于九江见袁术，宴席中怀橘三枚，欲归献其母，以孝亲、爱亲闻名。此处以陆郎喻指其友人，赞美友人之品德。

②荇（xìng）：荇菜，水生植物，多长于湖塘中，嫩时可食用。

③屐齿：木屐之齿。木屐一般用于走泥地。

【简析】

清明佳节，陪伴着友人尽情饱览了山岭春光，带着大自然赐予的美好情绪踏上了归程。诗就从这里起笔，接着诗人以欢快的节奏、鲜明的色调描绘归途中雨后山庄的美景。"不堪吟罢重回首"，妙笔传神，细腻地表达了诗人频频回首流连山景春光的心情。而身后则"满耳蛙声正夕阳"，以动衬静，进一步烘托山庄的幽静之美，读后令人产生余音绕梁之感。

长 安 清 明

［唐］韦　庄

早是伤春暮雨天，可堪芳草更芊芊①。

内官初赐清明火②，上相闲分白打钱③。

紫陌乱嘶红叱拨④，绿杨尚映画秋千⑤。

游人记得承平事⑥，暗喜风光似昔年。

【注释】

①芊芊：草茂盛的样子。

②"内官"句：唐俗，寒食禁火，到清明日由宫中钻榆、柳取火分赐近臣，以示恩宠。内官，宦官。

③上相：对宰相的尊称。白打钱：蹴鞠得胜者被赐采（赏）钱。白打，蹴鞠戏，两人对踢曰"白打"。

④红叱拨：唐玄宗天宝年间，大宛进献汗血宝马六匹，其一叫红叱拨。此代指骏马。

⑤画秋千：经过彩绘装饰的秋千。

⑥承平：太平。此诗当作于乾宁元年（894）韦庄进士及第后到光化四年（901）赴蜀前这段时间内。此时，军阀混战频繁，故此句追忆昔日太平盛世。

【简析】

　　此为感时伤事之作。暮春天气黄昏雨，触动了诗人的愁绪。愁什么呢？作者暂时不予挑明，却宕开一笔接写清明的习俗：赐火、踢球、骑马游春、荡秋千。风光、习俗一切都没有变，然后诗人笔锋陡转，"游人记得承平事，暗喜风光似昔年"，含蓄地点明了时事已远非昔比，太平盛世已一去不返了，唯一令人稍稍安慰的是山河依旧，风光如昔而已。诗人这种哀音，是动乱时代的回响。诗的风格，则清婉蕴藉。

清　明

［宋］王禹偁

无花无酒过清明，兴味萧然似野僧①。

昨日邻家乞新火，晓窗分与读书灯②。

【注释】

　　①萧然：寂寥，冷淡，抑郁。野僧：山野寺庙中的和尚。

　　②分与：分给。

【简析】

　　此诗和其他许多清明诗作比较，作者为我们展示了清明日另一种生活。别人饮酒赏花，作者则佳节寒窗苦读书，苦中寻乐，反映了封建社会贫苦读书人清贫、艰辛的生活和好学不倦的精神，意境凄苦又富有新意。

郊 行 即 事①

[宋]程 颢

芳原绿野恣行时②，春入遥山碧四围③。

兴逐乱红穿柳巷④，困临流水坐苔矶⑤。

莫辞盏酒十分劝⑥，只恐风花一片飞⑦。

况是清明好天气，不妨游衍莫忘归⑧。

【作者】

程颢（1032—1085），字伯淳。洛阳（今属河南）人。嘉祐二年（1057）进士。熙宁初为太子中允，监察御史里行。与王安石政见相左，出为镇宁军判官。哲宗立，召还，未行而卒。与弟程颐均为宋代著名理学家，世称"二程"。

【注释】

①即事：眼前的事物。就眼前的事物所引起的感触、闪念而写成的诗，叫即事诗。

②恣行：尽情踏青赏景。

③遥山：远山。

④乱红：杂乱的落花。

⑤困：困倦。苔矶：长青苔的水边大石。

⑥十分劝：殷勤劝饮。此句，诗人风趣地用拟人手法把自己饮酒写成酒杯在劝自己痛饮。

⑦一片飞：形容花不断被风吹落的情状。

⑧游衍：尽情游乐。

【简析】

桃红柳绿清朗天，踏青赏景的诗人随兴所至，逐红穿绿，倦则临水饮酒，悠然自得，表现了一种超脱尘俗，以及与大自然交融和追求美、热爱美的意境。这反映出与古板乏味的理学家面孔很不相同的另一种情趣、另一种精神面貌，这倒是颇能发人深思的。如此流连、陶醉于山水之中，是因为什么呢？原来"只恐风花一片飞"，这一句点明了全诗的主题：珍惜春光。最后两句除交代时令（清明节）外，"不妨游衍"又与首句"恣行"游春相呼应，首尾贯穿，自然浑成。

清　明

［宋］黄庭坚

佳节清明桃李笑①，野田荒冢只生愁。

雷惊天地龙蛇蛰②，雨足郊原草木柔。

人乞祭余骄妾妇③，士甘焚死不公侯④。

贤愚千载知谁是，满眼蓬蒿共一丘⑤。

【注释】

①桃李笑：用拟人手法形容盛开的桃、李花。

②"雷惊"句：意思是，清明时早已过了惊蛰的节气，万物正欣欣向荣。蛰，动物冬眠。

③"人乞"句：《孟子》中有一则寓言，说齐国有一人每天出

外向扫墓者乞讨祭祀后留下的酒饭，回家后却向妻妾夸耀是别人请自己吃饭。这是一个贪鄙愚蠢的形象。

④"士甘"句：用春秋时介子推宁愿被烧死也不愿再出仕的典故。

⑤蓬蒿：杂草。丘：指坟墓。

【简析】

清明节是扫墓的日子，诗人触景生情，由荒冢野坟联想到人生无常。在诗人笔下，大自然的美好风光由冬到春周而复始，而人却随着时光的流逝一切都化为乌有，千年之后不论贤愚都不过是黄土垄中一堆朽骨，谁还来管你的是非曲直呢？这虽然反映了作者仕途失意后接受了禅宗消极虚无思想的影响，但也流露出了他对不问是非贤愚的炎凉世态的愤愤不平和内心悲哀。

清明游饮少湖庄

［宋］朱淑真

清明玩赏正繁华，今日林梢落尽花。

人散酒阑春已去①，一泓初涨满池蛙②。

【注释】

①阑：尽。

②一泓：一池。

　　清明雨后，花落春去，引起诗人无限惆怅。但通篇不写一个"雨"字，而借助落花处处、遍池雨蛙这两个特征性细节便"雨"意自出。"人散酒阑"再配以雨后暮春景色作烘托，既表现了惜春之意，又是惜自己青春年华的流逝，意蕴含蓄而深沉。

清明二绝（选一）

［宋］陈与义

卷地风抛市井声①，病扶危坐了清明②。

一帘晚日看收尽③，杨柳微风百媚生④。

【注释】

　　①卷地风：猛烈的大风。市井声：街市上喧闹嘈杂的声音。

　　②危坐：端坐。

　　③晚日：夕阳。

　　④媚：美好的风光。

【简析】

　　原诗共二首，此选其一。这是一首心灵的小乐曲。作者巧妙地通过风势由猛而微，描写了清明一天中情绪的微妙变化。外面大风猛烈，传来街市上阵阵喧闹的噪音时，抱病的诗人正襟危坐，表明他心情烦乱，无法悠然自得地欣赏春景。到了傍晚，夕阳斜照，已是日丽风和、杨柳轻摇，于是诗人高兴起来，临窗赏景，明媚春光尽收眼底，引起诗人无限喜悦。写来曲折、含蓄，清新可喜。

清明日狸渡道中①

[宋] 范成大

洒洒沾巾雨②，披披侧帽风③。

花燃山色里，柳卧水声中。

石马立当道④，纸鸢鸣半空⑤。

墦间人散后⑥，乌鸟正西东。

【注释】

①作者在绍兴二十四年（1154）任徽州司户参军，此诗当作于赴任途中。联系诗集中前后诗篇分析，"狸渡"似在皖南南陵一带。

②洒洒：连绵不绝。巾：古冠的一种。以葛、缣制成，横着额上。

③披披：散乱貌。侧帽：帽子被风吹歪。

④石马：坟前墓道两旁的石兽。

⑤纸鸢（yuān）：鹰形风筝。

⑥墦（fán）：坟墓。

【简析】

诗人就清明山行道中所见景象一路叙来，山风、细雨，花燃、柳卧，唯独不见一个人影，在这样空旷的背景上，大自然显得颇有活力，但这只是一种艺术的对照。后四句写坟地上扫墓的人散去，只剩下石马、纸鸢这些没有生命的东西做伴，而令人憎恶的乌鸦之类则活跃起来上下翻飞、四处觅食，暗示出长眠地下的死者亡灵的寂寞。反映出诗人离乡远行途中，心头泛起的一种怅惘、失落之感。

风　花①

[宋]杨万里

海棠桃李雨中空，更着清明两日风。

风似病癫无藉在②，花如中酒不惺松③。

身行楚峤远更远④，家寄秦淮东复东⑤。

道是残红何足惜⑥，后来并恐没残红。

【注释】

①风花：风吹落的花。

②病癫：疯狂。无藉在：恶劣，无赖。

③中酒：喝醉酒。惺松：清醒。

④楚峤：楚岭，指安徽山区。安徽古属楚地。

⑤秦淮：秦淮河，在南京。作者此时在南京做官住家于此，因自己外出去安徽，故有"家寄"之句。

⑥残红：喻指朝中残存的爱国志士。

【简析】

绍熙二年（1191）春，诗人由南京江东转运副使任上出发，经皖南赴江西判案。清明日行至皖南山区，一场风雨落英遍地，诗人触景生情，浮想联翩，写下了这首名为《风花》而实指时事的诗篇。诗中的狂风、落花都不仅是自然物，而且是人格化了的。诗人直斥风似疯癫，凶恶无赖，摧花不遗余力，而它显然暗指向金投降的奸佞小人。风雨飘摇中的残花如喝醉了酒的糊涂醉汉，这是暗指朝中对投降派缺乏警惕的爱国之士。最后，诗人以沉痛的心情抒发了自己惜花忧世的感慨。诗风沉郁、含蓄、贴切，是一首特别的寓言诗。

清明日对酒

[宋] 高　翥

南北山头多墓田，清明祭扫各纷然①。

纸灰飞作白蝴蝶②，泪血染成红杜鹃③。

日落狐狸眠冢上，夜归儿女笑灯前④。

人生有酒须当醉，一滴何曾到九泉⑤。

【作者】

高翥（1170—1241），字九万，号菊磵（jiàn）。余姚（今浙江余姚）人。孝宗时进士。浪荡江湖，布衣以终。有诗集传世。

【注释】

①纷然：杂乱众多貌。

②纸灰：祭奠死者的纸钱烧成的灰。

③"血泪"句：传说杜鹃鸟啼鸣到嘴边流血还不停止，后遂用以形容人悲痛哭泣。

④夜归：指扫墓夜归。

⑤九泉：阴间。

【简析】

写清明扫墓的诗，通常都用来表现思亲，而本诗却立意新颖、独特。诗的前四句写白天扫墓祭祀时人们悲痛的情景，五、六句转写夜晚的景象，刚刚扫祭过的坟地上已野狐出入，儿女回家后则在灯前嬉笑欢闹，早把九泉下的亲人丢到脑后去了。通过这种对比，揭露和讽刺了封建宗法制度下旧礼教和世态的虚伪。最后两句反映了作者"人死一切皆空"的思想。

苏堤清明即事①

[宋] 吴惟信

梨花风起正清明②，游子寻春半出城。

日暮笙歌收拾去③，万株杨柳属流莺④。

【作者】

　　吴惟信，字仲孚。雪（zhà）川（今浙江吴兴）人。诗风清雅，秀丽自然。有《菊潭诗集》传世。

【注释】

　　①苏堤：元祐年间苏轼官杭州刺史时建于西湖。

　　②梨花风：古代认为从小寒到谷雨有二十四番应花期而来的风，梨花风为第十七番花信风，梨花风后不久即是清明。

　　③笙歌：乐声，歌声。

　　④属：归于。

【简析】

　　清明是美的，西湖的清明更美。诗虽短小，容量却大，从白天直写到日暮，春光明媚、和风徐徐的西子湖畔游人如织。到了傍晚，踏青游湖的人们已散，笙歌已歇，但西湖却万树流莺，鸣声婉转，春色依旧，把佳节清明的西湖描绘得确如人间天堂美不胜收。

清　明

[金] 麻九畴

村村榆火碧烟新^①，拜扫归来第四辰^②。

城里看家多白发，游春总是少年人。

【作者】

麻九畴（1183？—1232），字知几。易州（今河北易县）人，一说郑州（今河北任丘北）人。少敏慧，因廷试失利，遂隐居不出。正大三年（1226），因荐特赐进士第，累官应奉翰林文字。不久，谢病辞去。元兵至河南，被俘，病卒。

【注释】

①榆火：清明钻榆木取火。

②拜扫：上坟扫墓。辰：通"晨"。

【简析】

诗人扫墓归来记叙清明郊野所见，似通俗平淡并无特色，但末句"游春总是少年人"却奇峰突直，既是赞春光又是赞充满活力的年轻人，把一首本来很普通的清明诗化为有较深涵义的青春礼赞。

清明游鹤林寺①

[元] 萨都剌

青青杨柳啼乳鸦②，满山乱开红白花。

小桥流水过古寺，竹篱茅舍通人家。

潮声卷浪落松顶③，骑鹤少年酒初醒④。

计将何物赏清明，且伴山僧煮新茗。

【注释】

①鹤林寺：在镇江路（治丹徒，即今江苏镇江）府城西南黄鹤山下，旧名竹林寺。

②乳鸦：幼鸦。

③潮声：指长江涛声。

④骑鹤少年：作者自指。骑鹤，用"骑鹤上扬州"典故。南朝梁殷芸《小说》："有客相从，各言所志：或愿为扬州刺史，或愿多赀财，或愿骑鹤上升（指成仙）。其一人曰：'腰缠十万贯，骑鹤上扬州。'欲兼三者。"这则故事形容人奢求不可兼得之物（富、贵、寿）是一种幻想。作者这次旅行系元成宗大德六年（1302）赴吴、楚经商途经镇江，而镇江近扬州，便又进寺庙休息，情景恰与小说故事近似。故作此戏语，自称"骑鹤少年"。

【简析】

诗人羁旅中漫游古寺，写下了这首写景纪游诗。全诗四句一换韵，层次分明。头四句写山林幽境，后四句写作者酒醉后被狂涛声惊醒，于是陪和尚煮茶聊天，悠然自得。诗人当时虽出外经商，却表现出一种超脱、高雅的情趣，流连忘情于山水美景之中。行文幽默风趣，读来清新可喜。

清明呈馆中诸公①

[明] 高 启

新烟著柳禁垣斜②，杏酪分香俗共夸③。

自下有山皆绕郭④，清明无客不思家。

卞侯墓上迷芳草⑤，卢女门前映落花⑥。

喜得故人同待诏⑦，拟沽春酒醉京华⑧。

【注释】

①馆中：指国史馆。洪武三年（1370），高启移家南京，授翰林院国史编修，纂修《元史》。诗即作于此时。

②禁垣：宫墙。

③杏酪：杏仁粥。古俗，寒食捣杏仁熬粥备食。

④白下：南京的别称。

⑤卞侯：晋尚书令卞壸（kǔn）。苏峻起兵时被杀，葬于冶城（故址在今南京朝天宫一带）。

⑥卢女：指莫愁。据《江宁府志》："南京三山门外，昔有妓卢莫愁家，此有莫愁湖。"

⑦待诏：明翰林院亦设待诏官，掌文词。此处"待诏"兼有等待皇帝命令之意。

⑧京华：京师为文物荟萃之地，故称"京华"。

【简析】

烟柳、青山、芳草、落花，诗人仿佛不经意地信手点染几笔，便绘出了六朝古都春天原野的秀丽景色。由眼前美景勾起了诗人对故乡清明的怀念，这一联想又正好反过来说明眼前春光的巨大感染力。结尾两句写作者暂将乡思搁下，而与同僚们陶醉在南京的春景之中，表达了作者对大自然美的真诚热爱。

清 明 即 事

[明] 瞿 佑

风落梨花雪满庭①，今年又是一清明。

游丝到地终无意②，芳草连天若有情③。

满院晓烟闻燕语，半窗晴日照蚕生④。

秋千一架名园里，人隔垂杨听笑声。

【注释】

①雪：形容落花洁白如雪。

②游丝：空中飘荡的蛛丝。丝，谐音"思"。意思是，游丝落地无意，却引动了诗人情思。

③"芳草"句：意思是，芳草远远地伸展开去，它仿佛也满怀深情，把我的思绪引向我的意中人。古诗中常以芳草暗喻怀人。

④蚕：清明前后是蚕事忙碌之时。

【简析】

梨花风吹起的时候，一年一度的清明节又到了，空中的游丝、连天的芳草都勾起了作者绵绵相思。五、六两句，作者进一步选取新烟、丽日、燕语、春蚕这些清明暮春时节的特征性细节加浓相思的气氛。那么，作者究竟想念谁呢？"秋千一架名园里，人隔垂杨听笑声。"或许作者想念的正是发出这青春笑声的女性，或者这诱人的笑声更加深了作者对意中人的思念，但作者有意不去明写，气氛颇有些扑朔迷离，唯其如此才诱发人想象，使人们步诗人思想之轨迹，去想象那未露面美人的音容笑貌。

清明（选一）

[明] 陈子龙

江南烟雨画屏中，半镜斜窗弄小红①。

燕子不来楼阁迥②，柳丝今日向东风③。

【注释】

①弄：赏玩。小红：浅红色，此代指桃花。

②迥：远。

③东风：春风。

【简析】

原诗共二首，此选其一。此诗辑自《陈李倡和集》，据此可知其作于崇祯六年（1633）。（作者自撰《年谱》云："崇祯六年，多与舒章唱和，今《陈李倡和集》是也。"）陈子龙这首《清明》诗中有画，是一幅秀丽的江南清明烟雨图。首句"画屏"二字，既写出了户外的秀色，又写出了特殊的视角。因为是作者临窗所见，景色被固定在一定框架内，如同一张风景照。作者在欣赏雨景之时，也流露了对雨淋桃花的惋惜。因为有雨，燕子不见了，对面的楼台亭阁也笼罩在一片雨雾中，从而显得模糊而遥远。但柔长的柳丝却在春雨中摇曳，给烟雨中的江南平添了多少生气。从诗中可以看出，诗人观察细腻入微，描写形象传神，颇有唐诗风韵。

壬戌清明作①

［清］屈大均

朝作轻寒暮作阴，愁中不觉已春深。

落花有泪因风雨②，啼鸟无情自古今③。

故国江山徒梦寐，中华人物又销沉。

龙蛇四海归无所④，寒食年年怆客心⑤。

【作者】

　　屈大均（1630—1696），初名绍隆，字翁山，又字介子。广东番禺人。明末诸生。清兵入广州前后，曾参加抗清队伍，失败后削发为僧，不久还俗，改名大均。北游关中、山西等地，与顾炎武交往。诗、文均著名于时，部分作品揭露清军暴行，感伤时事，诗风明健，为"岭南三大家"之一。

【注释】

　　①壬戌：康熙二十一年（1682）。

　　②落花：暗喻明末抗清遗民。

　　③啼鸟：暗喻为清朝新统治者鼓吹的变节者。

④龙蛇：喻潜藏于江湖山野的反清豪杰。

⑤怆：悲伤。

【简析】

康熙二十一年，距最后一个南明政权的灭亡已有十八年。漫漫长夜中，爱国遗民日坐愁城，不忘故国。政治上的风云变幻，自然界的风风雨雨，使作者触景生情，倍感悲痛。诗中的风雨、落花、啼鸟都具有明显的象征色彩。现在，故国河山只能在梦中相见，一般的中华儿女眼看大势已去也都已消沉。最后两句与首联的"愁"字呼应：抗清志士有家难归，只能年复一年栖身山野度过凄清的佳节。这在客居他乡的人们心头引起了多么巨大的创痛！全诗如呜咽的溪水汩汩而行，流畅而又沉郁。

江上望青山忆旧①

[清] 王士禛

长江如练布帆轻②，千里山连建业城③。

草长莺啼花满树④，江村风物过清明⑤。

【作者】

王士禛（1634—1711），字子真，一字贻上，号阮亭，别号渔洋山人。山东新城（今桓台）人。顺治十五年（1658）进士，次年授扬州府推官，累官至刑部尚书。诗词文均有名，尤工诗，创"神韵说"，主诗坛数十年，与朱彝尊并称"朱王"。有诗集传世。

【注释】

①青山：作者此行系由水路自南京去扬州，故途中见两岸青山绵亘不绝。忆旧：怀念故友。

②练：白绢。用谢朓《晚登三山远望京邑》中"澄江静如练"句之比喻。

③建业：今南京。

④"草长"句：用梁丘迟《与陈伯之书》中"暮春三月，江南草长，杂花生树，群莺乱飞"句意，含有怀念故交旧友之意。

⑤风物：风光景物。

【简析】

清明节，诗人驾一叶轻舟顺流疾驰而下。这是水上赏景而非岸上踏青，一切景物都透过舟中诗人的特定视角写出，因而呈现在人们眼前的风光景物都是动态的。远景，两岸青山蜿蜒起伏，如龙蛇飞动；近景，江树莺飞花放，春色一片，表现了诗人陶醉于春光山色的内心愉悦。诗写得明丽、流动，令人赏心悦目。

寒　食

[清] 黄遵宪

几日春阴画不成①，才过寒食又清明。

霏霏红雨花初落②，袅袅白波萍又生③。

栏外轻寒帘内暖，竹中微滴柳梢晴。

浮云万变寻常事，一瞬光阴既娄更④。

【作者】

黄遵宪（1848—1905），清末诗人，字公度。广东嘉应州（今梅州）人。光绪举人。历仕驻日、英参赞及旧金山、新加坡总领事。后任湖南长宝盐法道，署按察使。参与戊戌变法，奉命出使日本，未行，因变法失败被罢归。写诗主张有新意，对帝国主义和清统治集团多有揭露、讽刺。有《人境庐诗草》传世。

【注释】

①画：指写诗描绘风和日丽的春光。因连日阴雨，故云"画不成"。

②霏霏：纷飞貌。红雨：桃花落英。

③袅袅：微细貌。萍：浮萍。

④既：已。娄更：变更。

【简析】

此诗约作于光绪十二至十五年间（1886—1889），时作者在家乡著书。"竹中微滴柳梢晴"，写刚才还下着春雨，转瞬间天气又已放晴，诗人从这种自然现象中悟出了人生的真谛。"浮云万变寻常事，一瞬光阴既娄更"，诗人把对人生的哲理性思考和概括融入诗篇，表达了诗人对光明的乐观信念，赋予了这首节令诗以新的审美意境。

端午

农历五月初五是我国的端午节。"仲夏端午，端者初也。"（《风土记》）古人常把"五"写成"午"，故初五便称为"端午"。五月，古人又称"午月"，二午相重，故又称"重午"或"重五"（二五相重），又简称为"午日"。古人把午时当作"阳辰"，故又称"端阳"。

端午的来历，传说是为了纪念屈原，一些习俗也与此有关，如龙舟竞渡、吃粽子。屈原是战国时楚人，当过三闾大夫，主张联齐抗秦，遭谗被逐，流浪于湘江流域。后见楚郢都被秦攻破，遂于五月初五投汨罗江自杀殉国。"楚人哀之，乃以舟楫拯救。端阳竞渡，乃遗俗也。"（《续齐谐记》）可见，至少在南北朝时期，就已有赛龙舟的风俗。至于吃粽子，传说也起源于楚地百姓吊祭屈原，或说是投粽子喂江中蛟龙，以保护屈原遗体。

端午另一些习俗则源于古人防病、除疫的愿望和措施，如门上插艾叶、艾人（以艾草束成人形）、菖蒲，戴艾虎（翦彩为虎形，粘上艾叶），采药草，佩香袋，饮菖蒲酒、雄黄酒，等等。唐宋时在端午有以兰汤沐浴的习俗，"午日，以兰汤沐浴"（《岁华纪丽》二《注》），"五日重午节，又曰浴兰令节"（《梦梁录》）。

再一类习俗，虽蒙上了一层迷信色彩，但曲折反映了古人渴望和平、安宁、幸福生活的美好愿望。如端午古人在臂上系五彩丝，佩赤灵符，认为这样可以辟兵（战祸）、驱鬼。所以，古人称五彩丝为"辟兵缯""长命缕"。

在宋代，还有一种风俗，"端五日多写赤口字贴壁上，以竹钉钉其口中字，云断口舌"（《岁时广记》引《陈氏手记》）。这反映了当时世态的复杂性。

今天，有一些端午节的古代风俗仍在民间广为流传，如划龙舟、吃粽子。由于端午节与纪念屈原有密切关系，已有人建议把端午节定为中国的文化节。

岳州观竞渡①

[唐] 张 说

画作飞凫艇②，双双竞拂流。

低装山色变，急棹水华浮③。

土尚三闾俗④，江传二女游⑤。

齐歌迎孟姥⑥，独舞送阳侯⑦。

鼓发南湖溠⑧，标争西驿楼⑨。

并驱恒诧速⑩，非畏日光遒⑪。

【注释】

①岳州：今湖南岳阳。张说于开元六年（718）被贬为岳州刺史，曾修建南楼（即岳阳楼）。此诗即作于岳州任上。

②飞凫艇：指凫形之舟，船身用彩色绘展翅欲飞的野鸭形状。凫，野鸭。

③棹：船桨。水华：浪花。

④三闾：指屈原。屈原，战国楚人，主张联齐抗秦，被诬放逐。后楚都被秦攻破，于五月初五投汨罗江自杀。龙舟竞渡是纪念屈原的传统习俗。

⑤二女：尧之二女娥皇、女英，嫁舜。传说舜南巡死于苍梧，二女投湘江自杀，常神游洞庭湖。

⑥孟姥（mǔ）：指孟婆，风神。

⑦阳侯：水神名。《汉书·扬雄传》应劭注："阳侯，古之诸

侯也，有罪自投江，其神为大波。"

⑧南湖：滃（yōng）湖，在岳州之南，故名。渣（zhà）：水汊。

⑨西驿楼：西门城楼，即岳阳楼，下临洞庭湖。

⑩恒：常常。

⑪非：不。道：强有力，此指日光强烈。

【简析】

端午，作者于岳阳楼俯瞰洞庭湖上赛龙舟的盛况，并写了这首诗。中间四句用典，说明端午竞渡习俗源自对屈原的怀念。前后共八句写实，记叙了岳州群众自南湖出发，以湖旁岳阳楼为目标，迎着烈日拂流勇进争夺冠军的场面。

阊 门 即 事①

［唐］张　继

耕夫召募逐楼船②，春草青青万顷田。

试上吴门窥郡郭③，清明几处有新烟。

【作者】

张继，字懿孙。襄州（今湖北襄樊）人，一说南阳（今属河南）人。天宝十二年（753）进士，尝佐镇戎军幕府。大历末，任检校祠部员外郎，洪州盐铁判官，卒于其地。诗多登临纪行之作，清新自然。有《张祠部诗集》行世，所写《枫桥夜泊》著称于世。

【注释】

①阊门：苏州城西城门名。

②逐：跟随。楼船：有叠层的战船。

③吴门：指阊门。郭：外城，此指郊外。

【简析】

此诗是诗人于上元二年（761）客游苏州时所写。时官军刚在苏州平定叛乱，劫后苏州满目疮痍。诗人一起笔即以鲜明的色彩写当时的境况，因内乱大量农民被征当兵而造成的严重后果。江南锦绣之地的苏州城外，田园竟一片荒芜，春草丛生。登城远眺，本该是处处新烟的清明节，却难得看到几处炊烟，所见一片荒凉景象。从一个侧面反映了唐代战乱时期江南的凄凉情景，可以说是大唐王朝开始走向没落的形象写照。

竞 渡 曲

［唐］刘禹锡

竞渡始于武陵，及今举楫而相和之，其音咸呼云何在，斯招屈之义。（事见《图经》）

沅江五月平堤流①，邑人相将浮彩舟②。

灵均何年歌已矣③，哀谣振楫从此起④。

扬桴击节雷阗阗⑤，乱流齐进声轰然。

蛟龙得雨鬐鬣动⑥，蟁蛛饮河形影联⑦。

刺史临流褰翠帱⑧，揭竿命爵分雄雌⑨。

先鸣余勇争鼓舞⑩，未至衔枚颜色沮⑪。

百胜本自有前期⑫，一飞由来无定所。

风俗如狂重此时，纵观云委江之湄⑬。

彩旗夹岸照蛟室⑭，罗袜凌波呈水嬉⑮。

曲终人散空愁暮，招屈亭前水东注。

【注释】

①沅江：在湖南西部，流经常德等地，注入洞庭湖。805年，刘禹锡被贬为朗州（今湖南常德）司马。此诗即作于朗州任上。

②将：跟随。指龙舟相互间紧紧追逐。

③灵均：屈原字。

④振楫：摇船桨。指端午划龙舟的风俗。

⑤桴（fú）：鼓槌。击节：有节奏地击鼓。阗阗（tián）：象声词，形容鼓声齐鸣，如雷轰响。

⑥鬐（qí）：龙脊背上的鳍。鬛（liè）：龙嘴下长须。

⑦蝃蝀（dìdōng）：虹的别名。此指虹彩，即旗帜。此句意思是，船上的彩旗倒映河中，如两道彩虹联结成圆形。

⑧褰（qiān）：揭。帱：帐幕。

⑨揭竿：竖竿举旗，向观众显示谁胜谁负。

⑩先鸣：击鼓或鸣筋，欢呼竞渡优胜者先到达终点。

⑪衔枚：本指口衔枚（如筷子）以禁止发声。此指因失败气馁，皆不出声。沮：颓丧。

⑫"百胜"句：意思是，胜利事先可以期待和预料。

⑬云委：如云层之堆积，此处形容观众层层叠叠，人数众多。湄：岸边。

⑭蛟室：传说水深处有蛟龙，此指水底。

⑮水嬉：水上的娱乐，指赛龙舟。

【简析】

正如诗题所云，本诗写龙舟竞渡。前四句写赛龙舟的来历，说明这风俗源于楚地百姓为拯救和悼念屈原。次写龙舟竞渡的热闹全景，龙舟的奋进，刺史的赏酒，赛后的欢乐或沮丧，观众的兴奋如狂，写来极有层次。最后四句与开头呼应，再写乡人竞相观看的盛况，并感慨热闹的一天已过，日暮人去，江水东流，但屈原的英灵何在？字里行间流露出由屈原而联想及己，从而产生了深沉的苦闷和寂寞感。

及第后江宁观竞渡，寄袁州刺史成应元①

[唐] 卢　肇

石溪久住思端午②，馆驿楼前看发机③。

鞞鼓动时雷隐隐④，兽头凌处雪微微⑤。

冲破突出人齐喊，跃浪争先鸟退飞。

向道是龙刚不信，果然夺得锦标归。

【作者】

卢肇，字子发。袁州宜春（今江西宜春）人。会昌三年（843）状元及第，历仕著作郎、仓部员外郎、集贤院直学士。咸通中，出知歙州（今安徽歙县），又移宣州、池州、吉州，病卒。《全唐诗》编其诗一卷。

【注释】

①江宁：县名，故址在今南京市西南。袁州：治今江西宜春。

②石溪：山溪。

③馆驿：供邮传、旅客食宿的驿站。发机：拨动强弩发射箭矢的机关。机，弩机关，即弩牙。此处指龙船比赛开始时发出的指示号令。

④鼙（pí）鼓：小鼓曰鼙，大鼓曰鼓。

⑤兽头：指船首装饰的龙头。雪：指浪花。

【简析】

据载，作者在会昌二年（842）与黄颇同时应举，州刺史独为黄颇饯行，而置卢肇于不顾。翌年，卢肇状元及第归，春风得意，在江宁观看竞渡后触景生情，联想及己，寄诗以赠。诗的主体部分写龙舟破浪争先的场面：鼓声如雷，船飞如龙，浪花如雪，飞鸟为之逊色，写来气势豪雄。结尾两句语义双关，是写景，又是喻志，反映了作者科举夺魁后兴奋自豪的心情，并对往日轻视自己的人略寓讽刺。

五 月 五 日

［宋］梅尧臣

屈氏已沉死，楚人哀不容①。

何尝奈谗谤②，徒欲却蛟龙③。

未泯生前恨④，而追没后踪。

沅湘碧潭水，应自照千峰。

【注释】

①不容：指屈原贤能却不为楚王所容而遭放逐，故楚人哀之。

②奈：奈何，对付。

③却：退。

④泯：灭，消。

【简析】

此诗作于庆历五年（1045），时年作者四十四岁，在汴京。这首端午诗在同类诗中立意新颖、独特，发人深思。作者以一种貌似责备的语气写道：屈原沉江了，楚人哀痛他不见容于楚王，但当屈原在世时，人们何尝反对过那些诽谤、陷害屈原的种种谗言呢？他死了，人们才想起要为屈原灵魂的安全去驱赶蛟龙，这不是白费劲吗？屈原在世，不能帮他消除遗恨，到他死了才去追踪他的英灵，这有何用呢？湘江屈潭之水，如今也一定倒映着两岸的青山千峰而沉默无语了吧！不难看出，诗的弦外之音充满了强烈的悲愤。联系早此两年范仲淹庆历革新运动的失败，作者显然是有感而发的。

端午遍游诸寺得禅字

[宋] 苏　轼

肩舆任所适，遇胜辄留连①。

焚香引幽步，酌茗开净筵②。

微雨止还作，小窗幽更妍③。

盆山不见日，草目自苍然。

忽登最高塔，眼界穷大千④。

卞峰照城郭⑤，震泽浮云天⑥。

深沉既可喜⑦，旷荡亦所便⑧。

幽寻未云毕，墟落生晚烟。

归来记所历，耿耿清不眠⑨。

道人亦未寝⑩，孤灯同夜禅⑪。

【注释】

①胜：名胜。

②净筵：素斋。

③妍：美好。

④大千：大千世界。本佛家语，指范围广大的世界。

⑤卞峰：卞山，在今浙江吴兴县北。

⑥震泽：太湖。

⑦深沉：指寻胜探幽。

⑧旷荡：登高远望，视野开阔。

⑨耿耿：形容心绪不宁。

⑩道人：僧人的别称。

⑪孤灯：佛前长明灯。夜禅：指夜间打坐参禅的和尚。

【简析】

元丰二年（1079），苏轼在湖州任上，端午日探幽寻胜，写了这首纪游诗，虽无关端午习俗，却反映了一代文豪爱山水、爱美的豁达胸怀。诗写了一天的游程，作者以对比手法写山谷、盆地的苍翠幽胜和登高远望水天相连、视野开阔的不同景观。结尾写诗人归来游兴未尽，沉浸在美好回忆中，跟与孤灯做伴、坐禅寺僧的寂寞生活成为对照，表达了诗人热爱生活的乐观态度。

和　端　午

[宋] 张　耒

竞渡深悲千载冤①，忠魂一去讵能还②。
国亡身殒今何有③，只留离骚在世间④。

【作者】

　　张耒（1054—1114），字文潜，号柯山。楚州淮阳（今属江苏）人。熙宁六年（1073）进士，授临淮（今安徽泗县）主簿，后历仕河南府寿安县尉、秘书省正字、起居舍人等职。徽宗时，官至太常少卿，出知兖、颍、汝三州。不久，因党争落职。张耒一生因党争先后三次被贬，最后在贫病交加中去世。张耒曾从苏轼游，为"苏门四学士"之一。诗受白居易、张籍影响，诗风朴素，自然流畅。有《张右史文集》传世。

【注释】

　　①千载冤：指屈原事。
　　②讵：岂。
　　③殒：死。
　　④离骚：屈原代表作，作于被放逐时，为我国第一首长篇抒情诗。

【简析】

　　作者由端午龙舟竞渡的习俗起笔，借题发挥，表达了对屈原不幸遭遇的深切同情和悼念。结尾句语义双关，托古喻今，以诗明志，抒发了作者屡遭贬逐后的愤愤不平和决不悔退的决心。

端　午

［宋］朱淑真

纵有灵符共彩丝①，心情不似旧家时。

榴花照眼能牵恨②，强切菖蒲泛酒卮③。

【注释】

①灵符：古俗，端午于胸前佩赤灵符以辟邪。 彩丝：端午以五彩丝系臂，避瘟辟邪，故又名"长命缕"。

②榴花照眼：形容石榴花五月盛开，艳红耀眼。

③菖蒲：生于水边，有香气。端午日以菖蒲缕或屑冲酒。泛：漂浮。卮：酒器。

【简析】

据载，作者婚后夫妻双方感情恶劣。故由"心情不似旧家时"一句推断，此诗似作于丈夫家中，"旧家"则当指娘家。表面看，此诗似为佳节思亲之作，联系作者不幸的婚姻来看，则实系对封建包办婚姻发出的责问和抗议。佩灵符、系彩丝，这些是端午节民间流行的习俗，但诗人心情却与在"旧家"时迥然不同。因为情绪恶劣，榴花越红越引起诗人对当前处境的憎恶和不满，但行动上又不得不强制自己去应付诸如制菖蒲酒等类俗事。由此可见，这位女诗人心情的烦闷、痛苦和矛盾冲突。

归 州 重 午①

[宋] 陆 游

斗舸红旗满急湍②，船窗睡起亦闲看。

屈平乡国逢重午，不比常年角黍盘③。

【注释】

①归州：今湖北秭归县。古代传说屈原生于归州，在州东南有屈原祠。陆游于淳熙五年（1178）由蜀东归，途经归州作此诗。

②湍：流势很急的水。

③角黍：粽子。

【简析】

陆游在蜀期间曾对抗金事业寄予很大希望，但因朝廷贪图苟安无意北伐，最后也不得不失望东归。船行途中作者睡醒起来，倚着船窗看到江上急流竞渡的船只，觉得今年端午经过屈原故里，吃粽子也有了与往年不同的深意。诗中无一字直接写到自己归途中的愁思，但诗人显然把自己和屈原的遭遇联想到了一起，内心的忧愤苦闷之情就尽在这看似平常的叙述中表露无遗。

夔州竹枝歌九首（选一）

［宋］范成大

五月五日岚气开①，南门竞船争看来。

云安酒浓曲米贱②，家家扶得醉人回。

【注释】

①岚气：山谷间雾气。

②云安：四川云阳（今重庆云阳）。曲：酒曲。

【简析】

原诗共九首，此选第一首。淳熙元年（1174），作者出任四川制置使、知成都府。此诗作于入蜀途经夔州云安县时。这是一幅江边山城端午的风俗画，日出雾散，山里人倾城而出观看龙舟竞赛。赛舟结束后，人人尽情痛饮，醉得个个步履不稳由亲人搀扶着回家，流露出诗人在佳节的愉悦心情和对当地淳朴民风的欣赏。

端 午 独 酌

［宋］杨万里

招得榴花共一觞，艾人笑煞老父狂。

子兰赤口襄何益①，正则红船看不妨②。

团粽明朝便无味③，菖蒲今日么生香④。

一生幸免春端帖⑤，可遣渔歌谱大章⑥。

【注释】

①子兰：战国楚怀王幼子，为令尹，怂恿怀王入秦，致怀王客死异国。又毁谤屈原，使屈原被逐。此处喻指宋代奸臣。

②正则：屈原别名。红船：竞渡的彩船。

③团：水团，粉团。

④么生香：怎么这样香。

⑤春端帖：宋制，一年八节，臣僚要向帝、后、大妃、夫人诸阁上新帖子，文字工丽，多粉饰太平之作。

⑥遣：使。大章：古帝尧时乐名。

【简析】

佳节独饮，通常都是愁肠百结之时。诗一开头用拟人手法写与榴花共饮、艾人哂笑，透露了诗人无法排遣的寂寞和苦闷。然后对世态嬉笑怒骂，尽情揶揄：奸人的毁谤中伤，想躲也是没用；为屈原鸣不平当然不许可，但把端午赛舟单纯当作娱乐去看看倒也不妨。五、六两句是托物寓意，言外之意是：端午，节日生香，但一到明天时过境迁就百事无味，人们也早把屈原的英灵忘到脑后了。最后两句是直接嘲讽世态。当时士大夫都以能为皇家写颂德的帖子词为荣，作者却公然宣告：以不当御用吹鼓手为荣为幸，并大声疾呼要为真正的圣明时代谱写乐章。全诗语言犀利、幽默，很有战斗性。

端　午

[宋] 胡仲弓

画舸纵横湖水滨^①，彩丝角黍斗时新。

年年此日人皆醉，能吊醒魂有几人^②。

【作者】

胡仲弓，字希圣。清源（今山西清徐）人。南宋末年登进士第，为会稽令。后被黜，浪迹江湖以终。工诗，有《苇航漫游稿》传世。

【注释】

①画舸：参加竞渡的绘有彩色的大船。

②醒魂：指屈原。屈原《渔父》："众人皆醉，我独醒。"

【简析】

赛舟、裹粽子、系五彩丝等，从这些节日最显眼的习俗下笔，既紧扣诗题，又为下文的议论作铺垫。后两句一个"醉"字暗示宋末君臣佚乐、醉生梦死，完全不顾元兵南下亡国迫在眉睫之危，把吊祭屈原的原意更丢到脑后，表现了作者感慨之深。

重午客中雨三首（选一）

［元］袁　易

往恨湘累远①，他乡楚俗同。

流传存吊祭，汨没见英雄②。

竹叶于人绿，榴花此日红。

未须嗟旅泊，吾道岂终穷③。

【作者】

　　袁易（1262—1306），字通甫。长洲（今江苏苏州）人。少有才学，不求仕进。后为徽州路石洞书院山长，旋亦罢归。筑室曰"静春"，藏书万卷，读书，写诗，游历山川以终。有《静春堂诗集》传世。

【注释】

　　①湘累：指屈原。参见张说《岳州观竞渡》注④。

　　②汨（gǔ）没：沉没。

　　③终穷：终究行不通。

【简析】

　　原诗共三首，此选其一。作者途经楚地遇端午佳节，因此从节日传统习俗写起，赞颂屈原虽死犹生受后人敬慕。再以绿竹红梅之美景，衬托屈原英灵之不朽。最后两句以屈原自励，表示目前虽飘泊旅途，但自己的理想总有实现的一天，表达了作者坚持理想、不随波逐流的决心。

端 午 词

〔元〕张 宪

榴花照鬓云髻热①，蝉翼轻绡香垒雪②。

一丈戎葵倚绣窗③，雨足江南好时节④。

五色灵钱傍午烧⑤，彩胜金花贴鼓腰⑥。

段家桥下水如潮，东船夺得两船标。

棹歌声静晚山绿⑦，万镒黄金一日销⑧。

【作者】

　　张宪，字思廉。山阴（今浙江绍兴）人。少负才不羁，晚为张士诚所招，署太尉府参谋，后迁枢密院都事。元亡，改名，寄食僧寺以终。诗风豪放，有《玉笥集》传世。

【注释】

　　①云髻：高髻。髻，挽发于头顶的发结。

　　②绡：生丝织的薄纱。　香垒雪：为"垒香雪"之倒文。香雪，脂粉。

　　③戎葵：蜀葵，端午节节物。

　　④雨足：雨脚。

　　⑤灵钱：纸钱。《梦粱录》："端午'家家买……五色瘟纸，当门供应。'"

　　⑥金花：金纸镂空做成的花形。

　　⑦棹歌：船工行船之歌。棹，桨。

　　⑧镒（yì）：古代二十两（一说二十四两）为一镒。

【简析】

　　诗的主体部分通过一位女性倚窗赏景写端午赛舟的激烈竞争，写装点端午节的习俗。最后两句，诗人掉转笔锋，提出规讽：歌声消散，远山转暗，数以万计的黄金也伴随一天光阴的飞逝而挥霍一空了。全诗构思新，画面美，启人思考。

己 酉 端 午①

［明］贝　琼

风雨端阳生晦冥②，汨罗无处吊英灵③。

海榴花发应相笑④，无酒渊明亦独醒⑤。

【作者】

　　贝琼（1314—1378），字廷琚。崇德（今浙江桐乡境）人。元末隐居殳山，明初征修《元史》，除国子监助教。博学工诗，有《清江贝先生文集·诗集》传世。

【注释】

　　①己酉：洪武二年（1369）。

　　②晦冥：昏暗。

　　③英灵：指屈原之魂。

　　④海榴：石榴。古人以石榴自海外传入，故名。

　　⑤渊明：晋代诗人陶潜。

【简析】

风雨晦冥逢端阳，首句写景中渲染气氛，为下文悼念屈原作烘托。吊古为了喻今，后两句以石榴花相笑，巧妙地暗示作者系独自凭吊，故结尾自比陶渊明的高洁。"独醒"二字，既是自许，又是对世人的讽刺，流露出作者孤高而不为人们理解的苦闷。

菖 蒲 酒

［明］瞿　佑

采得灵根傍藕塘①，只因佳节届端阳。

金刀细切传纤手②，玉斝轻浮送异香③。

厨荐鲥鱼冰作鲙④，盘供角黍蔗为浆。

同时节物充筵会，纵饮何妨入醉乡。

【注释】

①灵根：指菖蒲根。

②"金刀"句：古俗，端阳节以香糖、果子、粽子、白团、紫苏、菖蒲、木瓜等节物切细，以香药相和。（见《东京梦华录》）

③玉斝（jiǎ）：玉制酒杯。

④鲥（shí）鱼：一种名贵食用鱼。鲙（kuài）：切细的鱼肉。

【简析】

这是一幅端午宴饮的风俗画，从采菖蒲制酒、切菜作鲙到筵会上的欢饮，作者一一叙来，笔调明快，洋溢出节日的欢愉气氛。

端午食赐粽有感

[明] 庄 昶

蓬莱宫中悬艾虎^①，舟满龙池竞箫鼓。

千官晓缀紫宸班^②，拜向彤墀贺重午^③。

大官角黍菰蒲香^④，彩绳万缕云霞光。

天恩敕赐下丹陛，琼筵侑以黄金觞^⑤。

东南米价高如玉，江淮饿殍千家哭^⑥。

官河戍卒十万艘，总向天厨挽飞粟^⑦。

君门大嚼心岂安^⑧，谁能持此回凋残^⑨。

小臣自愧悠悠者，无求救时真素餐^⑩。

【作者】

　　庄昶（1436—1498），字孔旸。江浦（今属江苏）人。成化二年（1466）进士，任翰林检讨。因不奉诏作《鳌山》诗，被谪。寻改南京行人司副，以忧归。卜居定山二十余年，学者称定山先生。弘治年间，起为南京吏部郎中，归罢卒。有《庄定山集》传世。

【注释】

　　①蓬莱宫：大明宫，在长安县东部。此处代指明代宫殿。艾虎：以艾作虎，或剪彩为虎，粘以艾叶，悬以辟邪。

　　②缀紫宸班：指在朝廷正殿鱼贯列班向君主朝贺。缀，连结，此谓并排站立。紫宸，唐宫殿名，为君主接见群臣的正殿。此代指明代宫殿。

　　③彤墀：丹墀，宫廷中台阶。重午：端午。五月又称午月，二

午相重，故称"重午"。

④菰：茭白。蒲：菖蒲。

⑤琼筵：形容筵席之豪华珍贵。侑：劝酒。

⑥饿殍（piǎo）：饿死的人。

⑦天厨：星名。《星经》上："天厨六星，在紫微宫东北维……今光禄厨像之。"后因此称美味食品出之天厨。此指皇宫内之厨房。挽：拉，指由船只运送。飞粟：指向朝廷飞速运送的粮食。

⑧君门：宫门。

⑨凋残：凋敝衰微。

⑩素餐：居位而不理事，指无功受禄。

【简析】

一面是箫鼓竞舟、琼筵酒会，一面是米贵似玉、饿殍遍地，形势如此严重，朝廷还加紧搜刮，大批官船把夺自民口之食粮运往宫廷。诗以鲜明对比揭露了社会现实的残酷和黑暗。作者居官位而能跳出歌功颂德之俗套，自觉与百姓之苦难比较，进而发出真诚之感慨和自责，表现出一个正直文人的良知，显得真实感人。

午日观竞渡

［明］边　贡

共骇群龙水上游，不知原是本兰舟①。

云旗猎猎翻青汉②，雷鼓嘈嘈殷碧流③。

屈子冤魂终古在④，楚乡遗俗至今留。

江亭暇日堪高会，醉讽离骚不解愁⑤。

【简析】

边贡（1476—1532），字廷实，号华泉。历城（今山东济南市郊）人。早有才名，弘治九年（1496）进士，历仕兵科给事中、南京户部尚书。久官京都，悠闲好游山川，被劾废职，遂罢官。刚直敢言，好藏书，一夕毁于火，哀伤病卒。工诗，为明"前七子"之一。诗风飘逸婉约，有《龙泉集》传世。

【注释】

①木兰舟：船的美称，非实指木兰树所造。

②云旗：画有云气、猛兽之旗。猎猎：风吹旗飘声。青汉：青天。

③殷：震动。

④终古：永远。

⑤讽：诵。

【简析】

头四句切题，写端午竞舟的盛况。后四句深入一层，点明习俗的由来，歌颂屈原之伟大、不朽，对其冤屈深表同情和不平。末句"不解愁"一语，则有借古人自况之意，流露对当权者不公的愤懑。

午日处州禁竞渡①

［明］汤显祖

独写菖蒲竹叶杯②，莲城芳草踏初回③。

情知不向瓯江死④，舟楫何劳吊屈来⑤。

【注释】

①处州：府名，今浙江丽水。

②写：同"泻"，斟。竹叶：竹叶青，酒名。此泛指美酒。

③莲城：浙江丽水。

④瓯（ōu）江：浙江东南水名，流经丽水等地，至温州入海。

⑤楫：桨。

【简析】

作者写"禁竞渡"，当然是写实，但以此作题材分明另有用意。头两句写郊外踏春归来独饮节日酒，已有默悼屈原之意。然后宕开一笔，写禁止竞渡。作者以调侃的语气写道：明知屈原非在瓯江自沉，又何劳在此划船吊祭呢？这里说的是幽默话，实则讽刺世人只把竞舟当作娱乐，兴师动众，劳民伤财，却忘了其本意原是为吊祭屈原。

许长卿水亭五日

［明］顾起元

久缘起晚倦登楼，善向高阳得胜游①。

为有蒲葵开令序②，况逢箫鼓沸中流。

千峰忽送珠帘雨③，一水先回碧树秋。

坐惜主人投辖意④，夜深灯火下沧洲⑤。

【作者】

顾起元（1565—1628），字太初。江宁（今南京）人。万历二十六年（1598）进士，官至吏部左侍郎兼翰林院侍读学士。有著作传世。

【注释】

①高阳：城名，在今河南杞县西，亦称高阳亭。 胜游：愉快的游览。

②令序：节令。

③珠帘雨：用唐诗人王勃《滕王阁序》中"珠帘暮卷西山雨"句意，意为斜脚雨直打进窗内。

④投辖：《汉书·陈遵传》载：陈遵好客，宾至留宴则关门，抽宾客车辖投于井中，使客不能去。后诗文中用为留客的典故。辖，车轴两端的键。去辖，则车不能行。

⑤沧洲：水边。

【简析】

此诗的主旨是答谢主人相邀看端午竞渡的情谊。正当观赏兴浓之际，忽来一阵大雨，天气骤凉，一雨成秋。当下主人留客，盛情难却，于是直饮到深夜才打着灯火回到江边（船上）。诗从白天写到夜晚，画面跳跃，节奏明快，富有概括性、形象性。

五日（选一）

[明] 陈子龙

吴天五月水悠悠①，极目烟云静不收。

拾翠有人卢女艳②，弄潮几部阿童游③。

珠帘枕簟芙蓉浦④，画桨琴筝舴艋舟⑤。

拟向龙楼窥殿脚⑥，可怜江北海西头⑦。

【注释】

①吴天：指今江浙一带。

②拾翠：古代妇女以翠鸟羽毛作首饰，端午妇女外出嬉游时拾取挤掉在地上的羽毛作乐。此代指妇女嬉游。卢女：汉末曹操宫女，善鼓琴。此代指美女。

③部：部曲，队伍。阿童：晋名将王濬，小名阿童。他灭蜀后即造大船、练水军，于太康元年（280）由蜀地循江东下灭吴。

④簟：竹席。芙蓉：荷花。浦：水边。

⑤舴艋（zéměng）舟：小船。

⑥龙楼：帝王所乘龙舟上的宫殿式舱房。殿脚：隋炀帝杨广游江都乘龙舟，强征民女背彩缆为之拉纤，名为"殿脚女"。此处暗喻拟去朝廷任职。

⑦可怜：可爱。江：似指钱塘江。海：东海。江北海西头，泛指吴地，又特指作者家乡。

【简析】

原诗共二首，此选其一。辑自《属玉堂集》，作于1632—1634年间，时年作者在家乡华亭县住。从诗中内容看，似写杭州一带。吴地水天相接，湖边人山人海，仕女纷纷嬉游、围观。湖面上队队龙舟，气势如千军万马。水边则画船小舟，乐音悠悠。由眼前节日景象，诗人回忆起京都的节日盛况，但又舍不下可爱的家乡。原来青少年时代的陈子龙两次应试落第，对朝廷的腐败深感不满，转而回乡攻读，吟诗作文，但又不甘心无所作为。这首诗就反映了他这种复杂、矛盾的心情。

台湾竹枝词（选一）

[清] 钱　琦

竞渡齐登杉板船，布标悬处捷争先^①。

归来落日斜檐下，笑指榕枝艾叶鲜^②。

【注释】

①布标：用布为标，插于入海口浅处，人驾杉板小船，鸣金争夺，亦号竞渡。

②榕枝：榕树枝。榕树为热带地方常绿树，树形高大。艾叶：艾草叶。台湾习俗，在屋檐下各插榕枝、艾叶作为节日的标志。

【简析】

原诗多首，此选其一。和所有炎黄子孙一样，台湾人民逢端午佳节也有竞渡夺标的习俗。诗的头两句写当地健儿奋勇竞渡，争先夺标。后两句写竞渡结束后，在落日映照下，屋前檐下欢声笑语的场景，反映了台湾人民勇敢、进取、开朗、友好的精神风貌。

风物吟（选一）

[清] 郑大枢

海港龙舟夺锦标^①，缠头三五错呼么^②。

行看对对番童子^③，嘴里弹琴鼻里箫^④。

【作者】

郑大枢，清代人。余不详。

【注释】

①夺锦标：端午节，台湾百姓于海口用钱或布帛悬于竹竿为标，驾渔船争先夺取，犹如龙舟竞渡之戏。

②缠头：台湾居民多以黑布包头。三五：三五个人，意即几个人，非确数。错呼么：轮番交错呼喊、鼓动。

③对对：台湾本地儿童，头梳双髻，谓之"对对"。

④嘴里弹琴：指吹奏自制的"口琴"。其琴系削竹为片，薄如纸，长四五寸，衔于口吹之，名曰"口琴"。鼻里箫：截竹为管，镂四孔，长约一尺二寸，竹管顶端通小孔，按于鼻横吹之，高低、清浊皆有节度。

【简析】

原诗多首，此选其一。作者为我们描绘了一幅台湾人民端午竞渡的热闹生活场景：海上龙舟竞发，观众高声呐喊，为龙舟健儿鼓劲加油。更加可爱的是岸边许多头梳双髻的儿童，口中吹琴，鼻孔奏箫，也在为竞舟添劲鼓气，既写出了他们的活泼、天真、纯朴，又反映了他们非同寻常的吹奏技艺，当然也为我们提供了台湾民俗生动、形象的可贵资料。

七夕

七夕节源于牛郎、织女相会的神话传说。在汉代已有这方面的记载，如"织女，天女孙也"（《史记·天官书》），"织女七夕当渡河"（东汉应劭《风俗通》），"乌鹊填河成桥而渡织女"（《岁时广记》引《淮南子》）。到南北朝时期，这一故事渐趋完整，如"七月七日，为牵牛织女聚会之夜"（《荆楚岁时记》），"天河之东有织女，天帝之子也。年年机杼劳役……帝怜其独处，许嫁河西牵牛郎"（南朝梁殷芸《小说》）。

伴随着这一神话传说的发展和完善，七夕节的活动在民间逐步流行起来。西汉时已有七夕望织女星的风俗。南北朝时，七夕民间妇女结彩楼、陈供品、穿针"乞巧"的习俗已很普遍。以后，活动内容也越来越丰富多彩。

七夕的习俗，概括地说，有如下几方面：

其一，乞巧、求智，因而七夕又称"乞巧"节。此夜，妇女结彩楼（叫"乞巧楼"）、陈果品、对月穿针，求眼明手巧。或"以小蜘蛛安盒子内，次日看之，若网圆正，谓之得巧"（《东京梦华录》）。男孩和其他人也有此夜求聪明的习俗，如"七夕京师诸小儿各置笔砚纸墨于牵牛位前，书曰：'某乞聪明'"（《岁时广记》引《岁时杂记》）。还有买泥偶摩睺罗孩儿，"南人目为巧儿"（《东京梦华录》），也是为了乞聪明。

其二，七月七日又有晒书习俗，故又称此日为"晒书节"。还有晒衣服的风俗，汉代已有"曝衣楼"的记载，晋阮咸在此日晒布服还传为佳话。

上述风俗，有的至今仍在民间流传，如广西称七夕为"双七节"，广州每逢七夕陈瓜果、香花，妇女比赛穿针。反映了广大人民，尤其是妇女们希望自己更美、更聪明，生活美满幸福的愿望。

迢迢牵牛星

[东汉] 无名氏

迢迢牵牛星①，皎皎河汉女②。

纤纤擢素手③，札札弄机杼④。

终日不成章⑤，泣涕零如雨⑥。

河汉清且浅，相去复几许⑦。

盈盈一水间⑧，脉脉不得语⑨。

【注释】

①迢迢：遥远。牵牛星：即牛郎星。

②皎皎：明亮。河汉女：指织女星。河汉，银河。

③纤纤：细嫩柔软。擢：摆动。素手：白嫩的手。

④札札：象声词，形容织机声。机杼：织机上的梭子。

⑤章：布上的彩色花纹。

⑥零：洒落。

⑦去：距离。

⑧盈盈：水清澈貌。

⑨脉脉：含情注视貌。

【简析】

　　选自《古诗十九首》。天高气清的夜空，两颗明亮的星星——织女星、牛郎星隔天河相望，光芒耀眼，很容易引人遐想。佳节之夜，诗人见景生情，把它们完全想象为一对恩爱夫妻（如神话传说中所说的那样）去加以描述，并着力写织女深切的相思和默默无语可望而不可即的哀痛。诗中连用了六对叠字——"迢迢""皎皎""纤纤""札札""盈盈""脉脉"，如同山间清泉顺流而下，不仅富有音乐美，而且与诗歌表现的缠绵情思和谐地融为一体。全诗韵味隽永，耐人咀嚼，成为千古传诵的名篇。

七日夜女歌（选一）

[晋] 无名氏

婉娈不终夕①，一别周年期。

桑蚕不作茧，昼夜长悬丝②。

【注释】

①婉娈：亲爱。

②丝：双关语，谐音"思"。

【简析】

选自宋郭茂倩《乐府诗集》。原诗共九首，此选其一。欢聚才一夕，离别又经年。诗的前两句用时间、距离上的强烈对比，表现天上人间夫妻恋人离别、分居的痛苦。后两句，作者巧妙地利用汉语的谐音，语义双关，表达双方相思的绵绵相连，不绝如缕。全诗言短情长，深入浅出，这是民歌的传统特色。

和王义兴七夕①

[南朝宋] 鲍　照

宵月向掩扉②，夜雾方当白。

寒机思孀妇③，秋堂泣征客④。

匹命无单年⑤，偶影有双夕⑥。

暂交金石心⑦，须臾云雨隔⑧。

【作者】

　　鲍照（？—466），字明远。东海（今山东郯城）人。家居建康（今南京市），出身寒微。曾任中书舍人、秣陵（今江苏江宁）令等职，后为临海王刘子顼（xū）前军参军、掌书记，世称鲍参军。后刘子顼起兵被杀，鲍照在荆州亦为乱兵所害。其诗刚健遒丽，长于乐府，尤擅七言歌行。有《鲍参军集》。

【注释】

　　①王义兴：王达僧，元嘉二十九年（452）曾任义兴（今江苏宜兴）太守，故名。王达僧曾作《七夕月下》诗，鲍照和诗即作于452年。

　　②宵月：夜月。掩扉：关闭的门扇。

　　③寒机：织布机。因夜寒，故称"寒机"。孀妇：空房独宿之妇。

　　④征客：远行在外之人，指"孀妇"之夫。

　　⑤匹：匹配，成双。

　　⑥双夕：指七月七日，因二"七"相重，故称"双夕"。以上二句，暗指一年一度牛郎、织女七夕相会的传说。

　　⑦金石心：意思是，相互感情坚如金石。《汉书·韩信传》："项王使武涉往说信曰：'足下虽自以为与汉王为金石交，然终为汉王所擒矣！'"

⑧云雨隔：意思是，云雨一分为二则离不复合，以喻男女离别。

【简析】

诗中的抒情主人公是一位闺中思妇。七夕，秋月斜照，淡雾朦胧，她感时伤怀，低头暗泣，思念远行在外的丈夫。联想起七夕牛郎织女的传说，她深深同情那一对天上恩爱夫妻的遭遇：一年一度来相会，相逢正是别离时，团聚的时刻太短暂了。她同情牛郎、织女，也正是怜惜自己的青春，因而显得情意缠绵，分外真切。

七夕穿针诗①

[南朝梁] 刘孝威

缕乱恐风来②，衫轻羞指现。
故穿双眼针③，时缝合欢扇④。

【作者】

刘孝威（496—549），彭城（今江苏徐州）人。官中庶子兼通事舍人。侯景之乱，刘孝威于围城中逃出，西至安陆（今属湖北）遇疾而卒。其以五言诗见重于时。明人辑有《刘孝仪孝威集》。

【注释】

①穿针：古俗，七夕妇女望月穿针，求织女赐巧，称"乞巧"。（见《荆楚岁时记》）

②缕：丝、麻线。

③双眼针：《岁时广记》卷二十六引《提要录》："梁朝汴京

风俗，七夕乞巧有双眼针。"

④合欢扇：指团扇，象征团圆。

【简析】

七月初七的月夜，一位女性聚精会神地穿针缝合欢扇。诗中一个"恐"字、一个"羞"字，传神地表现了女性对爱情、幸福的复杂微妙心理：在期待中又紧张、又向往、又害羞。它是一支心灵的乐曲，又是一幅很有诗意的风俗画。

他 乡 七 夕

〔唐〕孟浩然

他乡逢七夕，旅馆益羁愁①。

不见穿针妇②，空怀故国楼③。

绪风初减热④，新月始临秋。

谁忍窥河汉⑤，迢迢问斗牛⑥。

【注释】

①羁愁：羁旅在他乡的客愁。

②穿针妇：指妻子。古俗，妇女七夕月下穿针，向织女乞巧，故称。参见刘孝威《七夕穿针诗》注①。

③故国：故园，指家乡。楼：彩楼。七夕，妇女结彩楼，穿针乞巧。

④绪风：余风。

⑤忍：忍心。

⑥斗：南斗六星。牛：牵牛星。

【简析】

　　七夕是传说中牛郎、织女久别重逢的佳节，而此时作者飘泊异乡、客居旅舍，因而乡思倍增，想象妻子在家乡结彩楼、月下乞巧的情景。秋夜，凉风送爽，新月初升，诗人竟没有勇气仰望银河岸旁的牵牛星，因为那将会更加牵动郁结心头的乡思愁绪。诗虽系见景即兴之作，写来却真切、自然而明快。

七　夕　词

［唐］崔　颢

长安城中月如练①，家家此夜持针线②。

仙裙玉佩空自知③，天上人间不相见。

长信深阴夜转幽④，瑶阶金阁数萤流。

班姬此夕愁无限⑤，河汉三更看斗牛。

【作者】。

　　崔颢（？—754），汴州（今河南开封）人。开元十一年（723）进士，其后漫游大江南北及东北各地。天宝年间，曾任尚书司勋员外郎。以诗知名于世，深为李白所推重。崔颢早期作品多写闲情，后到边塞诗风大变，"风骨凛然"。有诗集一卷。

①练：生丝经煮熟织的洁白丝织品，即熟绢。

②穿针线：指妇女七夕穿针乞巧的习俗。参见刘孝威《七夕穿针诗》注①。

③仙裙、玉佩：此处代指织女、牛郎。玉佩，玉石制的佩饰。空自知：自己凭空想象。整句意为牛郎织女只是人们自己空想的人物。

④长信：汉宫名。汉代太后多居此。

⑤班姬：西汉班婕妤，成帝时选入宫，封为婕妤（宫中女官名）。后为赵飞燕所谮，遂退居长信宫侍奉太后，作《自悼赋》抒发内心的苦闷。此处显然是借古喻今，有感而发。

【简析】

诗的前半部分写长安七夕民间妇女穿针的风俗，家家乞巧，气氛热闹欢乐。后半部分写皇宫中失宠妃子的苦闷、寂寞，她们虽然身份高贵，却只能在宫中庭院内看星星、数萤火虫，借以打发时光，排遣愁思。相形之下，民间妇女比她们幸福、自由得多。通过前后描写的对比，诗人言外的讽喻之意也就显然可见了。

七　夕

［唐］权德舆

今日云轺渡鹊桥①，应非脉脉与迢迢②。

家人竞喜开妆镜③，月下穿针拜九霄④。

【注释】

①軿（píng）：古代贵族妇女所乘有帷盖的车子。因云气簇拥，故称"云軿"。渡鹊桥：《岁时广记》引《风土记》："织女七夕当渡河，使鹊为桥。"

②脉脉、迢迢：语出《古诗十九首·迢迢牵牛星》。原指牛郎、织女因天河阻隔，无法相会互诉衷肠。此处写双星相会，故云"应非"。

③妆镜：女子梳妆所用之镜匣。

④九霄：传说天有九层，此指天空极高之处。

【简析】

此诗意境优美，行文幽默。前两句说，今天是天上织女、牛郎相会的佳日，该不会像以往那样隔河相望无法说悄悄话了。其潜台词则是：今晚织女心情想必很好，乐于把聪明、智慧赐给人间的妇女了。于是后两句写妇女们争先恐后地梳妆打扮，在月下穿针引线向织女乞巧，为我们绘出了一幅饶有意趣的风俗图。

七　夕

［唐］白居易

烟霄微月澹长空①，银汉秋期万古同②。

几许欢情与离恨，年年并在此宵中。

【注释】

①烟霄：弥漫着云雾的夜空。澹（dàn）：水波动貌，形容天空

薄云飘动，如水波荡漾。

②银汉秋期：指七夕为牛郎、织女渡河相会的日子。

【简析】

　　高远的夜空，薄薄的云雾，淡淡的弯月，景象惨淡、凄迷。在这样的秋夜，牛郎、织女渡河相会。但会面同时就意味着离别，欢情伴随着离恨，于是这聚会本身也变成苦涩的了。短促的一宵竟汇集了天上人间所有的欢乐和痛苦，古往今来，年复一年，看不到尽头。人生的遗憾莫过于此了吧！这便是诗人所要表达的主旨。诗写得细腻深沉，委婉感人，堪称佳作。

七　夕

[唐] 李　贺

别浦今朝暗①，罗帏午夜愁②。

鹊辞穿线月③，花入曝衣楼④。

天上分金镜⑤，人间望玉钩⑥。

钱塘苏小小，又值一年秋⑦。

【作者】

　　李贺（790—816），字长吉。福昌（今河南宜阳）人。宗室郑王（李亮）之后，但早已没落，家境困顿。父名晋肃，故避讳不举进士，曾官奉礼郎（九品小官）。少有才华，工诗，深为韩愈、皇甫湜所赏识。惜早逝，卒年仅二十七岁。其诗想象丰富，词采秾艳，风格诡奇、瑰丽，洋溢着浪漫主义精神。有诗集传世。

【注释】

①别浦：指银河，因是双星隔绝之地，故称"别浦"。浦，水边。

②罗帏：罗帐。午夜：半夜。

③穿线月：暗指七夕之月，因七夕有妇女对月穿针的习俗。参见刘孝威《七夕穿针诗》注①。

④曝衣楼：汉长安皇宫内有曝衣楼，七月七日宫女们登楼晒皇后的衣服。此句非实指，系借用古代典实暗示今夜是七夕。

⑤金镜：月亮。

⑥玉钩：弯月。

⑦钱塘：杭州。苏小小：南齐钱塘著名歌妓。其墓在杭州西湖西泠桥畔。

【简析】

古人咏七夕，或庆贺牛郎、织女的团聚，或惋惜双星的匆匆离别。李贺这首诗却堪称怪诞新奇，它写的是苏小小的幽魂在七夕的忧郁、凄苦、孤寂。诗大部分写景，渲染出浓重的幽冷、凄迷的环境氛围：银河黯然失色，一片昏暗，一位女性罗帏独坐，愁眉紧锁，使富有同情心的仙鹊见了也无心为双星搭桥而远远地飞走了。风吹花落，片片飞入高楼，夜空的月亮残缺不圆，人世间只能望着这残缺的一弯新月而无限感慨。结尾，诗人方才挑明这位愁苦的女性原来是苏小小的幽魂，孤独无告地挨过了又一个寒冷寂寞的漫漫长夜。写幽灵，实写人间的离愁别恨，诗风凄婉动人，颇具感染力。

秋　夕

[唐] 杜　牧

银烛秋光冷画屏，轻罗小扇扑流萤①。

天阶夜色凉如水②，坐看牵牛织女星。

【注释】

①轻罗小扇：轻薄的丝制团扇。

②天阶：皇宫中的石阶。

【简析】

　　秋夜，蜡烛幽冷的微光映照着上绘彩画的屏风，一位宫女举着团扇扑打飞动的流萤。她该是年轻的少女，因而活泼好动。但又无事可做，于是百无聊赖，只好赶来赶去扑打萤火虫以打发时光，排遣心灵的寂寞和苦闷。皇宫石阶凉如水，说明夜已经很深，但她毫无睡意，独坐在台阶上仰望天上的牛郎、织女星出神。她在想什么？诗人故意不点明，留待读者去想象、去补充。她或许是同情双星相见时少别时多的不幸；或许在羡慕双星一年一度的相会和恩爱，因为她连这样的幸福也无从享受。诗写来曲折婉转，含而不露，耐人寻味。

七 夕

[唐] 温庭筠

鹊归燕去两悠悠①，青琐西南月似钩②。

天上岁时星又转③，人间离别水东流。

金风入树千门夜④，银汉横空万象秋。

苏小横塘通桂楫⑤，未应清浅隔牵牛⑥。

【注释】

①鹊归：为牛郎、织女成桥的乌鹊已经归去，暗示七夕已逝，天色快亮了。燕去：燕子秋凉后将飞向更暖的南方，暗指时间流逝。

②青琐：镂刻成格的窗户。

③岁时：指季节。星又转：星移斗转，指时间飞逝，季候改换。

④金风：秋风。千门：犹千门万户。

⑤苏小：即苏小小。参见李贺《七夕》注⑦。横塘：苏小小墓地所在，在杭州西湖西泠桥畔。桂楫：桂树做的船桨。此句暗用一则神话典故，传说天河与海相通，乘筏可直达天河与牛郎相会。（见晋张华《博物志》）

⑥清浅隔牵牛：《古诗十九首·迢迢牵牛星》有"河汉清且浅，相去复几许。盈盈一水间，脉脉不得语"之句。

【简析】

温庭筠这首诗以相互对照的手法，抒写了人间的离恨别愁。"鹊归燕去"，天上双星已经离别，这时人间有一双眼睛，正透过窗棂看着渐渐西沉的一弯残月而默默出神。作者有意写得朦朦胧胧，但人们还是能感到这是一位女性眼光所看到的景色。她分明通宵未睡，显然是天上双星的别恨引起了她自己的相思离愁。作者于是感叹：随着星移斗转，人间又有多少离恨像东流的江水绵绵不绝。秋风入户，该有多少女性仰望天河，悲叹自己的相思。然后，诗人笔锋一转，写道：苏小小的幽魂固然孤单，但她有灵，还可以上天与牛郎见面。其弦外之音则是：苏小小的寂寞比起人间无法排遣又看不到尽头的生离死别，又算得了什么呢？

七　夕

［唐］李商隐

鸾扇斜分凤幄开①，星桥横过鹊飞回②。

争将世上无期别③，换得年年一度来。

【注释】

①鸾扇：绣有鸾鸟的掌扇（即障扇），是古代用来障尘蔽日的长柄扇，多用于坐车上。凤幄：绣有凤凰的车篷帐。此句是想象织女乘车轿与牛郎相会时走出轿中的情景。

②星桥：银河上的桥，即鹊桥。

③争：怎。

【简析】

古往今来，多少人为牛女双星会少离多而抛洒同情之泪，这首诗却别开生面，独具新意。前两句写织女坐轿的帷帐已经揭开，架桥的乌鹊已经远飞。诗人没有花更多笔墨，却使人想象到双星正沉浸在再度相会的幸福之中。然后诗人笔锋一挫，从幻想回到现实。一年一度相会本身原就意味着不幸，而人世饱尝生死永别痛苦的人们却把这样的不幸也作为奢望去追求，这种现实该是多么不公和冷酷。诗写得言浅意深，引人深思。前人或认为此首为作者的悼亡诗，惜无确证，仅可备一说。

七 夕

[五代] 李 中

星河耿耿正新秋①，丝竹千家列彩楼②。

可惜穿针方有兴，纤纤初月苦难留③。

【作者】

李中，字有中。九江（今属江西）人。南唐末进士，历仕新涂、滏（fǔ）阳、吉水三县县令，终水部郎中。今存诗三百余首。

【注释】

①耿耿：明亮貌。

②丝竹：管弦乐器，此代指乐声。

③纤纤：尖细，形容上弦月。

【简析】

银河灿烂，乐音缭绕，千门万户高结彩楼，穿针乞巧。人们兴高采烈，意兴正浓，却光阴似箭，一弯新月已不知不觉西沉了。作者截取都市生活的一个场景，写出了当时的习俗和生活的乐趣。

七　夕

［宋］杨　朴

未会牵牛意若何①，须邀织女弄金梭②。

年年乞与人间巧，不道人间巧已多③。

【作者】

　　杨朴（921？—1003？），字契元。因由五代入宋，故自称东野遗民。郑州新郑（今河南新郑）人。一生大半时间生活在五代军阀混战之时，尝避难入嵩山隐居，平时乘牛往来村店。工诗，作品多为士大夫所传诵。

【注释】

　　①未会：不知道。

　　②弄金梭：穿金梭。

　　③不道：岂不知。

【简析】

　　七夕乞巧是沿传久远的习俗，作者巧妙地利用"巧"字的多义性，一语双关，借题发挥，赋予七夕诗以崭新的主题。诗人假托责备牛郎多事，年年求织女给人间赐巧，殊不知人间奸巧已经太多，因此反倒给人间大帮倒忙。这是对当时统治阶级玩弄奸巧权术的揭露，也是对世风日下的挖苦和讽刺。

七 夕 有 感

［宋］梅尧臣

去年此夕肝肠绝①，岁月凄凉百事非。
一逝九泉无处问②，又看牛女渡河归。

【注释】

①"去年"句：庆历四年（1044），作者由宣城赴汴京，妻谢氏随行。七月七日，船抵高邮三沟，谢氏病死于舟中。

②九泉：地下深处，通常指死者所埋处。

【简析】

这是一首感情真挚的悼亡诗。庆历五年（1045）六月，四十四岁的梅尧臣赴许昌任签事判官，到任不久便逢七夕，抚今思昔，悲不自禁。"去年此夕肝肠绝"，作者起笔直抒胸臆，这是久压心底的丧妻之痛，不吐不快。一年来，"岁月凄凉百事非"，因为妻子去世，事事都感到不称心，悲伤凄凉的心境写得真实感人。"一逝九泉无处问"，"无处问"正表明诗人无日不思，想念而不可见，其哀痛自然倍增。如今又逢七夕，想到天上的牛女久别还能重逢，自己无处询问亡妻的悲哀便越发深沉。天上地下的悲欢离合强烈对比，又反衬去年七夕的肝肠断绝。以七夕牛女会合作结，似喜而实悲。

七 夕 歌

[宋] 张 耒

人间一叶梧桐飘^①，蓐收行秋回斗杓^②。

神宫召集役灵鹊^③，直渡天河云作桥。

桥东美人天帝子^④，机杼年年劳玉指。

织成云雾紫绡衣^⑤，辛苦无欢容不理。

帝怜独居无与娱，河西嫁得牵牛夫^⑥。

自从嫁后废织纴^⑦，绿鬓云鬟朝暮梳^⑧。

贪欢不归天帝怒，谪归却踏来时路^⑨。

但令一岁一相逢，七月七日河边渡。

别多会少知奈何，却忆从前恩爱多。

匆匆恩爱说不尽，烛龙已驾随羲和^⑩。

河边灵官晓催发^⑪，令严不管轻离别^⑫。

空将泪作雨滂沱^⑬，泪痕有尽愁无歇。

寄言织女若休叹^⑭，天地无情会相见^⑮。

犹胜嫦娥不嫁人^⑯，夜夜孤眠广寒殿^⑰。

【注释】

①"人间"句：一叶知秋之意。

②蓐（rù）收：西方司秋之神。回斗杓：指北斗柄由指南转为指西，标志着季节已由夏入秋。

③役：差遣。灵鹊：旧说喜鹊报喜甚灵验，故名。

④桥东美人：织女在银河东侧，故称"桥东美人"。天帝子：神话传说织女是天帝的孙女，故称"天帝子"。子，子嗣，兼指男女。

⑤云雾：形容绡衣松软如云雾。绡衣：生丝织成的轻薄纱衣。

⑥河西：银河之西。牵牛夫：牛郎。

⑦纴：缯帛，丝织品。

⑧绿鬒：乌黑的鬒发。云鬟：形容头发盛多如云。

⑨谪归：指天帝罚织女离开牛郎，回归河东原处。

⑩烛龙：传说在西北无日之处，有烛龙衔烛以照幽阴。羲和：驾日车之神。此句意为七夕渐逝，太阳行将升起。

⑪灵官：天帝派来的仙官。

⑫轻离别：指灵官把双星的分离看得很轻，根本不予同情。

⑬滂沱：大雨貌。

⑭若：你。

⑮会：总会。

⑯"犹胜"句：传说嫦娥原为后羿妻，后窃不死药奔月，孤身独居。

⑰广寒殿：指月宫。

【简析】

此诗写了天上一对神仙悲欢离合的传说，诗中冷酷专横的天帝面目可憎。作者同情织女的哀怨，指责"天地无情"而又无可奈何，只好劝慰织女不要悲叹，离别了总会有欢聚的一天，而比她更寂寞的嫦娥却夜夜空房独守。作者分明借神话以喻人世，感慨良多。

七夕口占①

[宋] 朱淑真

三秋灵匹此宵期②，万古传闻果是非。

免俗未能还自笑③，金针乞得巧丝归④。

【注释】

①口占：不起草而随口吟诗。

②灵匹：神仙配偶，指牵牛、织女双星。

③免俗未能：晋阮咸（阮籍侄），为"竹林七贤"之一。七月七日同宗诸院盛晒衣（晒衣是七月七日习俗），皆纱罗、丝锦。阮咸穷，在中庭以竹竿挂晒衣服。人怪之，阮咸答道："未能免俗，聊复尔耳。"（见《世说新语》）此处作者自嘲未能免俗。

④"金针"句：意思是乞巧。参见刘孝威《七夕穿针诗》注①。

【简析】

开头，女诗人以怀疑的口吻写道：自古以来，都道是七夕为双星相会的佳期，这传闻是假是真？当然，作者知道这段佳话不过是神话传说，但还是从俗于七夕穿针乞巧，所以自嘲未能免俗。那么，何以未能免俗呢？联系作者个人爱情、婚姻上遭遇的不幸，便不难窥见她口占此诗时内心的秘密。末句的双关语"丝"（谐音"思"），说明她是借乞巧表达自己希望有朝一日那位曾叩开她心扉的意中人能和她重聚的心思，只是封建礼教的重压，使女诗人无法直抒胸臆而已。故而此诗假象喻义，含而不露。

癸 丑 七 夕①

[宋] 陆 游

风露中庭十丈宽，天河仰视白漫漫。

难寻仙客乘槎路②，且伴吾儿乞巧盘③。

秋早时闻桐叶坠，夜凉已怯纻衣单④。

民无余力年多恶⑤，退士私忧实万端⑥。

【注释】

①癸丑：绍熙四年（1193），时陆游在家乡山阴闲居。

②乘槎：神话传说谓天河与海相通。有个住在海边的人，每年八月见海上有木筏来，便乘木筏到达天河，见到了牛郎、织女。（典出张晋华《博物志》）槎，木筏。

③乞巧盘：七夕以盘盛果馔祭牛、女乞巧。

④纻（zhù）衣：苎麻织的粗布衣。

⑤年多恶：荒年收成不好。

⑥退士：隐士。陆游时在山阴闲居，故称"退士"。

【简析】

放翁此诗与众不同，它跳出了牛郎织女相会的传统题材窠臼而另辟蹊径。先写上天无路，只好面对现实，姑且从俗和儿子一齐装点乞巧盘。不难看出，虽逢节日，陆游的心情却一点也高兴不起来，因为现实令人忧虑。秋凉衣单，更联想到荒年百姓的苦难。写佳节不忘忧患，退居田园而关心黎民，这是陆游的伟大之处。诗人借景抒情，晚风、秋露、夜雾、落叶，一派肃杀气氛中烘托出诗人满腔忧国忧民的愁绪。

四时田园杂兴（选一）①

[宋] 范成大

朱门巧夕沸欢声②，田舍黄昏静掩扃③。

男解牵牛女能织，不须徼福渡河星④。

【注释】

①范成大的《四时田园杂兴》共六十首，分咏春夏秋冬四季节物。

②朱门：指富贵之家。巧夕：七夕乞巧，故称"巧夕"。

③扃（jiōng）：指门扇。

④徼（jiǎo）福：求福。渡河星：指牵牛、织女二星。

【简析】

诗人以鲜明的色调描绘七月初七之夜，权贵与农家，嬉闹与宁静的画面对比。后两句又用诙谐幽默的语气写农家男耕女织，自食其力，无求于神仙。其弦外之音则是：只有那些豪富权贵之家，男不能耕，女不能织，才要去求神仙赐福乞巧。全诗立意新颖，晓畅朴素，讽喻含而不露。

七月初七夜渡黄河

[宋] 汪元量

长河界破东南天，怒涛日夜如奔川。

此行适逢七月七，妖氛散作空中烟①。

牛郎织女涉清浅②，支机石上今何年③。

扬帆一纵万里目，身世恍如槎中仙④。

仰看银河忽倒泻，月明风露何涓涓⑤。

狂来拔剑斫河水⑥，欲与祖逖争雄鞭⑦。

扣舷把酒酹河伯⑧，低头细看河清涟⑨。

平生此怀其已久，到此欲说空回旋。

嗟予不晓神灵意，咫尺雷雨心茫然。

【作者】

　　汪元量（1241？—1317？），字大有，号水云。钱塘（今杭州）人。宋度宗时宫廷琴师。元灭宋，与后宫一起被掳往北方。后以道士身份请归，游于庐山、彭蠡（lǐ）之间，不知所终。诗多写宋亡后北徙事，以寄托哀愤，有"诗史"之称，诗风悲壮。有《湖山类稿》传世。

【注释】

　　①妖氛：预示凶灾的不祥之气。烟：指夜雾。

　　②清浅：指银河。《古诗十九首·迢迢牵牛星》："河汉清且浅。"

　　③支机石：垫织机的石头。

　　④槎中仙：参见陆游《癸丑七夕》注②。

　　⑤涓涓：水缓流貌。

　　⑥斫（zhuó）：劈。

　　⑦祖逖：晋范阳遒县（今河北涞水）人。任侠有节操，累官太子中舍人。晋时大乱，祖逖率部曲渡江，中流击楫而誓曰："祖逖不能清中原而复济者，有如大江！"元帝时任豫州刺史，曾募军收复黄河以南失土。但东晋内部矛盾重重，对他不予支持，终于忧愤而死。

⑧河伯：河神。

⑨"低头"句：黄河水浊，少有清时，古人因此以河清为太平盛世祥瑞之象征。此句意思是希望乾坤扭转，黄河水清。涟，水清而有微波貌。

【简析】

至元二十三年（1286），元帝派使祭岳渎、东海。作者奉使出京，行程一万五千里，此诗即作于旅途中。诗的头四句写黄河渡口的七夕夜景。五至十句写仰望苍穹，但见天河下挂，恍如置身仙境，这是作者理想、感情的寄托。接着诗人的思路从天上回到人间，面对滚滚黄河水，想起当年祖逖跨黄河收复失土的壮举，不禁拔剑劈水，豪情激荡，欲与古人一比高低。"把酒酹河伯"，祭河神，也是暗立誓愿，希望有朝一日黄河水清，乾坤扭转。正当作者沉浸于爱国遐想，黄河之水雷鸣，浪花飞溅，又把诗人从遐想中惊醒。面对现实，诗人不禁茫然若失。诗写得笔锋纵横，曲折有致，真实地传达了作者心潮激荡的爱国思绪。

七夕文昌桥上口占①

[明] 汤显祖

共言乌鹊解填桥②，解度天河织女娇③。

织锦机中闻叹息，穿针楼上倚逍遥④。

新欢正上初弦月⑤，旧路还惊截道飙⑥。

并语人间有情子，今宵才是可怜宵⑦。

【注释】

①文昌桥：在江西临川东汝水旁。

②解：懂得。填桥：《岁时广记》卷二十六引《淮南子》："乌鹊填河成桥而渡织女。"

③娇：美好，可爱。

④穿针楼：古俗七夕妇女月下穿针乞巧。汉代宫女于七夕登开襟楼穿针。南齐武帝起层楼观，七夕宫女登之穿针，称穿针楼。民间妇女亦多于七夕结彩楼于庭，对月穿针，名乞巧楼，即穿针楼。参见刘孝威《七夕穿针诗》注①。逍遥：安闲自适貌。

⑤初弦月：七夕时的上弦月。

⑥旧路：故交，旧谊。截道飙：拦路之暴风。喻指爱情婚姻上的不幸风波。

⑦可怜：可爱。

【简析】

此诗作于万历五年至万历七年（1577—1579）之间。作者由七夕双星相会的传说起笔，然后以强烈的对比，写人世间男女情爱的世相：一方面织锦的劳动妇女在为爱情、为生活忧虑叹息，另一方面朱门绣楼上的女性正对月穿针，逍遥自在；一方面新欢在开心作乐，另一方面旧人在担惊受怕，忧伤悲哀。作者鞭笞了这种种不公平、不合理的现象后，诚挚地劝告人世的有情人：七夕是值得珍爱的一夜，因为牛郎、织女在这夜相会，他们是忠贞不渝爱情的象征。诗中放射着民主思想的光彩，与他创作《牡丹亭》的精神完全一致。

七 夕 微 雨

［明］张煌言

碧汉生波荡素秋，良宵又向客中流①。

银钩暗处虚穿巧②，玉玺分来总织愁③。

天上何尝须驾鹊，人间哪得似牵牛。

故乡风物空回首，谁买罗睺戏彩楼④。

【注释】

①客中：指客居外地。

②银钩：斜月。穿巧：指七夕穿针乞巧。

③玉玺：皇帝玉印，喻皇位。此处则喻指国土。

④罗睺（hóu）：旧星命家所称十一曜（yào）之一。它与日月逆向运行，有时遮蔽日月，故被称为蚀神。作者写此诗时正下微雨，月亮被遮，故以"罗睺"蚀月作比喻。此句意思是，谁能弄走蚀神，使月亮重发光彩，让家家都能结彩楼欢度佳节。

【简析】

1653年春，张煌言率军北上，在浙江台州登陆，开辟了根据地，直到同年秋天。此诗即作于台州。作者采取写景和抒情联想交错进行的手法，由七夕起云下雨，想到羁旅中佳节时光的白白流逝；由月亮无光，联想到山河破碎引起的忧愁；由双星相会，联想到人间的离恨比天上更多。最后以回忆故乡七夕风物，希望月亮重现光彩，让千家万户欢度佳节作结，含蓄地表达了作者对光明未来的热切期待。

七夕（选一）

［清］郑 燮

漏尽星飞顷别离^①，细将长夜说相思。

明年又有新愁恨，不得重提旧怨词。

【作者】

　郑燮（1693—1765），字克柔，号板桥。江苏兴化人。乾隆元年（1736）进士，曾任山东范县（今属河南）、潍县知县。因助农民胜讼及赈灾，得罪豪绅而被罢官，归里不再出仕。擅长绘画，为"扬州八怪"之一。做官前后，均居扬州卖画。工书法，能诗文。有《郑板桥集》传世。

【注释】

　①漏尽：表示天已快亮。漏，古代漏水计时器。星飞：天色将明，星星渐隐而不见，故云"星飞"。

【简析】

　原诗二首，此选其一。牛郎、织女久别重逢，长夜诉不尽彼此的相思别恨，言未尽而天已将明，又被迫分离各奔东西。旧的相思没有说完，来年七夕又将增添新的离情，永无止境的离别，永远说不完的离恨相思，这是多么无情的精神折磨。表面上，郑板桥写的是天上牛郎织女的不幸，实际上反映的是人间的辛酸和不平。

台湾竹枝词（选一）

［清］钱　琦

五彩亭前祝七娘①，三家村里拜文昌②。

桥填乌鹊星联斗③，天上人间各自忙。

【注释】

①五彩亭：人工糊制的彩色亭，内陈花果，摆于檐前，用于拜织女星。七娘：当地俗称织女为七星娘。

②三家村：人烟稀少的偏僻小村子。文昌：旧时迷信以为掌科举文运之神。

③星：指牛郎织女星。斗：指北斗星。从地面望天空，牛郎星由银河与南斗星相联，故称"星联斗"。

【简析】

女祝"七娘"，男拜"文昌"。前两句，作者以明快的笔调写出了台湾的七夕跟大陆相比同中有异的习俗、风情，有浓郁的乡土气息。后两句，写人间忙于求神仙，天上的神仙又正忙于自己团圆的私事，既然如此，又哪里顾得上人间的事情呢？其弦外之音含而不露，文笔又风趣、幽默，反映了作者对待生活达观、随和、宽容的态度。

中秋

农历八月十五日为中秋佳节。"中秋"一词始见于《周礼》，名称的由来是因"此日三秋恰半，故谓之'中秋'"（《梦梁录》）。中秋节则源于古人秋天祭月。《礼记》载："天子……秋夕月。""夕月"，即拜月之意。伴随着祭月活动而来的是赏月，因为"此夜月色倍明于常时，又谓之'月夕'"（《梦梁录》）。原来，中秋正当秋分，太阳光几乎直射月亮朝地球的一面；地球此时秋高气爽，能见度极好，看起来月亮分外圆、亮。因此，赏月、拜月在民间广泛流传开来，成为我国的传统佳节。

中秋的习俗主要是拜月、赏月。《晋书》中就有八月十五日"乘月……泛江"的记载。《开元天宝遗事》中说："中秋夕，上（唐玄宗）与贵妃临太液池望月。"至宋代，这一习俗更为盛行，"京师赏月之会，……登楼或于中庭焚香拜月"（《新编醉翁谈录》），"中秋夜，贵家结饰台榭，民间争占酒楼玩月"（《东京梦华录》），并且"安排家宴，团圆子女"（《武林旧事》）。

与拜月、赏月活动有关的则有吃月饼、"走月亮"等风俗。吃月饼，先祭月，然后全家分食。月饼照满月形状做成圆形，又含有祝愿团圆的意思。明代最大的一个月饼，直径有达二尺的，可见民间对祭月的重视。在清代，有些地方流行"走月亮"的风俗，妇女在中秋之夜通宵出游踏月，直到鸡鸣。

有的地方因地理条件原因，有中秋观江涛的活动。如枚乘的《七发》载，客曰："将以八月之望，与诸侯并往观涛于广陵（今江苏扬州）。"后来，又有中秋前后观钱塘潮（浙江）的风俗。

与中秋赏月有关，还产生了许多有关月宫的美丽神话传说，如嫦娥奔月、游月宫、月中桂树、玉兔、蟾蜍等。

今天，中秋节成为民间最受群众重视的节日之一，它体现了人民热爱幸福的美好愿望。

中秋月二首（选一）

［唐］李　峤

圆魄上寒空^①，皆言四海同^②。

安知千里外^③，不有雨兼风。

【作者】

　　李峤（645—714），字巨山。赵州赞皇县（今属河北）人。少
有文名，二十岁时进士及第，累迁给事中。武后、中宗朝，屡居相
位，封赵国公。玄宗时，坐事累贬庐州别驾，卒。《全唐诗》收其
诗五卷。

【注释】

　　①圆魄：满月。

　　②四海：四海之内，国内。

　　③安知：怎知。

【简析】

　　原诗共二首，此选其一。这是一首情理交融的哲理诗。前两句
写明月当空，人们都欣然以为月光普照四海皆同。然后诗人笔锋逆
转，提醒人们：殊不知千里之外，有的地方也许正风雨大作。这是
借自然现象写人间的政治风云。它告诫人们：不要只看到光明，看
不到存在的黑暗，只看到喜，忘掉了忧。诗立意新颖，寄托极深，
引人三思。

十五夜望月寄杜郎中①

［唐］王　建

中庭地白树栖鸦②，冷露无声湿桂花。

今夜月明人尽望，不知秋思落谁家③。

【作者】

　　王建（767？—831？），字仲初。颍川（今河南许昌）人。出身寒微，大历十年（775）进士，历仕昭应县丞、秘书郎、太常寺丞。文宗时出任陕州（今河南陕县）司马，从军塞上。后归咸阳原上，生活贫苦。工乐府，与张籍齐名，人称"张王乐府"，宫词百首尤为人传诵。有《王司马集》传世。

【注释】

　　①十五夜：中秋之夜。郎中：官名。

　　②地白：月光满地，使地面看上去一片白色。

　　③秋思：感秋的思绪。谁家：指谁，"家"在此处是语助词。

【简析】

　　满院月色，枝上鸦影，冷露湿花，这是一幅凄清寂寞的夜景。这样的氛围显然是一个孤独寂寞者所感觉到的中秋之夜，从而为下文作了烘托和铺垫。由地上的桂花，联想到传说中月宫的桂树，于是转入望月的描写，过渡自然，几乎不露痕迹。由望月想到天下共一月，再引出"秋思落谁家"的感叹。明明是诗人在怀念朋友，但不明说，反以疑问的语气写出，艺术上正是为了反衬诗人秋思之浓、怀友之深。因为诗人沉浸在怀友的思绪中，相形之下，仿佛他人的思绪都算不得真正的"秋思"了。

八月十五日夜观月

〔唐〕刘禹锡

天将今夜月，一遍洗寰瀛①。

暑退九霄净，秋澄万景清。

星辰让光彩，风露发晶英②。

能变人间世，儵然是玉京③。

【注释】

①寰瀛：寰海，即四海之内。

②晶英：晶莹。

③儵（xiāo）然：无拘无束，自在貌。玉京：天上宫阙。这里以月中宫殿代指月亮。

【简析】

月光如洗，夜空清碧，星辰减色，露珠晶莹。月光下，天上人间的一切杂色都消失了、改观了，一切都笼罩在一派银白、晶亮的光彩之中，使人神驰情摇，宛如御风行空，置身于天堂仙境。这是写景，又是抒情，它分明是诗人向往和追求光明、理想境界的艺术写照。

中 秋 月

〔唐〕白居易

万里清光不可思，添愁益恨绕天涯^①。

谁人陇外久征戍^②，何处庭前新别离。

失宠故姬归院夜^③，没蕃老将上楼时^④。

照他几许人肠断，玉兔银蟾远不知^⑤。

【注释】

①绕：围绕。此句意思是，月光普照天涯，给所有的人增添了别愁离恨。

②陇外：甘肃以北，泛指西北边陲。陇，陇山，在甘肃。征戍：远行防守边疆。

③姬：妾。此句暗用班婕妤事。汉班况女成帝时选入宫为婕妤，后被赵飞燕所谮（zèn），退居东宫，孤寂作赋自伤。此处代指被皇帝疏远的妃子。

④蕃：属国，外国。

⑤玉兔：晋傅玄《拟天问》："月中何有，白兔捣药。"银蟾：《太平御览》卷四引《春秋纬演孔图》："蟾蜍，月精也。"故以它们代指月亮。

【简析】

中秋咏月，向来是赞美明月的光明、无私。白居易这首诗却构思独特，诗开头便以埋怨的语气落笔，说月光令人费解、难以思议，它所照之处给天下人增添愁恨。然后具体描述月光带来的种种忧愁：征人思家，院中离愁，宫中哀怨，战俘怀乡。月光引得种种人断肠落泪，而月亮却浑然不觉，简直是普天下头等傻瓜。显然，诗人貌似咏月，实为讽世。矛头所指，不言而喻，手法别致新颖，且不乏幽默风趣。

中 秋 对 月

[唐] 曹 松

无云世界秋三五①，共看蟾盘上海涯②。
直到天头天尽处，不曾私照一人家。

【注释】

①三五：十五，即指八月十五日。

②蟾盘：传说月中有蟾蜍，又因月圆如盘，故称"蟾盘"。上：升上。

【简析】

万里无云的秋夜，满月从海上升起，清光洒遍了大地。诗人由眼前的景象联想到人世，发出明月无私的感叹。诗中的月亮人格化了，它是光明、公正的化身。歌颂明月的背后，同时包含着对势利、自私社会现实的批判，因而富有人生哲理的启迪。

八月十五夜宿鹤林寺玩月①

［唐］许 浑

待月东林月正圆②，广庭无树草无烟。

中秋云净出沧海③，半夜露寒当碧天。

轮影渐移金殿外④，镜光犹挂玉楼前⑤。

莫辞达曙殷勤望⑥，一堕西岩又隔年。

【作者】

许浑，字用晦。润州丹阳（今江苏丹阳）人。大和六年（832）进士，历仕当涂、太平县令，润州司马，监察御史，后出为睦州（今浙江建德）、郢州（今湖北武昌）刺史。因病退居润州城南丁卯桥丁卯庄，故称其诗集为《丁卯集》，以律诗知名于世，多登高游览、怀古之作。

【注释】

①鹤林寺：在今江苏镇江黄鹤山下。参见萨都剌《清明游鹤林市》注①。

②东林：指鹤林寺东的树林。

③沧海：丹徒临长江，江面辽阔如海，故云。

④轮影：月轮，即月亮。

⑤镜光：月光。

⑥曙：天晓。

【简析】

作者从月亮初升起笔，写到皓月当空，再到月轮西斜。诗人从寺外树林中待月，到返回寺中殿外望月，再登楼看秋月西沉，写出了自己追踪月亮移动的踪迹——"玩"月的全过程，细腻含蓄地透露了诗人爱月的深情。最后两句更点明了全诗的主旨：诗人之所以不辞劳苦、通宵达旦地望月，是因为中秋之月一去便是一年，反映了诗人珍惜美好事物、珍惜光阴的感情。诗的意境幽美，清新动人。

中 秋 待 月

[唐] 陆龟蒙

转缺霜轮上转迟①，好风偏似送佳期。

帘斜树隔情无限，烛暗香残坐不辞。

最爱笙调闻北里②，渐看星淡失南箕③。

何人为校清凉力④，欲减初圆及午时⑤。

【作者】

　　陆龟蒙（？—881），字鲁望。苏州（今属江苏）人。屡举进士不第，一度为苏州、湖州从事，后隐居松江甫里，好放游江湖之间，自号江湖散人，或号天随子，时人称他为甫里先生。与皮日休齐名，人称"皮陆"。诗以写景咏物为多，有《甫里集》传世。

【注释】

　　①转：指月亮沉而复升的循环往复变化。霜轮：月亮。

　　②笙：管乐器。北里：古舞曲名。

　　③南箕：指箕宿四星。

　　④校：较量。

　　⑤初圆：初升之满月。及：赶上，达到。午时：指中午时的太阳。

【简析】

　　初看此诗只是排列了一些秋夜的景色，实质上渗透了诗人殷勤待月的内心情感活动。明月迟迟不肯东升，夜风微微吹拂，仿佛在提醒人们它已送来了中秋佳期，这就更加烘托出"待月"的迫切心理。"帘斜树隔情无限"，表现了诗人待月时全神贯注期待着、搜寻着月亮东升的迹象。"烛暗香残"，时光在期待中悄悄流逝了。接着诗人宕开一笔，写耳边传来了令人陶醉的乐音，让读者紧张的神经稍稍放松。而就在这时，希望出现了：星光渐淡，南箕星也隐没不见了。终于，久久盼望的中秋满月散发着晶亮的冷光出现了，上升了。它是那么晶莹透亮而又充满了凉意，仿佛有人故意为了使它不像中午的太阳那样火辣刺眼而减低了它的热度。随着诗人情感脉搏的跳动，读者的内心也由期待、焦急进而兴奋、欢呼雀跃，产生了强烈的共鸣。

八月十五夜

［唐］殷文圭

万里无云镜九州①，最团圆夜是中秋。

满衣冰彩拂不落②，遍地水光凝欲流。

华岳影寒清露掌③，海门风急白潮头④。

因君照我丹心事⑤，减得愁人一夕愁。

【作者】

殷文圭，字表儒。池州青阳县（今属安徽）人。乾宁五年（898）进士。初居安徽九华山，刻苦求学，所用墨砚底为之穿。曾任宣谕判官记室参军，官终左千牛卫将军。明人辑有其诗集一卷传世。

【注释】

①镜：照耀。

②冰彩：月光如水，照在衣服上发出寒冷的光彩。

③华岳：华山，又名西岳，故称"华岳"。在陕西华阴县境。掌：指华山山峰。华山有五个并列的山峰，自下远望，形如手掌。后有好事者并由此附会成神话传说，说河神巨灵一掌劈开原同为一山的华山和昔阳山，以通黄河，故华山留有仙人掌痕等，华山东峰名仙人掌亦由此而来。此句写中秋夜寒露凝结，故称华山山峰为"清露掌"。

④海门：似指华山脚下渭河、黄河交汇处，因水声如海涛，故喻称"海门"。

⑤君：指月亮。丹心：赤诚之心。

【简析】

这是作者中秋途经华山脚下夜晚赏月的即兴之作。诗采取了由远及近再到远的曲折回环手法，引导人们追踪诗人当时的审美感受。开头是全景，万里无云，皓月当空，中秋之夜分外明亮。次写近景，月光照在衣服上，如洒上了一层冰霜，拂不去，抖不落；地上的月光如水，仿佛要流动。五、六句再写远景，华岳的山影巍峨高耸，月光下似透出一派寒意；耳边则传来了远处河口的风声、涛声，从视觉、听觉两种不同角度给人以壮伟的美感。结尾与开头呼应，月光朗照天下，它宛如一位公正、无私的知心朋友，抚慰并温暖着游子之心，减轻了愁人的愁绪。诗写得壮美、清幽，沁人肺腑。

中 秋 月

［宋］晏　殊

一轮霜影转庭梧①，此夕羁人独向隅②。

未必素娥无怅恨③，玉蟾清冷桂花孤④。

【作者】

晏殊（991—1055），字同叔。临川（今属江西）人。早慧，七岁应神童试（科举中特殊项目），赐同进士出身，擢秘书省正字，累官枢密使并登相位。为人正直，奖掖后进，范仲淹、欧阳修皆出其门下。诗词皆工。

【注释】

①霜影：指洁白的月光。

②羁人：客居他乡之人，此系作者自指。向隅：独自向着角落，喻孤单寂寞。

③素娥：月中嫦娥，因月色洁白，故称"素娥"。

④玉蟾、桂花：传说月中有蟾蜍、桂树。参见白居易《中秋月》注⑤。

【简析】

中秋佳节，明月高照，诗人却落落寡欢，倍感寂寞。他在愁什么呢？联系他另一首写相思的《寓意》来看，此诗后两句也应当是寄托他对过去一位恋人的情思。现在，两人相隔天涯，对方也一定会像月中的嫦娥那样倍感寂寞冷清吧。

中秋三夕对月^①

[宋] 苏舜钦

三夕月俱好，清光惟望多^②。

风应落桂子^③，露恐减金波^④。

念昔欢娱极，如今羁旅何。

穷狷不相弃^⑤，夜夜伴吟哦。

【作者】

苏舜钦（1008—1048），字子美。梓州铜山（今四川中江南）人，后迁居开封。景祐元年（1034）进士，曾任大理评事等职。后被权势者忌恨而贬逐，退居苏州，营造沧浪亭，自号沧浪翁。诗歌清新奔放，与梅尧臣齐名。有《苏学士文集》传世。

【注释】

①三夕：指十四、十五、十六三夜。

②望：农历的十五日，此特指中秋之夜。

③桂子：传说月宫有桂树，故云。此句暗用宋之问《灵隐寺》"桂子月中落，天香云外飘"两句诗意。

④减：减损。金波：月光。

⑤穷狷：贫穷而洁身自好。

【简析】

中秋月夜，清光明亮。微风吹来，桂花飘香，使人联想起月中的桂树，使人对明月感到分外美好可亲。夜深了，夜雾凝成寒露，又恐雾气太重有损月亮的光辉。前四句写景，充分表达了作者对月光的爱和眷恋，为下文抒情吟怀作了烘托。五、六句抚今思昔，写作者在他乡的客愁。末尾两句与开头呼应，并点明主旨：明月如同一位知心的挚友，穷愁之中仍不相弃，年年此夜陪伴自己吟诗。在爱月、颂月的描写中，显然透露了诗人内心的寂寞和对炎凉世态的微讽。

八月十五日看潮五绝（选一）

［宋］苏　轼

万人鼓噪慑吴侬^①，犹是浮江老阿童^②。

欲识潮头高几许，越山浑在浪花中^③。

【注释】

①慑吴侬：暗用战国时（鲁哀公十七年，前478年）越王勾践率军伐吴，于笠泽（今太湖）大败吴军的典故，借此暗喻钱塘江潮来势之威猛。慑，恐吓。侬，吴人称我为侬，此指吴人。

②是：似。老阿童：指晋名将王濬，小名阿童。参见陈子龙《五日》注③。此句以王濬当年率大军由长江顺流而下一举灭吴之气势，喻江潮的凶猛。

③越山：泛指越地之山。春秋时，钱塘江南岸属越国。

【简析】

原诗共五首，此选其一。此诗作于熙宁六年（1073），时苏轼在杭州通判任上。因为地理条件的原因，每年中秋前后观赏钱塘江潮成了杭州一带传统的民俗。东坡此诗头两句虚写，借用史实典故把江潮到来时威武凶猛的气势比作战场上千军万马的行军行列和鼓噪呐喊之声。把江潮拟人化，容易启迪人想象，但只有虚写，不免过于空灵，令人难以捉摸，于是后两句转入写实：江潮涌来时，四周的山岭亦全被遮没在一片飞溅的浪花之中。综观全诗，听觉、视觉形象结合，虚、实交织并用，热情赞美了大自然的威力和壮美景观。

中 秋 月

[宋] 苏 轼

暮云收尽溢清寒，银汉无声转玉盘①。
此生此夜不长好，明月明年何处看。

【注释】

①转：运转。指月亮由东向西运动。玉盘：月亮，因满月皎洁、浑圆如盘，故称"玉盘"。

【简析】

此诗作于熙宁十年（1077），时苏轼知徐州任上。此夜赏月时，其弟苏辙途经徐州即将离别，所以苏轼心情愁苦，用送别乐曲《阳关曲》写下了此诗。作者从傍晚暮云收尽月亮初升时写起，转瞬之间"银汉无声转玉盘"，不知不觉月亮已移到中天夜空了。字里行间流露出诗人对时间飞逝的感叹。结尾两句更予以点明："此生此夜不长好，明月明年何处看。"诗人由月亮的运动变化，联想到尘世人事的变迁无常，感情伤痛。又借助凄清景色、氛围的烘托，把他因兄弟即将离去的惜别之情和因自己仕途坎坷而产生的感慨曲折委婉地表现了出来。

中　秋

［宋］李　朴

皓魄当空宝镜升^①，云间仙籁寂无声^②。

平分秋色一轮满^③，长伴云衢千里明^④。

狡兔空从弦外落^⑤，妖蟆休向眼前生^⑥。

灵槎拟约同携手，更待银河彻底清^⑦。

【作者】

李朴（1063—1172），字先之。虔州兴国县（今属江西）人。三十一岁时登进士第，曾任国子监教授，敢于直言，不畏权奸。靖康初任著作郎、国子祭酒，宋高宗赵构即位后任秘书监。著有《章贡集》等书。

【注释】

①皓魄：明亮的月光。

②仙籁：天上的声音。

③平分秋色：中秋日正当三秋（秋季三个月）之正中间，故称中秋月"平分秋色"。

④云衢：天上的大路。

⑤"狡兔"句：传说月中玉兔能生辉，此处意思是说，即使狡兔

在弦月时跑掉，到了中秋月圆时明月照样发出明亮的光辉。弦，农历每月的初八、初九呈上弦月形状，二十、二十三日为下弦月形状。

⑥妖蟆：蟾蜍。《淮南子·说林训》："月照天下，蚀于蟾蜍。"

⑦更待：且待。

【简析】

中秋咏月，通常都把月亮作为人世自然环境的一部分去写。这首诗却颇为特殊，作者把月亮作为天上仙境的一部分去描绘。皓月当空，照亮了天上仙境的大路，天上一片寂静。然后诗人从反面讥讽狡兔枉费心机，痛斥蛤蟆休生歹心，它们玩弄花招丝毫无损明月的光辉，并且表示：待到天河清澈，诗人将约伴同登仙境。联系北宋末和南宋时奸佞小人专权的现实，显然可见这些超现实的写法分明是一种暗喻、一种象征：月亮代表光明，狡兔、蛤蟆象征小人、奸佞。最后两句，则表达了诗人对光明的向往和信念。

中 秋 值 雨

〔宋〕朱淑真

积叶冷翻阶①，痴云暗海涯②。

楼高劳望眼③，天暝隔吟怀④。

宛转愁难遣⑤，团圆事未谐⑥。

四檐飞急雨，寂寂坐空斋⑦。

【注释】

①"积叶"句：秋天堆积的落叶，被冷风吹得在台阶上翻滚。

②痴云：呆滞不动的云。海涯：海边。

③望眼：极目远望。

④暝：同"冥"，昏暗。隔：阻断。吟怀：吟诗的情怀。此句意思是，中秋遇风雨，天昏地暗，把诗情也打断赶跑了。

⑤宛转：辗转反复。

⑥"团圆"句：语义双关，既指中秋玩赏圆月之事无望，又暗指作者爱情难成。

⑦斋：书斋。

【简析】

中秋遇雨，本就是人世一大憾事，但作者以此入诗，还因此联想到自己婚姻、爱情的不幸，于是触景生情，于写景中寄托自己的愁思。寒风、落叶、黑云、急雨，天地昏暗，在这种背景衬托下，危楼上一位女性空斋无语独坐，情景交融，诗中有画，使人仿佛看到一幅题为"愁"字的水墨画。

中秋无月三首（选一）

［宋］范成大

扑地痴云欲万重，家家帘幕护房栊①。

世间第一无情物，谁似中秋雨与风。

【注释】

①帘幕：用竹或布制的窗帘。房栊：窗户。

【简析】

原诗共三首，此选其一。中秋赏月是人间的赏心乐事，偏偏这一天浓云扑地，雨急风狂，逼得千家万户纷纷关闭门窗，使多少人为之扫兴失望。诗人抓住人们这一普遍心理，发出了"世间第一无情物，谁似中秋雨与风"的诅咒，很能激起读者内心的共鸣。这首诗固然是写景，但诗人是否有所寄托，由自然现象而联想到人间世态？那些阻挠、破坏人间美好事物的人和事，不正像中秋之夜的风雨吗？

秋日田园杂兴（选一）①

[宋] 范成大

中秋全景属潜夫②，棹入空明看太湖③。

身外水天银一色，城中有此月明无。

【注释】

①此组诗为《四时田园杂兴》的一部分，共十二首，此选其一。

②潜夫：东汉王符耿直忤俗，郁郁不得志，乃潜居著书，评论时政，著书名曰《潜夫论》。此处系作者以隐者自喻。

③空明：通明透亮。

【简析】

　　此诗作于淳熙十三年（1186），作者因病归居于苏州石湖。值中秋之夜，驾一叶小舟，荡漾于浩瀚太湖之上。明月当空，水天一色，四周空明一片，恍如仙境。于是诗人欣欣然陶醉于大自然的良宵美景之中，尘世的一切烦恼都仿佛不复存在了。末句"城中有此月明无"不仅指湖光月色，还应当有这样的弦外之音：在争名夺利的官场，能有这样超然物外、恬静愉快的心境吗？

中 秋 觅 酒

［金］宇文虚中

今夜家家月，临筵照绮楼①。

那知孤馆客，独抱故乡愁。

感激时难遇②，讴吟意未休③。

应分千斛酒④，来洗百年忧。

【作者】

　　宇文虚中（1079—1146），字叔通。成都华阳（今属四川成都）人。宋大观三年（1109）进士，仕宋至资政殿大学士。宋室南渡，于建炎二年（1128）奉使金国，被扣留，仕金至礼部尚书、翰林学士承旨，金人号为国师。金皇统六年（1146），被疑谋反，全家自焚而死。其诗多感慨身世和怀念南宋之作。有集已佚，今《中州集》中收录其部分诗歌。

【注释】

　①筵：酒席。绮楼：华美的楼。

　②感激：感动激奋。

　③讴吟：歌唱吟咏，指吟诗。

　④斛（hú）：量器名，古人以十斗为一斛。

【简析】

　　从诗中忧思之深广来看，当作于留金之时。前四句作者以家家团圆对照自己的孤愁，后四句更步步深入内心深处。"感激时难遇"，说明作者触景伤情之余内心激奋，很想有一番作为，但又感到时机未到，只好将内心的忧闷吟而为诗，吟诗犹感不足，于是"觅酒"浇愁。"千斛""百年"极言内心忧愤之深、之久，这就绝非一般乡愁，而是寄托了作者对时局、对故国的深深忧虑。

溪行中秋望月

[元] 萨都剌

去岁南闽客，今年此日还。

中秋八月半，一水万山间①。

皓月飞圆镜，回流转玉环②。

携家共清赏，何异在乡关。

【注释】

　①"一水"句：作者于同时同地写了另一首《溪行中秋玩

月》，其序云："舟泊延平津……（是夕）溪声潺潺，若奏乐，四山环抱，如拱如立。"

②玉环：指回环的溪流在月光下亮如玉环。

【简析】

　　至元二年（1336），作者由闽海廉访知事任所移调河北廉访经历。八月，携家北上，途经延平津（闽江上游，在福建延平府境）时作此诗。去年诗人于南海边过中秋，如今在旅途中过中秋，都是他乡过节，但不同之处在于：这次是北返，况又是携家团聚赏月，所以并无旅愁之感。诗一开头，就以对比手法写出诗人的高兴心情。中间四句，写群山怀抱一水间的清丽月色。船在曲折回环的溪水中缓缓行驶，月映溪流，宛如晶莹的玉环，此情此景引起了诗人无限美感。"携家共清赏，何异在乡关"，简直忘记了此身是客。全诗首尾呼应、一脉贯通，意境清新可喜。

中　秋　宴　集

［明］谢　榛

满空华月好登楼①，坐倚高寒揽翠裘②。

江汉光翻千里雪③，桂花香动万山秋。

黄龙塞上征夫泪④，丹凤城中少妇愁⑤。

词客共耽今夜酒⑥，漫弹瑶瑟唱伊州⑦。

【作者】

谢榛（1495—1575），字茂秦，自号四溟山人。临清（今属山东）人。工诗，为明"后七子"之一。曾游诸藩王幕府，嘉靖年间游京师，助卢柟出狱，为儒林所推重，卒于游历途中。有《四溟集》传世。

【注释】

①华月：指月亮光彩夺目。华，光辉。

②揽：收拢，拢紧。

③江汉：长江和汉水。

④黄龙寨：唐时东北要塞，在今辽宁开原西北。

⑤丹凤城：指京都。相传秦穆公之女弄玉吹箫引凤，凤凰降于京城，故曰"丹凤城"。后因此代指京都。

⑥耽：爱好。

⑦瑶瑟：以玉为饰的瑟。瑟，乐器名。伊州：商调大曲名。白居易《伊州诗》："老去将何散老愁，新教小玉唱伊州。"可见这是一种欢快的乐曲。

【简析】

月光千里，桂花飘香。在赏景中，诗人推己及人，想起这团圆之夜，还有多少"征夫泪""少妇愁"，因而又转喜为悲。于是大家一边饮酒一边听曲，以排遣胸中的忧愁。乍看起来，这忧愁来得有些突然，难以理解。其实从末句暗用白居易"老去将何散老愁，新教小玉唱伊州"的诗句就可以看出，触动作者愁绪的还有另一个潜藏在内心深处的心理因素。秋夜的良宵美景容易使人由秋而联想到人的老境，从而产生"好景不长"的悲哀，难怪主客要共听《伊州曲》以排忧解愁了。作者在反映内心活动时，写得相当含蓄、曲折，正因为如此，也就颇耐人寻味。

中秋登偰家楼①

[明] 裘 衍

落木萧疏山半青，城墟西下楚云冥②。

天空高阁留孤月③，夜静河灯散万星④。

影度高帆横断岸⑤，声传新雁下寒汀⑥。

登高自愧吹华发，白帽离披似管宁⑦。

【作者】

　　裘衍，字汝中，号鲁江。江西新建县人。从王守仁学，授岳州（今湖南岳阳）府司理。正德十四年（1519）抵南昌，适逢朱宸濠叛乱，乃投笔从戎为朝廷效力，曾授工部职。

【注释】

　　①偰（xiè）家楼：在南昌故城西北角城墙上，为登高赏景之处。

　　②城墟西下：指夕阳由故城西南方向落山。楚：泛指江南地区。冥：昏暗。

　　③高阁：指偰家楼。

　　④"夜静"句：夜里江上渔火点点，远望如星星密布。

　　⑤断岸：视线尽头的河岸。

　　⑥新雁：初次从北方飞来的大雁。汀：水边平地。

　　⑦"白帽"句：三国时管宁，山东临朐（qú）人，少年时专心好学，年长为名儒隐士。管宁平时常戴白帽，表示不愿随波逐流。白帽，白色头巾之类的帽子。离披，散开，

【简析】

　　诗人傍晚时登楼，由近及远，进入他视线的是落叶飘零，远山半黄（"半青"者半绿半黄也），暮云昏暗。时间在悄悄流逝，但

见天上孤月空悬，江中渔火点点，天际帆影憧憧，岸边雁声阵阵。作者引导人们追踪他的视线，由近及远，由地上到天空，由天空回到江面，又从视觉到听觉，把远近上下的全景图摄入脑海。这幅图色彩暗淡，人们从中看不到中秋明月夜特有的明亮光彩，显然这是经过作者强烈主观感情色彩的有色镜过滤的结果。那么，诗人忧闷什么呢？或许是天际归舟的帆影和北来大雁的南归引起了他对人生归宿的沉思。最后两句，诗人以不愿随波逐流的古代高人管宁自喻，透露了他对明代社会现实的不满和反感，诗中暗淡无光的中秋夜正是作者对生活环境感受的艺术折射和反映。

十五夜抵建宁通都桥玩月①

[明] 徐 渭

城西日暮泊行船，起向长桥见月圆。

渐上远烟浮草际，忽依高阁堕檐前。

坐当林树看鸟绕②，望入云河与水连。

久欲乘槎问天上③，几回津路渺无边④。

【作者】

徐渭（1521—1593），字文长，又字文清，别号天池生，晚年号青藤道人。山阴（今浙江绍兴）人。年二十为诸生，有才华而屡应乡试不中。嘉靖三十七年（1558）入闽总督胡宗宪幕府，知兵，于抗倭军事多有谋划。胡宗宪下狱，徐渭惧祸发狂，自戕不死。隆庆六年（1572），以杀妻罪系狱，里人力救，于万历六年（1578）获释。遂漫游二京及边地，著书卖画为生，穷愁以终。工诗，风格奇峭，有《文长集》传世。

【注释】

①建宁：今福建建宁县，地处闽西北。

②鸟绕：月光明亮，鸟误以为天明而绕树飞翔。

③乘槎：见陆游《癸丑七夕》注②。

④津路：渡口。

【简析】

作者从抵达建宁县停船写起，然后写登岸后一路走去的途中月亮由初升浮出地平线，到渐渐临空高照，直至与银河相接的运动上升过程，在写景中反映了诗人赏月时无限神往的心境。结尾，由见到银河而感叹登天无路，表达了诗人对现实失望而向往理想仙境的情怀和思绪。全诗构思精巧，节奏流畅明快。

舟 次 中 秋

［明］张煌言

淡荡秋光客路长①，兰桡桂棹泛天香②。

月明圆峤人千里③，风急轻帆雁一行。

此夜衔杯惭庾亮④，几年持斧笑吴刚⑤。

观涛岂必钱塘去⑥，碧海银潢自渺茫⑦。

【注释】

①淡荡：指秋夜海面景色开阔宁静。

②桡（ráo）：与棹均为船桨，代指行船。天香：指桂树香气。语出宋之问《灵隐寺》："桂子月中落，天香云外飘。"

③峤：山岭。人千里：指诗人自己远离家乡浙江千里之外。

④庾亮：东晋人，成帝时为中书令，掌朝政，后镇武昌，拟北伐，遇阻未果。参见白居易《庾楼新岁》注①。

⑤吴刚：神话中仙人名。传说因过错被罚在月宫中砍桂树，但树随砍随合，劳而无功。作者以此典故比喻自己几年来反清斗争同样未见功效。

⑥钱塘：钱塘江。

⑦潢（huàng）：水深广貌。渺茫：辽阔。

【简析】

1652年，张煌言等奉鲁王客居福建厦门时作。从诗题看，作者似因军务由厦门去某地的船行途中。张煌言虽客居厦门，但心系北伐抗清大业，逢佳节自然感慨倍增。前四句写秋夜海景，并寄托乡思，而这乡思并非单纯思家，也包含了收复失土的爱国情思。五六句用典，表达自己几年来劳而无功，未能完成北伐而愧对古人的心情。最后又自我宽慰：中秋观潮并非一定要在钱塘江边不可，泛着银波的南海不同样是辽阔无边吗？言外之意是，此地虽非故乡，但毕竟是南明的辖地，它与家乡又有何区别呢？

次凤阳逢中秋①

［清］陈恭尹

未到问沽酒，早投城北阓②。

莫令亡国月，得照渡江人。

世薄功名士，秋销战伐尘③。

余生付樽杓④，留醉上车轮。

【作者】

　　陈恭尹（1630—1700），字元孝，号独漉山人。广东顺德人。父邦彦，明末殉国难，时陈恭尹才十余岁，无家可归，生活困苦。曾奔走各地，力图复明，不成，乃隐居以终。工诗文，与屈大均、梁佩兰并称"岭南三大家"。诗歌内容多写抗清志士。有《独漉堂集》传世。

【注释】

　　①次：旅途停留。凤阳：今安徽凤阳县。在淮河南岸，明太祖朱元璋故乡。

　　②阓（yīn）：古代城门外层的曲城。

　　③战伐：打仗。

　　④樽：盛酒器。

【简析】

　　凤阳是明代开国君主朱元璋的故乡，作者又是坚持民族气节的明末遗民，中秋节途经凤阳，自然触发了他的故国之思和亡国之痛。"未到问沽酒"，表明他路上就决定中秋节以酒浇愁，故一到凤阳便早早到城外投店，打算一醉高卧，无心观月。"世薄功名士，秋销战伐尘"，表明清王朝已用武力征服了全境，战争停下来了，一些文人又开始应举求取功名。对这些人，当时的社会舆论，自然也包括作者都十分鄙薄蔑视。结尾，作者以诗明志：今生今世当与酒为伍，决不屈膝求荣。字里行间，充满了亡国的悲痛。

中秋夜洞庭湖对月①

〔清〕查慎行

长风驱云几千里②，云气蓬蓬天冒水③。

风收云散波忽平，倒转青天作湖底。

初看落日沉波红④，素月欲升天敛容⑤。

舟人回首尽东望，吞吐故在冯夷宫⑥。

须臾忽自波心上⑦，镜面横开十余丈⑧。

月光射水水射天，一派空明互回荡⑨。

此时骊龙潜已深⑩，目眩不敢衔珠吟。

巨鱼无知作腾踔⑪，鳞甲闪烁翻黄金⑫。

人间此境知难必，快意翻从偶然得⑬。

遥闻渔父唱歌来⑭，始觉中秋是今夕。

【作者】

　查慎行（1650—1727），字悔余，晚号初白。浙江海宁人。康熙四十二年（1703），以举人赐进士出身，官翰林院编修。曾受业于黄宗羲，诗宗宋人苏轼、陆游，多写行旅，风格恢宏、沉雄。有《敬业堂集》。

【注释】

①洞庭湖：在湖南省北部，为我国第二大淡水湖。

②长风：大风。

③蓬蓬：形容云气翻腾。冒：同"帽"，用作动词，意思是笼罩。

④红：指落日余晖染红了湖面。

⑤天敛容：指日落而月未升之时，天色昏暗无光。

⑥吞吐：慢吞吞。故：故意。冯夷宫：水神冯夷居处，此指湖水平面以下。

⑦须臾：顷刻之间。波心：指水天相接处，远望该处似为水波中心。

⑧横开：指月光向湖面横向散开。

⑨回荡：月光映在湖面上，波光来回荡漾。

⑩骊龙：古代传说中潜藏于深水处的黑龙，其颔下（颏下颈上处）有珍珠（见《庄子·列御寇》）。此句和下一句是借用骊龙潜隐水底的传说，表现月光射入湖水深处，湖面上一片寂静。

⑪腾踔（chuō）：腾跳。

⑫翻黄金：闪动着金色光点。

⑬翻：反而。

⑭渔父：打鱼之人。

【简析】

此诗作于康熙二十一年（1682），作者自贵州回家乡，船过洞庭湖适逢中秋佳节。他乡遇中秋，发之于吟咏，每多乡思愁苦之音。这首诗却一反常规，独辟意境。全诗二十句，每四句一景。首先从洞庭湖由阴转晴起笔，依次写夕阳西沉、月亮初升、明月朗照，最后一段以抒情议论作结。全诗气象开阔，意境雄伟瑰丽，层次井然，又每四句一换韵，节奏明快而富于变化。后面"人间此境知难必，快意翻从偶然得"两句，不仅表达了诗人赏月时喜出望外的心情，还从哲理的高度概括了人生的体验，说明人世间机遇的重要性，给人以启迪。结尾两句，进一步从抒情主体的角度对洞庭湖美景作了补叙。诗人完全沉浸在洞庭湖水天一色、月光空明的美景之中，以至忘记了此身是客，也忘记了今夕是中秋。

风物吟（选一）

［清］郑大枢

夺采抢元唱四红①，月明如水海天空。

野桥歌吹音寥寂②，子夜挑灯一枕风。

【注释】

①"夺采"句：中秋，应考前的士子聚饮，制大肉饼，中间印上红色"元"字，掷骰子全得红色四点者胜，可取饼，为夺状元之兆。

②野桥：山野中的桥。

【简析】

原诗多首，此选其一。这首诗写中秋节在台湾当时读书人中间流行的一种"夺采"风俗，在其他诗文中很少见。这种风俗既反映了当时追求功名的读书人的普遍心理，它本身又分明是一种娱乐活动，因而"夺采"结束时间已过半夜，山野的歌声也早已沉寂，作者兴奋的神经却仍难完全平静，还在床上卧听外面传来的阵阵风声。诗虽一般，但从民俗学角度看，自有其认识价值。

中秋夜无月

［清］樊增祥

亘古清光彻九州①，只今烟雾锁琼楼②。

莫愁遮断山河影，照出山河影更愁。

【作者】

樊增祥（1846—1931），字嘉父，又字云门，号樊山。湖北恩施人。光绪三年（1877）进士，曾任陕西、江宁布政使。一生创作了三万多首诗歌，其中不乏佳作。

【注释】

①亘古：从古到今。九州：中国古代分为九州，后指代中国。

②琼楼：玉楼，指月宫。

【简析】

原诗共四首，此选其一。此诗作于清光绪三十一年（1905），由此前推数十年，正是我国外患不断，大好河山不断被帝国主义蚕食、侵吞的灾难年代。作者此夜赏景，恰逢天阴无月，触景动情，感慨时事。"莫愁遮断山河影，照出山河影更愁"，诗人借写景尽情倾诉了对祖国河山破碎的深沉忧愤。

八月十四夜香港观灯

[清] 康有为

空蒙海月上金绳^①，又看秋宵香港灯。

曼衍鱼龙陈百戏^②，参差楼阁倚高层。

怕闻清曲何堪客^③，便绕群花也似僧^④。

欢来独惜非吾土^⑤，看剑高歌醉得曾。

【作者】

　　康有为（1858—1927），字广厦，号长素，又号更生。广东南海人。光绪进士，授工部主事。1888—1898年间，先后七次上书光绪皇帝要求变法。1895年第二次上书时曾联合赴京会试的举人一千三百多人签名，反对签订《马关条约》，即有名的"公车上书"。又组织社团，办报纸，鼓吹改良，积极参与维新变法。变法失败后，逃亡国外。后期政治上转保守，组织保皇会，反对民主革命。早期诗歌多反对列强侵略，鼓吹变法。著有《康南海先生诗集》。

【注释】

　　①金绳：佛教传说，离垢国以黄金为绳，"界其道"。（典出《法华经》）此处以金绳借指海天交界线。

　　②曼衍：绵延不绝，变化无穷。形容灯景铺陈之盛。鱼龙：指鱼、龙等灯景。百戏：各种杂戏。

　　③"怕闻"句：《世说新语·任诞》："桓子野（桓伊）每闻清歌，辄唤奈何。"此句借用典故说明自己在被帝国主义占领的中国领土香港听到欢歌乐声，更倍增忧国的伤感。何堪，犹不堪。

　　④"便绕"句：意思是，即便在繁花丛中，自己的心情也凄苦

孤寂如僧。

　　⑤非吾土：指香港主权当时非我所有。

【简析】

　　此诗作于光绪十三年（1887）。诗的前四句写景，极力铺陈香港中秋节前夕的热闹繁华，以作为下文的反衬、对照。后四句抒情，由于在沦为殖民地的中华国土上观灯，故而别有一番滋味在心头，乐景中愈增哀痛。末句"看剑高歌"，表达了作者慷慨悲歌的报国壮志，反映了他的爱国思想。

重　阳

家历九月九日是重阳节。"重阳"之说，最早出自《易经》，该书以九为阳数，九月九日，二阳相重，故称"重阳"。古人又称"重九"节。

早在屈原《远游》诗中已有"集重阳入帝宫兮"之句，看来在战国时期重阳节已经形成。到了汉代，已有节日活动的记载。《西京杂记》记载汉宫重阳习俗时说："夫人侍儿贾佩兰……言在内时九月九日佩茱萸，食蓬饵，饮菊酒，令长寿。"《岁时广记》引《汉官仪》说："九日赐百僚茱萸。"由此可见，梁吴均《续齐谐记》中的一则神话，说重阳节源自桓景重九日登高避灾显然是后人的附会。

重阳习俗，一是登高游览。古书记载，"九月九日，四民籍野饮宴"（《荆楚岁时记》），"重阳之日，必以糕酒登高眺远，为时宴之游赏，以畅秋光"（《齐人月令》），"重阳相会，登山饮酒，谓登高会"（《风土记》）。这反映出古人重九登高实为一种娱乐、郊游、体育兼而有之的活动。二是赏菊。晋陶潜东篱赏菊历来传为佳话，清代每逢九日还举行规模盛大的菊花大会，这也是古人一种积极的娱乐、休息方式。三是插茱萸，戴菊花，饮菊花酒和茱萸酒。"九月九日折茱萸以插头上，辟恶气而御初寒"（《风土记》），"盖茱萸为'辟邪翁'，菊花为'延寿客'"（《梦粱录》）。由此可见，这类习俗也是古人讲卫生、防治疾病的一种措施。现代药理分析也证明，茱萸、菊花确有杀菌、驱虫等功效。此外，还有吃重阳糕（"糕""高"谐音，取其吉祥之意）、骑马、习射（练武、战备）等习俗，但不如前述三种风俗普遍。今天，重阳节也日益引起人们的重视，"九""久"谐音，故有人建议把重阳节定为老人节，以发扬我国历来敬老的优良传统。

九月九日诗

［南朝宋］范　泰

劲风肃林阿①，鸣雁惊时候②。

篱菊熙寒丛③，竹枝不改茂。

【作者】

范泰（355—428），字伯伦。南阳顺阳（今河南内乡）人。晋太元初为太学博士，出为天门太守。义熙初，荆州刺史司马休之以为长史、南郡太守，入为黄门郎、御史中丞，出为东阳太守，累迁尚书兼司空。宋受禅，拜金紫光禄大夫。元嘉三年（426），进侍中、左光禄大夫、国子祭酒。有集二十卷。

【注释】

①肃：使萎黄衰落。林阿：丘陵上的树林。阿，丘陵。

②时候：季节。

③熙：盛开。寒丛：寒秋的草丛。

【简析】

此诗短小，对比鲜明，颇具新意。前两句写秋风扫残叶，大雁为秋寒所惊，长鸣南飞。古人重九有赏菊的习俗，故后两句写秋菊在寒草丛中盛开，又写劲竹在寒风中枝挺叶茂，前后映照，赞美了菊、竹不畏风寒的品格。

于长安归还扬州，九月九日行微山亭赋韵①

［南朝陈］江　总

心逐南云逝②，形随北雁来③。

故乡篱下菊，今日几花开。

【作者】

　　江总（519—594），字总持。济阳考城（今河南兰考东）人。历仕南朝梁、陈及隋三朝。仕陈时，官至尚书令，世称江令。陈亡入隋，拜上开府，后放回江南。诗多写艳情，明人辑有《江令君集》。

【注释】

　　①扬州：今江苏南京。微山亭：在山东微山县。
　　②南云：南去之云。逝：去。
　　③形：诗人自指。北雁：自北方飞来的大雁。

【简析】

　　江总晚年由长安回扬州，重九日经山东微县微山亭，写下了这首怀乡小诗，着重表达了作者的心理活动。头两句写南云、飞雁，含蓄地反映了作者情驰神往、归心似箭的心情。后两句写诗人的想象，更是直抒心迹。读来情真意切，清新自然，颇有后代唐人诗作的风韵。

九月九日登玄武山旅眺①

[唐] 卢照邻

九月九日眺山川，归心归望积风烟②。

他乡共酌金花酒③，万里同悲鸿雁天④。

【作者】

卢照邻（635？—695？），字升之，号幽忧子。范阳（今河北涿县）人。曾官成都府新都县（今属四川成都）县尉。后得恶疾，手足残废，退居具茨山下。因久病，遂自投颍水死。博学，工诗文，诗多愁苦之音，为"初唐四杰"之一。后人辑有《幽忧子集》。

【注释】

①玄武山：在四川成都附近。旅眺：旅游登高远望。

②"归心"句：遥望家乡方向，相隔万里，只看见一片迷蒙的风烟。风烟，风尘。

③金花酒：菊花酒。古代重九日有饮菊花酒的习俗，用以去病延年。

④鸿雁天：指秋季天上大雁南飞。

【简析】

据《唐诗纪事》卷八记载，此诗系作者任新都尉时登览玄武山和友人之作。古俗，重阳举家登高，寓天伦之乐于郊游赏景之中。而作者蜀中登高，与家乡相隔万里，故而乡思无限。"归心归望积风烟"一句，极写诗人内心的惆怅和失落感。此行，作者又系和友人一起，同系他乡客居，因而"万里同悲"。"他乡共酌金花酒"一句，表达了诗人在无可奈何之余强自互相安慰的心情，更从反面增强了思乡的感情色彩，因而很能激起读者的同情和共鸣。

蜀 中 九 日

[唐] 王 勃

九月九日望乡台①，他席他乡送客杯。

人今已厌南中苦②，鸿雁那从北地来。

【作者】

　　王勃（649？—676），字子安。绛州龙门（今山西河津）人。六岁即善文，十四岁应举及第。沛王李贤闻其名，召为王府修撰。因为沛王作檄鸡文，为高宗所闻，削职。乃游历蜀中，补虢州参军，又因罪革职。上元三年（676），赴海南探亲（父），渡海时溺水，惊悸而死，年仅二十八岁。王勃为"初唐四杰"之一，诗风明丽清新。明人辑有《王子安集》传世。

【注释】

　　①望乡台：故址在成都北。

　　②南中：指川南及云贵一带，古时为少数民族聚居地。

【简析】

　　作者二十岁时入蜀游历，前后约两年，此诗即作于蜀中。佳节本易引起乡思，眼前又恰在"望乡台"，自然更触物伤情了。作者从正面起笔后，下面三句都从反面着墨。登高饮酒，本是为赏景助兴，作者因客愁难排，却联想到这仿佛是专为他饯行的送客酒。晚秋的天空常见到大雁南飞，看不到雁是反常的，而诗人却从这反常中联想到"南中"太苦，连北方的大雁也不肯来。这些都带有强烈的主观情绪色彩，从而增强了全诗思乡的色调，在构思上颇有特色。

九　日

［唐］崔国辅

江边枫落菊花黄，少长登高一望乡①。

九日陶家虽载酒②，三年楚客已沾裳③。

【作者】

　　崔国辅（678—765），吴郡（今江苏苏州）人，一说山阴（今浙江绍兴）人。开元进士，历任许昌令、左补阙，迁礼部员外郎。天宝十一年（752），坐事被贬晋陵郡（今江苏常州）司马，死于贬所。今《全唐诗》存诗四十一首。

【注释】

　　①少长：全家老小。

　　②陶家：指陶渊明。《宋书·陶潜传》："当九月九日无酒，出宅边丛菊中坐久，值弘（江州刺史王弘）送酒至，即便就酌，醉而后归。"此处作者自喻客中有人送酒。

　　③楚：楚州治山阴（今江苏淮安）。

【简析】

　　首句写景点明时令，"菊花黄"更扣题说明此日是重九，因为重阳赏菊历来被视为文人雅事。但作者无心赏菊，而举家登高望乡，反映了作者思乡心切。由于客居异乡，所以有人送酒也高兴不起来，反而情不自禁地泪下沾衣了。

秋登万山寄张五^①

［唐］孟浩然

北山白云里^②，隐者自怡悦^③。

相望试登高^④，心随雁飞灭^⑤。

愁因薄暮起，兴是清秋发。

时见归村人，沙行渡头歇^⑥。

天边树若荠^⑦，江畔洲如月^⑧。

何当载酒来^⑨，共醉重阳节。

【注释】

①万山：在作者家乡湖北襄阳县境。《全唐诗》作"兰山"，兰山在山东临沂或四川旧庆符县（今四川高县庆符），孟浩然皆未到过。《孟襄阳集》作"万山"。张五：当指张諲（yīn），官刑部员外郎，擅长书画。

②北山：指万山。

③隐者：作者自指。以上两句用晋陶弘景《诏问山中何所有赋诗以答》一诗中语义。陶弘景诗云："山中何所有，岭上多白云。只可自怡悦，不堪持赠君。"

④相望：想眺望远方友人，即指张五。

⑤"心随雁飞灭"句：一作"心飞逐鸟灭"。

⑥沙行：在江边沙滩上行走。

⑦荠：荠菜。

⑧洲：江中一片陆地。

⑨何当：何时能够。载酒：备酒。

【简析】

　　佳节怀友是传统的主题，不过诗人写得很有特色。一起笔就有丰富的潜台词，隐者有的是深山白云，但只可自愉而不可赠友。言外之意是，诗却是赠送朋友的最好礼品，这就和诗题"寄张五"扣上了。下文便向友人叙述重阳日思念对方的情状。因为怀友，所以登高望远，思情与大雁同飞，直守到黄昏仍不见朋友踪影，于是愁从中来。但自己仍不离开，而远望江边渡口沙滩上回村的旅人，以及天边小树和江中小洲。诗人看得那么细心，那么认真，为什么呢？显然那渡口也是朋友来访的必经之路，诗人侥幸地盼望友人也许会在那里奇迹般地出现，但诗人终于失望了。最后只好希望友人来年与自己会面，"共醉重阳节"。全诗情致婉转，深沉含蓄，很耐人咀嚼。

九日龙沙作寄刘大昚虚①

[唐] 孟浩然

龙沙豫章北，九日挂帆过②。

风俗因时见，湖山发兴多。

客中谁送酒，棹里自成歌。

歌竟乘流去③，滔滔任夕波。

【注释】

①龙沙：在豫章（今江西南昌）西北，赣江沿岸。《水经注》：赣水"又北经龙沙西，沙甚洁白，高峻而陁（tuó）有龙形，连亘五里中，旧俗九月九日登高处。"刘大眘（shèn）虚：指刘眘虚，排行老大，故称"刘大眘虚"。新吴（今江西奉新）人。曾任崇文馆校书郎、夏县县令。工诗，与王维、孟浩然有交往。

②挂帆：乘船。

③竟：完，毕。

【简析】

读完此诗，人们也许会觉得：如果孤立地看其中一句句诗，它实在太平淡无奇了。但是它通篇却又蕴含有一种诗意的美，这就是抒情主人公陶醉于河山佳景怡然自得，乃至于似乎已臻物我同化的某种超脱美妙意境。这种貌似平淡其实深厚的艺术风格，使孟浩然的诗在唐诗中别具光彩和韵味。

九月九日忆山东兄弟①

［唐］王　维

独在异乡为异客，每逢佳节倍思亲。

遥知兄弟登高处，遍插茱萸少一人②。

【注释】

①山东：唐代把华山以东地区叫山东。王维的家乡在山西永济

县，在华山以东，故称其在家乡的兄弟为"山东兄弟"。

②茱萸：有浓香的植物。古俗，重九头插茱萸，以辟邪祛病。

【简析】

　　相传王维十七岁写下了这首名诗。涉世未深的少年王维，为了功名客居他乡，九九重阳佳节千家万户举家登高赏景，而自己则举目无亲、孑然一身，孤独感便油然而生。首句一个"独"字、两个"异"字，充分反映了王维这一心理状态。而这种心理无疑具有极大的普遍性，因而"每逢佳节倍思亲"能激起广大读者的共鸣，成为千古不朽的名言警句。头两句，诗人从正面下笔，后两句另换了一种角度，从对面写家乡亲人在如何思念、关心自己，这正好从反面衬托诗人乡思的强烈。全诗既朴素平易，又深沉曲折；既形象具体，又高度概括，因而具有永恒的艺术魅力。

九日龙山饮①

[唐] 李　白

九日龙山饮，黄花笑逐臣②。

醉看风落帽③，舞爱月留人。

【作者】

　　李白（701—762），字太白。祖籍陇西成纪（今甘肃天水附近）。五岁随父迁居绵州昌隆（今四川江油）青莲乡，故又号青莲居士。二十五岁离家，各地漫游。天宝元年（742），荐任翰林供奉，一年余遭谗去职。安史之乱中，李白又受永王事件牵连，无辜被流放夜郎，中途遇赦东归，依当涂县令堂叔李阳冰，后病卒于当涂。李白为唐代伟大的浪漫主义诗人，其诗内容广泛、深刻，风格雄奇奔放，与杜甫齐名，并称"李杜"。有《李太白诗集》传世。

【注释】

①龙山：在今湖北江陵。晋桓温重阳登龙山大宴宾客之龙山即此。

②逐臣：李白自指。至德元年（756），李白参加永王李璘幕府。永王兵败，李白受累，于乾元元年（758）流放夜郎。次年，遇赦东归，故自称"逐臣"。

③风落帽：晋孟嘉重阳日参加桓温在龙山举行的盛宴，席中孟嘉帽被风吹落，初不觉，桓温令人作诗嘲之，孟嘉即席为文应答，四座叹服，传为重阳佳话。（典出《世说新语·识鉴》）龙山有"落帽台"遗址。

【简析】

此诗作于乾元二年（759），李白流放夜郎遇赦东归途经江陵之时。李白是一位抱负很大而又相当天真的诗人，他一生都渴望建立功业，他在五十六岁时还由隐居而参加永王幕府，显然也是想在平定安史之乱中做一番事业。不料肃宗、永王内讧，永王引兵东下，兵败被杀。李白也受牵连下狱，流放夜郎，实为诗人始料所不及。后虽遇赦，但此事对他精神上打击之大是可想而知的。现在放归途中逢重阳又登龙山，联想起古人传为重阳佳话的龙山盛会，真是感慨万千，千言万语不知从何说起，于是诗人白天在龙山痛饮。"黄花笑逐臣"，诗人带着醉意赏菊，自觉菊花也仿佛在讥笑自己，满腔的冤屈、苦闷、不平无处倾诉，只好以酒压愁。一直饮到明月高悬，诗人还不肯下山，而以月为友，对月起舞。诗人多年来积淀在内心深处的痛苦、郁闷，尽在这无声的对月起舞中发泄无余。

九日写怀①

[唐] 高 适

节物惊心两鬓华，东篱空绕未开花。

百年将半仕三已②，五亩就荒天一涯③。

岂有白衣来剥啄④，亦从乌帽自欹斜⑤。

真成独坐空搔首，门柳萧萧噪暮鸦。

【作者】

　　高适（702？—765），字达夫，一字仲武。居住在宋中（今河南商丘），少贫。天宝八年（749），举有道科登第，授封丘尉。后客游河西（凉州，即今甘肃武威）。天宝十二年（753），入节度使哥舒翰幕府掌书记。安禄山反，高适于至德元年（756）奔行在，拜淮南节度使，后迁剑南、西川节度使，还为刑部侍郎，转左散骑常侍，封渤海县侯。其边塞诗雄伟昂扬，与岑参齐名，人称"高岑"。有《高常侍集》传世。

【注释】

　　①诗题一作"重阳"。

　　②仕三已：三次去官。《论语》："令尹子文三仕为令尹，无喜色。三已之，无愠色。"

　　③五亩：指家乡田园。

　　④白衣：官府役吏。《岁华纪丽》引《晋阳秋》："陶潜九月九日无酒，宅边摘菊盈把。望见白衣人至，乃王弘送酒，便饮，酣醉而归。"参见崔国辅《九日》注②。剥啄：叩门声。

　　⑤乌帽：闲居时常服。亦：一作"一"。欹斜：倾斜。

【简析】

此诗写于安史之乱前，似客游河西时作。时作者年已半百，异乡逢重阳而功业未成，因而自感年华易逝，慨叹潦倒寂寞、门庭冷落，反映了作者未能施展抱负前的内心苦闷。

九日五首（选一）

[唐]杜　甫

重阳独酌杯中酒，抱病起登江上台。

竹叶于人既无分①，菊花从此不须开②。

殊方日落玄猿哭③，旧国霜前白雁来④。

弟妹萧条各何在，干戈衰谢两相催⑤。

【注释】

①竹叶：指竹叶青酒。

②"菊花"句：暗用陶渊明重阳饮酒赏菊典故。参见崔国辅《九日》注②、高适《九日写怀》注③。此处杜甫以愤慨的语气写道：既然逢重阳而无人给寒士送酒，也就无心赏菊，菊花也就不必开了。这是对现实不满的牢骚话。

③殊方：异乡。玄猿：黑猿。

④旧国：故园。

⑤干戈：指战乱。

原诗共五首，此选其一。大历二年（767），杜甫流寓在夔州（今重庆奉节）。当时，安史之乱已经结束，但军阀混战，吐蕃、回纥不断侵扰，杜甫登高远眺，感时伤怀，写下了这首诗。首句"重阳独酌"，点明了诗人情绪恶劣，是一个人喝闷酒，为下文埋下伏笔。次句写他抱病登高，这不仅是从俗，也是想借此散心遣闷。三、四句进一步写他的寂寞、忧愤，无心像陶渊明那样悠然赏菊。五、六句写登高所见，气氛悲凉，由北来的大雁自然引出种种思绪。结尾两句与开头"独酌"呼应，反映了诗人内心的焦虑。弟妹离散，战乱不已，年老病衰，忧国、忧民、忧家的思绪一齐袭来，汇成了爱国主义的悲凉之音。

行军九日思长安故园①

[唐] 岑 参

强欲登高去，无人送酒来②。
遥怜故园菊③，应傍战场开④。

【作者】

岑参（715？—770），江陵（今属湖北）人。天宝三年（744）进士，天宝八年（749）至安西节度使高仙芝幕府掌书记。天宝末年，随封常清至北庭任安西、北庭节度判官。至德二年（757）与杜甫等五人授右补阙，因指斥权贵，被贬为虢州（今河南灵宝南）长史。晚年出任嘉州（今四川乐山）刺史，大历五年（770）卒于成都。工诗，内容多写边塞风光、军旅生活，风格雄奇、奔放，与高适齐名，后人并称"高岑"。有《岑嘉州诗》七卷传世。

【注释】

①诗题下原注："时未收长安。"指长安当时还被安禄山叛军所占据。长安故园：岑参久居长安，故称其地为故园。

②"无人"句：暗用陶渊明重阳无酒，江州太守派人给陶送酒的典故。参见崔国辅《九日》注②、高适《九日写怀》注③。

③怜：爱。

④傍：紧靠。

【简析】

此诗作于至德二年，时作者在凤翔肃宗行在任右补阙。这年九月，唐军收复长安。此诗标明"行军"二字，似唐军向长安推进途中，岑参随军路上逢重九时所写。头两句暗写行军，因为戎马倥偬自然无人送酒，但诗人仍"强欲登高"，表达了诗人急于看到长安的急切心情。后两句直接点明诗人登高的原因，是担心叛军顽抗而把京都变成战场。末句的"故园菊"，既是作者想象中的实物，又不妨把这战地黄花理解为长安民心的象征，表明了诗人对这场平叛战争的乐观信念，给全诗带来了理想的光辉。诗写得朴素凝练，内涵深邃，耐人寻味。

重阳日至峡道

［唐］张　籍

无限青山行已尽，回看忽觉远离家。

逢高欲饮重阳酒，山菊今朝未有花。

【作者】

张籍（767？—830？），字文昌。吴郡（今江苏苏州）人，寓居和州乌江（今安徽和县乌江镇）。贞元十五年（799）进士，元和初任太常寺太祝，历仕国子助教、国子博士、水部员外郎，官终国子司业。诗长于乐府，多反映当时社会现实，与王建乐府并称"张王乐府"。有《张司业集》传世。

【简析】

重阳节，诗人客行在外，沿着深山峡谷前进，一路但见"无限青山"，写出了青山外面有青山，山岭连绵不绝的幽深山谷美景。"回看忽觉远离家"，一个"忽"字传神地表现了作者刚才长时间全神贯注于欣赏山景，忘了此身是客，直到走出峡谷回顾走过的山路，才猛然想起自己已远离家乡。因为想起了家，于是又想到了在家登高饮酒、赏菊的习俗，而行旅中既无花又无酒，因而在心头泛起了一层淡淡的乡愁。全诗写得真切、精巧、清新，是一首玲珑剔透的抒情小诗。

九日遇雨二首（选一）①

〔唐〕薛　涛

茱萸秋节佳期阻，金菊寒花满院香。

神女欲来知有意②，先令云雨暗池塘。

【作者】

薛涛（？—834？），唐代女诗人，字洪度。长安（今陕西西安）人。后随父宦蜀，父卒，家贫被迫入乐籍。晚年居成都浣花溪畔。工诗词，与元稹、白居易、杜牧等相唱和。有《薛涛集》。

【注释】

①原诗共二首，此选其一。结合第一首诗中有"江城"字句看，此诗似作于四川巫山县（今重庆巫山）。

②神女：传说赤帝女瑶姬卒，葬于巫山。战国宋玉为作《高唐赋》，云楚怀王游高唐，梦与神女通。后神女遂为多情女子的代称。后人附会其事，为修神女庙。

【简析】

重九逢雨，佳期登高遇阻，只好留在院内观赏菊花和院外的雨景。此事虽属遗憾，但面对满院清香的秋菊，亦另有一番情趣，于是诗人又释怀而喜，并想象那位神女也想来院中赏菊而预先布云播雨。诗人善于自我安慰的微妙心理和情绪变化，尽寓于这看似平淡的景物描写之中，写来几乎不露痕迹，十分清新自然。

九 日 登 高

[唐] 刘禹锡

世路山河险①，君门烟雾深②。
年年上高处，未省不伤心。

【注释】

①"世路"句：一语双关，以关山路险喻人生道路之艰险。

②烟雾：喻指奸佞小人。他们包围皇帝，使君主受蒙蔽。

【简析】

刘禹锡因参加王叔文的政治革新，于贞元二十一年（805）被贬为朗州司马达十年之久，以后在政治上还迭遭打击。从诗的内容看，似应作于被贬之时。首句以山河路险喻仕途道路之凶险，次句以烟雾锁君门喻君暗臣奸、群小当道。虽以比喻出之，但在封建社会"君主圣明，臣该万死"的环境里，不能不说是相当大胆的言论。后两句写重阳登高远望，而君门渺不可见，故不免年年登高，岁岁伤心。诗人把个人坎坷遭遇所引起的苦闷融入对国事的忧虑之中，写得深刻、低回、沉痛。

九日寄行简①

[唐] 白居易

摘得菊花携得酒，绕村骑马思悠悠。

下邽田地平如掌②，何处登高望梓州。

【注释】

①行简：白居易弟。贞元末年进士，授秘书省校书郎。元和中，卢坦镇剑南、东川府，辟为书记。时白行简在剑南东川节度使治所梓州（今四川三台）。

②下邽（guī）：故址在今陕西渭南县北，白居易故乡。

【简析】

此诗约写于宪宗元和初，时白居易在长安任职。史载，"居易友爱过人，兄弟相待如宾客"（《旧唐书》）。这首诗就表达了他对兄弟白行简的关切和情谊。前两句写诗人摘花携酒，骑马绕村"思悠悠"，因为古人有重九举家登高的习俗，现自己一人在家过节，这"思"就暗示他在思念远方的兄弟。后两句借写渭南关中平原无高可登，表达他怀念梓州的兄弟而不可得见的悠悠思绪。全诗通俗如话而又意蕴深厚，既感情深沉又不流于感伤。

九日齐山登高①

[唐] 杜 牧

江涵秋影雁初飞②，与客携壶上翠微③。

尘世难逢开口笑，菊花须插满头归④。

但将酩酊酬佳节，不用登临恨落晖⑤。

古往今来只如此，牛山何必独沾衣⑥。

【注释】

①齐山：在池州（今安徽贵池）城南三里。

②涵：包容，沉浸。指秋天青山倒映在江面上。

③客：指诗人张祜。翠微：青色的山，此指齐山。

④"菊花"句：唐俗，重九日人们都头插菊花，民间尤盛。

⑤落晖：夕阳余晖。

⑥"牛山"句：春秋时，齐景公游牛山，北望国都临淄，因依恋人世、国土，而又自感无法摆脱老、病、死的威胁，于是伤心落泪。（见《晏子·春秋》）牛山，在山东临淄市。

【简析】

会昌五年（845），诗人张祜由江苏丹阳到池州，拜访任池州刺史的杜牧。重九日，杜牧邀张祜登齐山，写下了这首诗，而张祜也曾依韵和诗一首。当时，唐王朝已江河日下，杜牧仕途命运又多舛，平时的心情是苦闷的。这时张祜远道来访，同样怀才不遇的命运使二人一见如故。九日，二人相约登山。金秋的池州，齐山青翠，长空飞雁，倒影映入水面，明丽如画。作者携酒陪客直上高山，透露出杜牧此时十分高兴的心情。三、四句写主客上山后谈笑风生，相得甚欢。后四句，从语气判断，系杜牧对朋友的安慰、开导。可能是张祐高兴之余，见到夕阳西下又勾起了人生无常的悲哀，所以杜牧劝他：古往今来，人总免不了一死，既然如此，又何必伤心落泪呢？纵观全诗，表现的是作者对诗友真诚的关心和友谊，基调乐观旷达，这与杜牧另一些感伤诗的风格迥异其趣。

金 陵 九 日

〔唐〕唐彦谦

野菊西风满路香，雨花台上集壶觞①。

九重天近瞻钟阜②，五色云中望建章③。

绿酒莫辞今日醉，黄金难买少年狂。

清歌惊起南飞雁，散作秋声送夕阳。

【作者】

唐彦谦，字茂业。并州晋阳（今山西太原）人。曾隐居襄阳鹿门山，因自号鹿门先生。咸通中进士。乾符末携家避地汉南，后入幕府为从事，曾历任阆州（今四川阆中）等地刺史。善书画、音乐，工诗，博学多艺。诗风朴素爽朗，有《鹿门集》。

【注释】

①雨花台：在今江苏南京市南。相传南朝梁武帝时，云光法师在此讲经，天花坠落如雨，故名。

②瞻：观看。钟阜：指钟山，又名紫金山，在南京市。

③五色云：本指祥瑞的云气，此处为双关语，有暗喻英俊才士

之意。建章：汉宫名，位于未央宫西，故址在长安县西。这里代指金陵六朝宫殿。

【简析】

黄菊秋风中，几位少年携酒登上雨花台。极目东望，紫金山蜿蜒若游龙。北眺，京都方向笼罩在一片五色云雾中。"望建章"一句是双关语，其弦外之音是：几位少年才士一心报效朝廷，但天高皇帝远，可望而不可即。这是怀才不遇的牢骚，因而后四句作者以明快的笔调写少年们兴"狂"痛饮，边饮边歌，歌声直飞云霄，使受惊的大雁也声声哀鸣。"散作秋声送夕阳"一句，点明在纵情痛饮中不知不觉已过去了一天。全诗在描写一群少年表面的豪情游兴时，实际上透露了潜隐在他们内心深处的苦闷。诗写得既豪放又蕴藉，很有美感。

九 日 食 糕①

[宋] 宋 祁

飙馆轻霜拂曙袍②，糗糍花饮斗分曹③。

刘郎不敢题糕字④，虚负诗中一世豪。

【注释】

①糕：重阳糕。《梦粱录》："以糖面蒸糕，上以猪羊肉鸭子为丝簇钉，插小彩旗，名曰'重阳糕'。禁中阁分及贵家相为馈送。"

②飙：风。此指馆舍风凉。

③糗（qiǔ）：干粮。糍：糍糕。糗糍，合指糕饼。花饮：饮菊花酒。斗分曹：比赛联句唱和。分曹，原指分批，这里指重阳节边饮酒食糕，边依次联句唱和。

④刘郎：指刘禹锡。据说刘禹锡作《九日》诗，因五经中无"糕"字而未用。（见邵博《邵氏闻见后录》）

【简析】

重九的清晨，凉风吹拂着袍服，官署的同僚们饮酒食糕，联句唱和，意气豪放。大概是因为重九自古以来就有登高的习俗，"高""糕"又谐音，为取其吉祥庆贺之意，故而作者有意以"糕"字入题，并以戏谑的口吻说：刘禹锡当年不敢以"糕"字入诗，是虚负了诗界英豪的美名。发此妙论，倒也反映了作者思想开通、不泥古的一面。诗则写得清新、活泼，诙谐风趣。

九日赤壁怀故人①

［宋］谢　逸

满城风雨近重阳，无奈黄花恼意香②。
雪浪翻天迷赤壁，令人西望忆潘郎。

【作者】

谢逸（？—1113），字无逸。临川（今属江西）人。博学工诗，曾作《咏蝶》三百首，人盛传之，因此呼为"谢蝴蝶"。屡举进士不第，终于布衣。有《溪堂集》传世。

【注释】

①赤壁：山名，在湖北蒲圻县，即三国时孙刘联军破曹之处。故人：指其诗友潘大临，字邠（bīn）老。家在湖北黄冈，北宋哲宗时人，家贫，善诗文，曾与黄庭坚、苏轼、张耒等人交游。

②潘郎：指潘大临。

【简析】

此诗的写作有一段文坛佳话：作者有次去信给潘大临，问有无佳作。潘大临答道："秋来景物，件件是佳句……昨日清卧闻扰林风雨声，欣然起，题其壁曰：'满城风雨近重阳'，忽催租人至，遂败兴，止此一句奉寄。"作者接信后，即用潘大临之诗句作为自己诗作的首句，续成三首绝句，此为其中一首。诗的前三句写景，风急雨狂，雪浪翻天，但菊花依然迎风雨吐清香。这菊花显然被拟人化了，它实际成了作者的化身，体现了作者殷勤盼客共度佳节的思想情绪。最后一句挑明主题，与诗题"怀故人"相呼应，使全诗浑然一体。全诗意境凄清、迷离，很好地体现了作者佳节怀念故人的怅惘情绪。

九日登戏马台①

[宋] 贺　铸

当年节物此山川，倦客登临独惘然②。

戏马台荒年自久，射蛇公去事空传③。

黄华半老清霜后④，白鸟孤飞落照前⑤。

不与兴亡城下水⑥，稳浮渔艇入淮天⑦。

【作者】

贺铸（1052—1125），字方回，号庆湖遗老。卫州（今河南汲县）人。历任冷职小官，后任泗州、太平州通判。任酒使气，仕途不得意，以承议郎致仕，卜居苏州。工诗，善度曲，因所作词中有"梅子黄时雨"之句，世号为"贺梅子"。诗文有《庆湖遗老集》，词有《东山词》等传世。

【注释】

①戏马台：在江苏铜山（今属徐州）。晋义熙中，刘裕曾在此大会军士。

②惘然：莫名的烦闷。

③射蛇公：指刘裕。他建立了南朝宋王朝，称帝前仿刘邦斩蛇故事，宣称自己微时亦曾射伤一神蛇。

④黄华：菊花。

⑤落照：落日。

⑥不与：无关。与，参与，关涉。城下水：元丰二年（1079），黄河决口，水抵徐州城下。幸苏轼率吏卒筑堤阻水，城赖以安。

⑦渔艇：小渔船。淮天：指淮河流域一带。

【简析】

诗人重阳登高，由眼前的戏马台联想起古代的刘裕在此大会军士，统一江南，两度北伐，也算是个开国雄主了。而今年久台荒，只留下供人凭吊的遗址。吊古是由于伤今，眼前老菊、孤鸟、夕阳，一片凄凉景象，为下文烘托气氛。由景动情，又联想起这眼前的徐州城一度为大水所困，渔舟可直达淮河，实在令人可叹。作者在诗中半吞半吐，含蓄地暗讽了北宋后期朝政腐败，民不堪命的现实。作者吊古代之刘裕，正是恨当代君主之无能。诗写得苍凉激愤。

重　阳

[宋] 陆　游

照江丹叶一林霜，折得黄花更断肠①。

商略此时须痛饮②，细腰宫畔过重阳③。

【注释】

①"折得"句：陆游《入蜀记》九月九日记："求菊花于（江陵）江上人家，得数枝，芬馥可爱。"江陵，古楚地。

②商略：商量。痛饮：《世说新语·排调》："王孝伯言：名士不必须奇才，但……痛饮酒，熟读《离骚》，便可称名士。"此处暗用此典，抒发作者的牢骚忧愤。

③细腰宫：指楚宫。《后汉书·马廖传》："楚王好细腰，宫中多饿死。"

【简析】

乾道六年（1170），陆游入蜀任夔州通判，路经江陵写了这首诗。陆游一生以抗金收复失地为己任，但不被重用，到四十五岁才得一小小的通判职务，根本无法施展自己的才能。赴任途中，逢重阳佳节，诗人毫无怀乡恋家的儿女情长之态，而由楚地联想到古代楚王的"好细腰"，于是顺手拈来借古讽今，抒发了作者对当朝皇帝昏庸腐败的强烈不满。诗写得慷慨激昂，忧国忧民之情溢于言表。

重　阳

[宋] 文天祥

万里飘零两鬓蓬，故乡秋色老梧桐。

雁栖新月江湖满，燕别斜阳巷陌空①。

落叶何心定流水，黄花无主更西风②。

乾坤遗恨知多少，前日龙山如梦中③。

【注释】

①"燕别"句：刘禹锡《乌衣巷》诗云："朱雀桥边野草花，乌衣巷口夕阳斜。旧时王谢堂前燕，飞入寻常百姓家。"而文天祥则加以变化，写燕去巷空，反映元人统治下故乡的凄凉景色。

②黄花：菊花。以上两句的落叶、菊花虽是写景，但都有自喻的意思。

③龙山：用晋桓温重阳日于湖北龙山大宴宾客的典故。桓温有收复江北故土的大志，但终未成功，作者借此自喻。参见李白《九日龙山饮》注①。

【简析】

此诗应作于至元十八年（1281），时作者被囚于大都狱中。首句点明自己当下的处境，三至四句是对故乡的回忆和想象：现在梧桐叶落，江滨湖边栖息着北去的大雁，但城里街巷却人稀、巷空、燕去，呈现出劫后的凄凉。后四句，诗人把思绪从遥远的故乡拉回来，写当前的心情：自己如离枝的落叶、无主之黄花，时间纵然如流水，也无心去关注了。回想故国往事如梦，留下遗恨无数。全诗风格悲凉沉痛，充满了对故国、家乡的情思。

九月九日赏红叶二首（选一）

[宋] 汪元量

凤凰山上少人家①，红叶漫山映落霞。
却笑陶潜归栗里②，东篱寂寞对黄花。

【注释】

①凤凰山：在江苏吴县西里七十里处，亦或杭州东南。
②栗里：在江西九江市南陶村西，东晋陶渊明曾居于此。

【简析】

原诗共二首，此选其一。作者在至元二十五年（1288）四十八岁时连续三次上书元世祖，坚请以道士身份南归，此诗作于南归之后。诗的前两句写景，在夕阳照耀下，凤凰山上满山红叶染得更加火红，景色绚丽多彩，充满了活力。它使人联想起燃烧的红色火焰。这落霞美景中显然注入了诗人火一般的爱国激情，它分明也是作者为人的艺术写照。后两句以自嘲的语气自比陶渊明，说他居然宁愿"寂寞对黄花"，似乎迂腐可笑。明眼人不难看出这句话背后的反面意思，这反话表现了作者决不跟元代统治者合作的坚贞节操。

闰　九①

［宋］严　粲

前月登高去，犹嫌菊未黄。

秋风不相负，特地再重阳②。

【作者】

严粲，字明卿，又字坦叔。邵武县（今属福建）人。曾官县令。精通《诗经》，有自注诗集《严氏诗辑》传世。

【注释】

①闰九：农历闰九月的重阳节。

②再重阳：因九月九日过了一个重阳节，闰九月的九日又是重阳节，故云。

【简析】

此诗采用了前后对照、虚实相映的手法。先写上月重九登高，因时令不到，菊花未开，赏菊的意兴得不到满足，留下了遗憾。这是实写。后写闰九"秋风不相负，特地再重阳"，那么，赏菊的愿望满足了没有呢？从"秋风不相负"一句显然可以看出，诗人肯定满意了，但他没有直接点明，而是留待读者去想象。这是虚写。如此下笔，情致婉转，含而不露，前后映照，相得益彰。

九　日

[金] 周　昂

不堪马上逢佳节，况是天涯望故乡。

高会未容陪戏马①，旧游空复忆临香②。

痴云黯黯方垂地，小雪霏霏欲度墙。

犹赖多情数枝菊，肯留金蕊待重阳。

【作者】

　　周昂（？—1211），字德卿。真定（今河北正定）人。金世宗大定年间（1161—1189）进士，历仕县令、监察御史。以言事直切，被罢官十余年。后召还翰林，出为龙州（今四川平武）都军。以边功召为三司判官，累官至六部员外郎。出佐宗室承祐军，死于难。有《常山集》，已佚。

【注释】

　　①"高会"句：意思是，因是"马上逢佳节"，不能像刘裕当年在戏马台那样大会属下军士了。参见贺铸《九日登戏马台》注①。

　　②"旧游"句：意思是，回忆从前，重阳日与故友登高欢会的情景，至今历历在目，如闻酒香，而现在相隔天涯，只是空想罢了。

【简析】

　　重阳就"小雪霏霏"，据此可见是在山区高寒地区，这首诗当作于龙州都督任上。诗头两句写思乡，三、四句写怀友，最后四句写景。在阴云、小雪中，数枝金菊斗寒开放，使客居他乡之人受到鼓舞，感到慰藉。可以说，这是一首菊花颂，写来情思深长而又不失于伤感。

九 日 感 怀

［元］黄 庚

新橙初试蟹螯肥^①，一曲清歌酒一卮^②。

料得故园秋正好，黄花应怪客归迟。

【作者】

　　黄庚，字星甫。浙江天台人。科举不第，尝客山阴。越中诗社征诗，黄庚为第一，为当时所推重。诗风婉约，著有《月屋漫稿》一卷。

【注释】

　　①螯：蟹的第一对足，其形如钳。此句意指重阳节初尝新橙和肥蟹。

　　②卮：酒杯。

【简析】

　　重阳在外乡与友人持螯赏菊，诗人心情十分高兴。后两句作者以拟人化手法写自己似乎在他乡乐而忘归，但又从侧面暗示诗人并没有真正忘记家乡，而时时想念故园中的黄花。诗的意境开朗、幽默，与一般重阳诗的色调不同。

九日登石头城①

[元] 萨都剌

九日吟鞭住石头②，翠微高处倚晴秋③。

西风不定雁初度，落木无边江自流④。

两眼欲穷天地观，一杯深护古今愁⑤。

乌台宾主黄华宴⑥，未必龙山是胜游⑦。

【注释】

①石头城：故址在今江苏南京市西石头山后。

②吟鞭：鸣鞭止马。住：停下。石头：石头城。

③翠微：指青山。

④"落木"句：用杜甫诗"无边落木萧萧下，不尽长江滚滚来"句意，感叹时间如流水。落木，落叶。

⑤一杯：指饮酒。护：锁住，压住。

⑥乌台：指御史台。当时作者任行御史台（代朝廷在地方行使监察的机构）侍御史，故称。黄华：黄花，指菊花。

⑦龙山：在湖北江陵西北，晋大将军桓温重九游龙山大宴宾僚处。参见李白《九日龙山饮》注③。

【简析】

此诗作于至正六年（1346），在江南行台侍御史任内。重九佳日，作者携宾客骑马登高，但见石头山青翠一片，晴空万里，雁飞风高，秋叶飘零，江水东流。于是作者想起杜诗中的名句，感叹时间之易逝。这是前四句。五、六句写作者放眼远眺，愁从中来。"古今愁"三字，点明了诗人由天地之悠悠转而感慨于人生之短暂。古往今来，在这石头城下演出过多少或喜或悲的历史剧，如今这些人何在？于是诗人只好以酒压愁。但转念一想，作者又自我宽慰：古人已去，今天的菊花宴也并不比古代龙山落帽的佳话逊色，那又何必替古人担忧呢？这样，作者又转悲为喜了。这样的情绪变化转折，不禁使人们联想起苏东坡的豁达和超脱。

重　九

［明］鲁　渊

白雁南飞天欲霜，萧萧风雨又重阳。

已知建德非吾土^①，还忆并州是故乡^②。

蓬鬓转添今日白，菊花犹似去年黄。

登高莫上龙山路^③，极目中原草木荒^④。

【作者】

鲁渊，淳安（今属浙江）人。至正年间（1341—1368）进士，出为华亭丞，又为浙江儒学提举。寻归隐，明初累征不就。

【注释】

①建德：今浙江建德。

②并州：今山西太原一带。此句暗用介子推故事。介子推曾隐居山西介休，直到被焚死。介休，汉曾属太原郡。并州，历史上一度称太原郡、太原府，故此处以"并州"代指介子推隐居之地，表示作者向往隐居，并非真指并州是自己的家乡。

③龙山：用晋桓温在重阳登龙山（今湖北江陵境）举行盛宴宴

请宾客的典故。参见李白《九日龙山饮》注①。

④中原：泛指我国中原腹地。此句有借写景暗寓局势动荡之意，似指元末天下大乱，群雄并起，逐鹿中原的形势。

【简析】

诗的首尾四句写景，中间四句抒怀。风雨萧萧，天色阴暗，大雁南飞。开头这幅景象肃杀的图画，是用来烘托下文诗人的情绪。中间写自己异乡客居，两鬓添霜，遂引起归隐的念头。结尾两句，貌似写景，实喻乱世，巧妙地点明了诗人归隐的原因，有情景交融、深沉含蓄之妙。

九 日 渡 江

[明]李东阳

秋风江口听鸣榔①，远客归心正渺茫②。

万古乾坤此江水，百年风日几重阳③。

烟中树色浮瓜步④，城上山形绕建康⑤。

直过真州更东下⑥，夜深灯火宿维扬⑦。

【作者】

李东阳（1447—1516），字宾之，号西涯。湖南茶陵人。天顺八年（1464）进士，授编修，累迁吏部尚书兼文渊阁大学士，为明代茶陵诗派领袖。著有《怀麓堂集》。

【注释】

①鸣榔：古代渔民网鱼时击船舷出声，以惊鱼入网。榔，长木。

②渺茫：乘船东下，离家渐远，归家之念更加渺茫。

③风日：风光，时日。

④浮：浮现。瓜步：指瓜步山。在江苏六合东南长江的北岸，南临长江。

⑤建康：今江苏南京。

⑥真州：在今江苏仪征。

⑦维扬：扬州府的别称。

【简析】

从诗意看，系作者离家乘船东下途中所写。作者由船靠江岸待发起笔，因为将顺江东下，离家越来越远，心头泛起了几许思乡的惆怅之感，"远客归心正渺茫"就是反映的这一心情。三、四句是作者触景生情，由江水滔滔想起在外时光的流逝，自己一生中又不知将在他乡度过多少个重阳佳节。后四句写此行过南京、宿扬州的旅程。景物、地点迅速转换，不但写出了顺流而下时船行之速，也含蓄表达了诗人愈行愈远而引起的绵绵乡思，但写来节奏明快，情思缠绵而不流于感伤，反给人以意境开阔之美感。

九　日

[明] 文　森

三载重阳菊，开时不在家。

何期今日酒，忽对故园花。

野旷云连树，天寒雁聚沙。

登临无限意①，何处望京华②。

【作者】

文森，字宗严。长州（今江苏吴县）人。成化二十三年（1487）进士，历官右佥都御史、江西巡抚等。

【注释】

①登临：登山临水，指登高赏景。

②京华：京都。

【简析】

三年在他乡，一朝对故园。诗的前四句表达了作者久居外地，一旦返乡过节，对酒赏花时喜出望外的心情。后四句来了一个转折，写作者出户登高赏景，又产生了矛盾心情。在外想家，在家又想京都，想念刚刚离别的同僚旧友，也许还有对朝廷的依恋。这首诗把作者曲折微妙的心理活动写得细腻、真实、传神，因而能引起读者类似的体验而产生共鸣。

九日题自画竹

［明］徐　渭

适逢重九又逢公，却苦提壶挂碧空①。

欲写黄花无意兴②，乱题湖石数竿风。

【注释】

①提壶：鸟名。此指画上的提壶鸟。

②黄花：菊花。

【简析】

重阳节不写登高，不咏秋菊，却以戏谑的笔调和画上的劲竹对话——"适逢重九又逢公"，反映了这位画家兼诗人对竹子的偏爱。劲竹迎风不屈的品格，实际是作者人格的自我写照。诗的风格诙谐幽默，读来很有意趣。嬉笑怒骂皆成诗，表现了诗人不随流俗的性格和挥洒自如的文才。

客 中 九 日

［明］王 翃

细雨成阴近夕阳，湖边飞阁照寒塘①。

黄花应笑关山客②，每岁登高在异乡。

【作者】

王翃（1603—1653），字介人。浙江嘉兴人。少失学，后自学成才。家贫，日抱膝苦吟。尝游岭南，访从兄返，次京口，卒。工诗词，有《二槐诗》传世。

【注释】

①飞阁：凌空耸立的高阁，指作者登高处。

②关山客：客居异乡，与家乡关山阻隔的游子。

【简析】

"细雨成阴近夕阳",首句起笔相当精巧,写天气始而小雨——继而变阴——最后转晴的过程,既绘出了当时景色,又暗示诗人在高阁上伫立很久很久,表现了他强烈的乡思。第二句也是写景,并具体点明了登高所在。后两句故意说"黄花应笑"我,其实是作者的自我解嘲,反映了他"每岁登高在异乡"的无可奈何的苦涩心情。

九日登一览楼①

[明]陈子龙

危楼樽酒赋蒹葭②,南望潇湘水一涯③。

云麓半函青海雾④,岸枫遥映赤城霞⑤。

双飞日月驱神骏⑥,半缺河山待女娲⑦。

学就屠龙空束手⑧,剑锋腾踏绕霜花⑨。

【注释】

①辑自《几社稿》。 一览楼:在华亭县(今上海松江)西门外,崇祯初建。

②蒹葭:《诗经·秦风》中的篇名,内容为怀念在水一方的"伊人"。此处作者用来表达对屈原的怀念。

③潇湘:湘江。屈原晚年在湘江一带流浪。

④青海:本为青海湖之名,此代指华亭县内的湖泊。《娄县

志》："一览楼在'瑁湖之右'。"娄县，即今上海松江。

⑤赤城：道教传说中山名，为三十六洞天之一。此喻指晚霞灿烂如仙境。

⑥"双飞"句：神话传说，日、月之行系神仙分别驾日车、月车奔驰的结果。神骏，指驾车之神马。

⑦半缺河山：清兵当时已占领今天东北的整个地区，故云"半缺"。女娲：神话中炼石补天的女神。

⑧屠龙：此喻非凡之武艺。

⑨腾踏：旋转、跳跃。霜花：喻舞剑时之寒光。

【简析】

此诗约作于崇祯四至五年（1631—1632），时作者应举落第归里。陈子龙此时虽不过是二十几岁的一介书生，但关心国事。第一次落第归来后，作者在家读书、编文选。这次重九登高，并没有沉溺于个人的仕途失意，而尽情抒发了他一心报国的壮志。头两句写登高望远，追怀古之屈原以明志。三、四句写景，暗示赏景中时间的飞逝，不知不觉已经晚霞满天了。五、六句写因光阴似箭而引起的内心忧虑：河山破碎，期待补天神手出来收拾危局，但时间就在这等待中流逝了。最后，忧愤之余拔剑起舞，感叹自己虽有屠龙之术，可惜报国无门。诗风豪放激昂，如见其人。

九日得顾宁人书约游黄山①

[清] 徐 夜

故国千年恨②，他乡九日心。

山陵余涕泪③，风雨罢登临。

异县传书远，经时怨别深。

陶潜篱下意，谁复继高吟。

【作者】

徐夜（1611—1683），初名元善，字长公，更字东痴。山东新城人。明诸生。年轻时蛰居乡野，绝迹城市，久而出游钱塘、桐庐。入清，有司荐举应博学鸿词科，以疾辞，杜门不复出。有《东痴诗选》传世。

【注释】

①顾宁人：指明清之际的著名思想家、学者顾炎武。黄山：在安徽歙县西北，为我国著名风景区。

②故国：指明朝。

③"山陵"句：意思是，山河依旧，国土沦丧，只剩下涕泪可洒了。

【简析】

怀念故国之思日日萦绕，重九又得友人相约登山之信，故国、怀友之情于是一齐袭来。但风雨凄凄，"登临"只好作罢。在五、六句抒发了对友人的想念之后，于结尾处沉痛指出：当年陶渊明避世隐居，尚能"悠然见南山"，如今谁还有这样的心情写这样的诗呢？至此，戛然而止，有意不把话说尽，留待读者去想象，但作者深沉的爱国情思已昭然若见了。

酬王处士九日见怀之作^①

[清] 顾炎武

是日惊秋老，相望各一涯。

离怀销浊酒，愁眼见黄花。

天地存肝胆，江山阅鬓华。

多蒙千里讯，逐客已无家^②。

【作者】

顾炎武（1613—1682），初名绛，字宁人，号亭林，后改名炎武。江苏昆山人。明末曾加入复社，反对宦官专权。南明鲁王监国，顾炎武参加抗清斗争，提出"天下兴亡，匹夫有责"的口号。兵败流亡，遍游华北，进行秘密反清活动。晚年定居陕西华阴，潜心著述。康熙时召修明史，辞不就。博学工诗，多写兴亡大事，诗风苍凉雄健。有《亭林诗文集》传世。

【注释】

①酬：酬答。王处士：王炜，字雄右。歙县人。处士，没有做官的士子。见：助动词，表示他人言行及于自己。怀：想念。

②逐客：被逐流亡他乡之人，系作者自指。

【简析】

作者抗清失败后流亡在外，国破家亡，故首句"是日惊秋老"就充满悲凉之感。"相望各一涯"，既表达了彼此的怀念，又透露了自己的寂寞忧闷。三、四句就重阳习俗进一步表示自己无心赏花，以酒消愁的忧思。后四句对友人肝胆相照的关怀讯问表示感谢。这里已不单纯是写友谊，而是把怀念故国之思融入其中，写来苍凉沉痛。

甲辰九日感怀①

［清］顾祖禹

萧飒西风动客愁，停尊无处漫登楼②。

赭衣天地骊山道③，白袷亲朋易水秋④。

征雁南飞无故国⑤，啼猿北望有神州⑥。

茱萸黄菊寻常事，此日催人易白头。

【作者】

　　顾祖禹（1631—1692），字景范。江苏无锡人，因生于常熟，故自署常熟人。隐居不仕，与魏禧交谊甚笃。博学，曾以三十余年之精力撰成《读史方舆纪要》，又参加编修《清一统志》。有《宛溪集》，已佚。

【注释】

　　①甲辰：康熙三年（1664），是年农历九月七日，抗清志士张煌言在杭州就义。本诗即为悼念张煌言死难而作（见郭则沄《十朝诗乘》）。

　　②停尊无处：无处放下酒杯，表示作者满腔悲愤无处诉说。

　　③赭衣：喻囚衣。赭，赤色。古代囚犯多穿赤色衣服。骊山：在陕西临潼。史载，秦始皇发罪人筑骊山阁道，因而"赭衣塞路"。这里是借秦之暴政比喻清之暴虐统治，说明清代囚徒满天下。

　　④"白袷（jiá）"句：是以荆轲刺秦王比拟张煌言的抗清活动。史载，荆轲往刺秦王，出发时，送行者都穿白衣相送于易水边。袷，夹衣。

　　⑤无故国：因明已亡，故云。

　　⑥"啼猿"句：暗用杜甫《秋兴》第二首中"每依北斗望京

华""听猿实下三声泪"两句诗意，表示南明虽亡，人民仍深深怀念故国。

【简析】

明末抗清志士张煌言的慷慨就义在千百万人心中激起了感情的巨涛，但在清王朝血腥镇压下，作者满腔悲愤无处倾诉。诗的头两句即是写他强压悲痛漫登楼的心境。中间四句借古喻今，揭露清王朝暴政，歌颂爱国者的抗清之举，抒发亡国之痛和不忘故国的深情。结尾两句呼应前文，强调今年"此日"不同往昔的意义，因为这是个催人头白的哀日，表达了作者对死难者的深切哀悼。

庚子重九登镇海楼①

[清] 黄 节

东南佳气郁高楼②，天到沧溟地陡收③。

万舶青烟瀛海晚④，千秋红树越台秋⑤。

曾闻栗里归陶令⑥，谁作新亭泣楚囚⑦。

凭眺莫遗桓武恨⑧，陆沉何日起神州⑨。

【作者】

黄节（1873—1935），字晦闻。广东顺德人。早年与章炳麟等一齐鼓吹革命，曾参加南社，写作诗文。辛亥革命后任北京大学教授，政治上趋于保守。著有《蒹葭楼诗》。

【注释】

①庚子：1900年。镇海楼：在广州市北越秀山上。

②佳气：美好的风光景色。

③沧溟：大海。

④舶：船只。瀛海：大海。

⑤红树：树名，多生长在我国华南沿海海岸泥滩上。越台：越王台故址，亦在越秀山上。

⑥栗里：地名，在江西德化县西南。此代指陶渊明居处，因栗里距陶渊明家乡柴桑极近，故云。陶令：陶渊明，曾任彭泽县令，故称"陶令"。

⑦新亭：在今江苏江宁县南，又名临沧观。《世说新语》载，东晋名士饮于新亭，周顗（yǐ）叹曰："风景不殊，正自有山河之异。"皆相视流涕。惟丞相王导变色曰："当共戮力王室，克服神州，何至作楚囚相对？"

⑧桓武：指东晋大司马桓温，欲北复中原未果，卒谥宣武侯。此处简称其为"桓武"。

⑨陆沉：比喻国土沉沦。神州：中国的别称。

【简析】

1900年，帝国主义列强的八国联军连陷天津、北京，图谋瓜分中国。作者是年重九登高远眺，感时愤世，写下了这首诗。前四句写南国秋色郁郁葱葱、河山秀丽，为下文感叹国事作映衬。五、六句引典故表达作者不赞成在国家多事之秋像陶渊明那样洁身隐退，更不赞成作楚囚之泣。然后笔锋一转，摆出自己的主张：重九登高赏景，切莫忘国土之沦丧，要收回沉沦于外国铁蹄下的领土，重振神州国威。全诗写景和抒情分成明显的前后两部分，结构上形成对比，表达了作者对秀丽河山的热爱和忧国的激情。

腊 日

腊,是我国古代一种祭礼。周代,腊与蜡各为一祭,是分开的。腊,是祭祖先;蜡,是合祭百神,即"八蜡以记四方"(《礼记·郊特牲》)。所谓八蜡,指祭神农、田官之神、堤坊,还有猫、虎(它们除鼠、兽)及昆虫(祈求免虫灾)等八项。可见,祭百神与农事直接相关。到秦汉时,祭祖与祭百神已同日进行,所谓"同日异祭"。祭品是猎获的野兽,"腊者,猎也,因猎取兽以祭"(《风俗通》)。举行"腊祭"的日子,汉代为冬至后第三个戌日,称为"腊日"。到南北朝时,已固定"十二月八日为腊日"(《荆楚岁时记》),俗称"腊八"。这就是腊八节的由来。

古代腊日的习俗,正如上述,首先是猎兽,以猎物祭祖先和神灵。唐人的小说、诗歌都有腊日出猎的记述。在祭神活动中,有的地方还祭灶神,如"汉……腊日祀灶"(《搜神记》),"是日并以豚、酒祭灶神"(《荆楚岁时记》),"羔豚而祭,百官皆足"(《礼器》),可见祭灶神是为了来年丰足。汉代有以黄狗祭灶神的记载,"汉阴子方,腊日见灶神,以黄犬祭之,谓之黄羊。阴氏世蒙其福,俗人竞尚"(《荆楚岁时记》转引《五经异义》)。

其次,古书上有腊日驱鬼逐疫的记载,"腊日……村人并细腰鼓,戴胡头,及作金刚力士以逐疫"(《荆楚岁时记》)。

腊日又盛行吃腊八粥的习俗。传说腊月初八是佛祖释迦牟尼得道成佛之日,"此月八日,寺院谓之'腊八',大刹等寺俱放五味粥,名曰'腊八粥'……供僧,或馈送檀施,贵宅等家"(《梦梁录》)。粥先用于供佛,故又名"佛粥"。此后,吃腊八粥的习俗便逐渐在民间流行开来。今天,"腊八粥"已成为广大群众所喜爱的冬令美食了。

答贺蜡诗①

［晋］江 伟

蜡节之会②，廓焉独处③。

晨风朝兴，思我慈父。

我心怀恋，运首延伫④。

【作者】

江伟，陈留郡襄邑（故城在今河南睢县西）人。仕魏，官爵不详。晋初，任通事郎。有集六卷。

【注释】

①据作者原诗序称，魏正元二年（255），作者客居京都馆舍，接家中兄弟广平的贺蜡诗，因回诗以赠。

②蜡（zhà）节：古代蜡祭会饮之日。《岁时广记》卷三十九引《玉烛宝典》："腊者祭先祖，蜡者报百神，同日异祭也。"

③廓焉：空旷、空寂貌。

④运：转动。延伫：久立等待。

【简析】

古代蜡节（即腊日）是祭祖先、百神的日子，作者因远离家乡客居外地而触动了乡思。清晨，寒风拂面，作者忘记了寒冷，伫立客馆庭院延颈远望，默默怀念家中的父亲、兄弟，表达了对亲人真挚的感情。

蜡　日

[晋] 陶渊明

风雪送余运^①，无妨时已和^②。

梅柳夹门植，一条有佳花。

我唱尔言得^③，酒中适何多^④。

未能明多少^⑤，章山有奇歌^⑥。

【作者】

　　陶潜（365—427），一名渊明，字元亮。浔阳柴桑（今江西九江西南）人。历仕州祭酒、参军、彭泽令，因不满黑暗现实，耻为五斗米折腰，于晋元熙二年（420）弃官归隐，以诗酒自娱。入南朝宋，征著作郎，辞不就。元嘉初卒，世称靖节先生。诗多写田园风光之美，朴素自然，又时有愤世嫉俗之音。有《陶渊明集》。

【注释】

　　①余运：岁暮。

　　②时：季节。和：和煦，温暖。

　　③唱：吟诗。尔：你，指花。言：语助词，无义。得：满意，这是用拟人化手法写花。

　　④适：安适，满足。

　　⑤多少：指酒中快乐的多少。

　　⑥章山：指障山，在今江西瑞昌南部，在庐山之西南。因双峰对筝如门，故又名王门山。两石间，有瀑布出其中，垂流数十丈。《读史方舆纪要》卷八十三引慧远《诗序》云："石门，一名障山，双阙对峙，其前重岩映带，其后七岭之美，蕴奇于此。"为一胜景所在。

【简析】

历代都有人认为，陶渊明饮酒赏花，悠然自适。其实，他饮酒的背后深藏着大苦闷，这首诗就是一个证明。蜡（腊）日，时近岁暮，而气候已暖，诗人看着门外的柳、梅，欣赏着已开的一枝梅花，于是吟诗喝酒，欣欣然似乎陶醉了。但结尾两句却陡然一转，饮酒之余，仿佛诗人才发觉酒中并无多少快乐可言，于是想起了章山的胜景，也许那里的大自然美景可激发自己的真正诗情，写出奇章妙句来吧。这种描述，正是诗人内心深处苦闷的曲折反映。苦闷的原因，诗人不愿明说，今天来看却是不言而喻的。

腊日宣诏幸上苑①

［唐］武则天

明朝游上苑，火急报春知。
花须连夜发，莫待晓风吹②。

【作者】

武则天（624—705），名曌。并州天水（今山西文水东）人。十四岁选为太宗才人，太宗死，出为尼。高宗复召入为昭仪，并于永徽六年（655）立为皇后，代掌朝政。高宗死，废中宗、睿宗，天授元年（690）自立为帝，改国号为周，史称"武周"。前后掌政四十余年，为人善权术，奢侈专断，喜怒无常，任用酷吏，屡兴冤狱，弊政颇多。神龙元年（705），大臣张柬之等拥立中宗复位。同年，武则天死于后宫中。

【注释】

①宣诏：宣读皇帝的文书命令。上苑：后宫花园。

②晓风：晨风。

【简析】

这首诗有一则故事传说：天授二年（691）腊月，武则天的亲信称上苑开花，请她临观。武则天派人去宣诏，曰："明朝游上苑，火急报春知。花须连夜发，莫待晓风吹。"翌晨，上苑果然花开如锦，群臣称贺云云。这传说真实性如何，姑置勿论。就此诗内容看，虽表现了武则天爱赏花、爱美的心情，有一定积极意义，但其随心所欲的专横作风倒也于此可窥见一斑。

桂 州 腊 夜①

［唐］戎 昱

坐到三更尽②，归仍万里赊③。

雪声偏傍竹，寒梦不离家。

晓角分残漏④，孤灯落碎花⑤。

二年随骠骑⑥，辛苦向天涯。

【作者】

戎昱，荆南（今湖北江陵）人。少试进士不第，漫游荆南、湘、黔间。大历年间，先后在潭州刺史崔瓘和桂州李昌夔幕府任职，后又出任辰州、虔州刺史。诗多吟景忧时之作，明人辑有《戎昱诗集》。

【注释】

①桂州：今广西桂林市。腊夜：似指腊日之夜。

②三更：半夜子时，即夜间十一时到一时。

③赊：遥远。

④晓角：清晨报时的号角声。残漏：古代以漏计时，残漏指夜将尽的时刻。

⑤花：灯花。

⑥骠骑：汉骠骑将军为显贵武将（如霍去病）之名号。此代指李昌夔。

【简析】

此诗当作于大历年间，在桂州李昌夔幕府任内，时李昌夔任桂州桂管防御观察使。诗写异乡腊夜，构思比较精巧。从"坐到三更尽"，到"雪声偏傍竹"，再到"晓角分残漏"，写的都是听觉。晓角声，落雪声，声声入耳，反映了环境的冷寂和诗人独守寒灯、长夜难熬的孤苦寂寞。而每一次声音入耳都激起诗人乡思的波澜，以致在蒙眬睡意中也梦回家乡。现在晓角声响，长夜已去，诗人注意到了眼前的孤灯。一个"碎"字表明灯花已落了许多，这是漫漫长夜的标志。旧夜已去，新晨已到，但诗人却感到了更大的悲哀。为什么呢？因为"二年随骠骑"的"二年"系承接前文而来，它的涵义是：旧的一年自己异乡客居，新的一年将到还是"辛苦向天涯"，意味着乡思仍将延续下去，因而触发了诗人更多的忧愁，并给读者也留下无穷的联想。

腊　日

[唐] 杜　甫

腊日常年暖尚遥，今年腊日冻全消。

侵陵雪色还萱草①，漏泄春光有柳条。

纵酒欲谋良夜醉②，还家初散紫宸朝③。

口脂面药随恩泽④，翠管银罂下九霄⑤。

【注释】

①侵陵：欺凌。此处为蔑视之意。还：返回，再生。萱草：又名忘忧草。嵇康《养生记》："萱草忘忧。"此句意思是，萱草不畏冬雪又生长出来了。

②良夜：深夜。

③紫宸：唐大明宫内的紫宸殿，为皇帝会见群臣之处。

④口脂面药：涂于口唇和脸上防冻裂的脂膏类药物。唐代逢腊日给臣下赐口脂面药，"以碧镂牙筒盛之"（见《酉阳杂俎》）。碧镂牙筒，即下文所云"翠管"。

⑤翠管：刻有绿色花纹的骨制管筒。罂：肚大口小的容器。上述二物皆为盛放口脂面药的容器。九霄：喻帝王居处。

【简析】

此诗作于至德二年（757），杜甫时任左拾遗。写此诗时，唐军已从安禄山叛军手中收回了长安、洛阳，局势有了转机，又时逢腊日，杜甫的心情相当高兴，反映在诗中的乐观开朗色调正是这样产生的。诗的前四句写景，字里行间充满了对春天快要降临的喜悦。后四句叙事，虽不免有颂君之俗，但联系当时形势考虑，这种颂扬实际包含了杜甫对国运好转的由衷高兴，是当时历史条件下诗人爱国思想的流露，非一般歌功颂德之作可比。

早　花

[唐] 杜　甫

西京安稳未^①，不见一人来。

腊日巴江曲^②，山花已自开。

盈盈当雪杏^③，艳艳待春梅。

直苦风尘暗^④，谁忧客鬓催。

【注释】

　　①西京：指京都长安，与东京洛阳相对而言。

　　②巴江：指嘉陵江。时杜甫在阆州（今四川阆中）。阆州，古属巴国，故称"巴江"。

　　③盈盈：指花姿美好。当：同。

　　④风尘：喻战乱。

【简析】

　　广德元年（763），杜甫流寓到了阆州。是年，史朝义败亡，安史之乱结束，但吐蕃连年侵扰，并一度攻入长安。杜甫远在巴蜀消息闭塞，因而忧心如焚。诗题为"早花"，系诗人见山花早开，而长安消息却迟迟不来，感物伤时，写下了这首诗。开头两句即反映这一心情，中间四句写山花腊日已开，虽是写实，但寓情于景，反映了诗人盼望春天、盼望和平安定生活的心境。眼下花开景艳，而战乱未休，使诗人倍增感慨。国事可忧之日，更顾不上忧愁个人的日渐衰老了。结尾与开头前后照应，使全诗忧伤沉郁的诗意一脉贯通，表现了诗人一生忧国忧民的可贵品质。

腊日观咸宁王部曲娑勒擒虎歌①

［唐］卢　纶

山头瞳瞳日将出②，山下猎围照初日。

前林有兽未识名，将军促骑无人声③。

潜形踠伏草不动④，双雕转旋群鸦鸣⑤。

阴方质子才三十⑥，译语受词蕃语揖⑦。

舍鞍解甲疾如风，人忽虎蹲兽人立。

欻然扼颡批其颐⑧，爪牙委地涎淋漓⑨。

既苏复吼拗仍怒⑩，果叶英谋生致之⑪。

拖自深丛目如电，万夫失容千马战⑫。

传呼贺拜声相连，杀气腾陵阴满川⑬。

始知缚虎如缚鼠，败寇降羌在眼前⑭。

祝尔嘉词尔无苦⑮，献尔将随犀象舞⑯。

苑中流水禁中山⑰，期尔攫搏开天颜⑱。

非熊之兆庆无极⑲，愿纪雄名传百蛮⑳。

【注释】

①咸宁王：指唐德宗时所封的咸宁郡王浑瑊。浑瑊为铁勒（少数民族）人，世住兰州，自幼有勇力，善骑射。曾随李光弼、郭子仪等平定安史之乱有功，在唐肃宗、代宗、德宗三朝历任单于大都护、都虞侯、京畿渭北节度使，检校尚书左仆射，同中书门下平章事，兼奉天行营副元帅。最后因平朱泚之乱有功，被封为咸宁郡王。部曲：家奴。娑勒：人名，为少数民族。虎：一作"豹"。

②曈曈：日初出，天将明貌。

③促：催促。

④踠（wǎn）伏：屈腿潜伏。

⑤雕：大型猛禽，经训练可用于打猎。

⑥阴方：阴山（河套以北，大漠以南之山脉）地方，泛指西北边陲地区。质子：人质，多为头领酋长之子。

⑦"译语"句：意为娑勒用少数民族的语言讲话时拱手致礼，翻译者把他的话译成汉语。此处可能指娑勒要求出阵擒虎。

⑧歘（xū）然：突然。颡（sǎng）：颈喉部。批：击。颐：下颏。

⑨委地：虎力竭趴在地上。涎：口水。淋漓：流滴貌。

⑩拗：被遏制住。

⑪叶：一作"协"，合。英谋：高明的计谋。致：获得。

⑫战：颤抖。

⑬腾陵：气势威猛貌。

⑭败寇降羌：喻被擒之虎。羌，古代西北少数民族名。

⑮嘉词：嘉奖之词。苦：急。

⑯犀象舞：指模仿猎取犀象等野兽的舞蹈。

⑰禁中山：指皇家园林中的山。禁，宫禁。

⑱攫搏：搏击。开天颜：指博得皇帝的欢喜。

⑲非熊之兆：指周文王将得吕尚辅佐之兆。《宋书·符瑞志》："（文王）将畋，史编卜之，曰：'将大获，非熊，非罴，天遣汝师，以佐昌。'后果得吕尚于渭水之滨。"无极：无穷尽，

极言庆祝之盛。

⑳百蛮：泛指各少数民族。

【简析】

卢纶这首擒虎歌，以刚劲、雄健之笔力描写了一场徒手擒虎的非凡搏斗。全诗二十六句，除七、八两句为交代穿插外，均为六句一段，共四段。头一段写搏虎前屏息以待的紧张气氛，这时只见双鹰盘旋、群鸦乱鸣，暗示猛虎正潜伏丛莽伺机噬人。然后以七、八两句交代娑勒的身份、年龄、语言、举止，这两句穿插使文势稍顿，使读者紧张的神经得以稍稍放松。紧接着第二段行文犹如惊雷骤雨，把人虎之间的一场殊死搏斗写得惊心动魄、淋漓尽致。第三段写事后围观者的反应，写虎被擒后仍“目如电，万夫失容千马战”的余威，以反衬娑勒“缚虎如缚鼠”的冲天豪气。最后一段以祝词结尾。全诗笔势飞动，风格雄放，语言凝练，短短一百八十二字却铺写了搏虎的全过程，后世小说中武松打虎的描写亦不过如此，堪称叙事诗中不可多得的力作。

腊日龙沙会绝句①

[唐] 权德舆

帘外寒江千里色②，林中樽酒七人期③。

宁知腊日龙沙会，却胜重阳落帽时④。

【注释】

①龙沙：沙洲名。在江西新建县北，赣江沿岸。该地高峻，连

绵五里，向来为登高赏景之处。

②寒江：指赣江。

③"林中"句：作者这里以魏末名士阮籍、嵇康等"竹林七贤"的欢会比喻这次腊日龙沙登高会饮。

④重阳落帽：指晋参军孟嘉参加桓温重九龙山（在湖北江陵）宴会时帽子被风吹落，作文答他人嘲弄一事。参见李白《九日龙山饮》注③。

【简析】

古人登高的习俗通常是在重阳，但似乎又不局限于此，作者此诗即写腊日登高。首句写登高远望，千里美景尽收，景象壮阔。第二句借古代"竹林七贤"会饮的典故写今日龙沙会的雅兴和相互间的知音之感。后两句作今古对比，暗写作者对诗友即兴之作的高度评价。本诗短小凝练，用典精巧，仿佛信手拈来，却能表达较丰富的内涵。

连州腊日观莫徭猎百山①

[唐] 刘禹锡

海天杀气薄②，蛮军部伍嚣。

林红叶尽变，原黑草如烧③。

围合繁钲息④，禽兴大旆摇⑤。

张罗依道口⑥，嗾犬上山腰⑦。

猜鹰虑奋迅⑧，惊麇时蹢跳⑨。

瘴云四面起，腊雪半空消。

箭头余鹄血⑩，鞍傍见雉翘⑪。

日暮还城邑，金笳发丽谯⑫。

【注释】

　　①连州：今广东连县。莫徭：隋唐时分布在两广、湖南一带的少数民族，宋以后称徭。

　　②薄：逼近。

　　③草如烧：形容冬天野草枯萎如经火烧。

　　④钲（zhēng）：古代军中乐器，形似钟而狭长，行军对敲击以节制步伐。

　　⑤兴：飞起。旆：旗帜。

　　⑥罗：网。

　　⑦嗾（sǒu）：以口作声指挥狗行动。

　　⑧猜鹰：多疑、警觉之鹰。忣：想要。奋迅：奋飞，行动迅速。此句写鹰跃跃欲试神态。

　　⑨麏（jūn）：獐。麏，《全唐诗》作"鹿"。踢：曲身躬背。

　　⑩鹄：鸿雁。

　　⑪翘：鸟尾长羽毛。

　　⑫丽谯：城楼。

【简析】

　　元和十年，刘禹锡因写《再游玄都观》诗讥刺当权者，出为连州刺史，此诗即写于连州任上。这是一首叙事诗，作者以赞叹的心情和笔调描写腊日连州徭民部队合围狩猎的全过程，反映了古代莫徭人和汉人一样也有腊日打猎的风俗。诗的头四句从听觉、视觉两方面写围猎的气氛和场景。中间六句写合围后布网，放出鹰犬捕捉猎物。最后六句写傍晚夜雾四起，围猎结束，队伍满载而归，城楼上已吹起警夜的笳声。全诗两句一押韵，一韵到底，节奏明快，与诗的内容配合一致，读后如闻战鼓，使人振奋。

重与彭兵曹①

[唐] 贾　岛

故人在城里，休寄海边书②。

渐去老不远，别来情岂疏。

砚冰催腊日，山雀到贫居③。

每有平戎计④，官家别敕除⑤。

【注释】

①彭兵曹：贾岛的故交，博陵（故城在今河北蠡县南）人。十三年前与贾岛分别，这次在长安重逢，故云"重与"。此诗可能作于宝历元年（825）之后。兵曹，即兵曹参军，州郡佐官，掌军防事务。

②"休寄"句：意思是，不用寄远信了。海边：喻相隔之远。

③贫居：时贾岛落第后居长安乐游园之升道坊，坊内荒野少人，故称"贫居"。

④平戎计：指御敌安邦之策。

⑤官家：皇帝，朝廷。敕除：朝廷下令授予官职。按唐制，授予六品以下官职称"敕"。

【简析】

诗的前四句写作者对故交的友谊，与朋友一别十三年，如今重逢彼此都已渐入老境，但友情并不因此而有所疏远。后四句向朋友倾诉自己困居长安的窘境和不平，表示自己有安邦治国之良策，朝廷却不能见用。作者的不平并不纯系个人怀才不遇的牢骚，也是对本质上是压制人才的封建社会的抗议。

腊日出猎因游梅山兰若①

[宋] 梅尧臣

我与二三骑，争驰孤戍旁②。

逐麋逢野寺③，息马据胡床④。

鹰想支公好⑤，人思灞上狂⑥。

归来何薄暮⑦，烟火照溪光。

【注释】

①梅山：在浙江建德县境。兰若：梵语阿兰若之略称，即寺庙。

②戍：营垒，城堡。

③麋：麋鹿。

④胡床：交椅，仿造古代北方少数民族的一种坐具，故称"胡床"。

⑤支公：支遁，晋高僧。《建康实录》："支遁好养鹰马而不乘放，人或问之，曰：'爱其神骏。'"

⑥灞上：长安附近，古为游猎场所。此处喻指梅山。

⑦薄暮：傍晚。

【简析】

景祐三年（1036），作者三十五岁知浙江建德县任上作。腊日，作者简从出猎，追鹿途中恰逢山野小寺，于是进庙稍息。下文，作者以风趣的笔调写鹰也飞累了，所以它对和尚特有好感，因为当年支遁和尚只养鹰却不放猎。写鹰已疲劳，实写人已困乏，但仍"人思灞上狂"，猎兴犹浓，直到日薄西山、炊烟袅袅才回马返城。看来，作者在寺庙稍事休息后，又继续打猎好长时间，但都略而不写，似有似无，留待读者去想象。诗写得开朗、活泼、幽默，反映了作者年轻时乐观、好动的朝气。

腊 日 雪

［宋］梅尧臣

风毛随校猎①，浩浩古原沙。

寒入弓声健，阴藏兔径赊②。

马头迷玉勒③，鹰背落梅花④。

少壮心空在，悠然感岁华⑤。

【注释】

①风毛：班固《西都赋》："风毛雨血，洒野蔽天。"梅尧臣出猎遇雪，故一语双关以"雨血"谐"遇雪"，表达了较丰富的内容。校猎：设栅栏以圈野兽，然后猎取。

②赊：渺茫。

③玉勒：玉饰的马头络衔。

④梅花：形容雪花。

⑤岁华：岁时，季节。

【简析】

　　此诗作于宝元元年（1038）。是年，作者解建德县任入汴京（开封）。从诗中写到"浩浩古原沙"看，此诗似作于汴京郊野。诗写校猎遇雪，逐兔迷径，再引出末尾的感叹：时光易逝，季节更换，自己空有少壮之志，却深感年岁渐"老"，今非昔比了。表面看，作者似乎是感慨年岁不饶人，其实诗人当时不过三十七岁，正当盛年。可见，表面言词之外另有潜台词，内中寄寓了作者胸怀壮志而未能实现的惆怅之感。

腊　　享①

[宋]王安石

明星惨淡月参差②，万窍含风各自悲③。

人散庙门灯火尽④，却寻残梦独多时。

【注释】

　　①腊享：腊日以供品祭祀祖先和神灵。此诗内容系写祭祖。

　　②惨淡：指星光惨淡，喻景象凄凉。参差：差不多。指月亮也暗淡无光，与星星差不多。

③窍：孔、洞。

④庙：此指供祀祖先牌位之家庙。

【简析】

星光、月色惨淡，庙宇千孔透风，这是渲染与制造气氛，写景中渗透了作者强烈的主观情绪，以为下文作烘托。后两句写灯灭人散，诗人却神思恍惚，久久地独立庙外，努力搜寻曾在梦中出现的祖先之音容笑貌，表现了作者发自内心的巨大哀痛和思念。

腊日游孤山访惠勤惠思二僧①

［宋］苏　轼

天欲雪，云满湖，楼台明灭山有无②。

水清石出鱼可数，林深无人鸟相呼。

腊日不归对妻孥，名寻道人实自娱③。

道人之居在何许，宝云山前路盘纡④。

孤山孤绝谁背庐⑤，道人有道山不孤。

纸窗竹屋深自暖，拥褐坐睡依团蒲⑥。

天寒路远愁仆夫，整驾催归及未晡⑦。

出山回望云木合，但见野鹘盘浮图⑧。

兹游淡薄欢有余⑨，到家恍如梦蘧蘧⑩。

作诗火急追亡逋⑪，清景一失后难摹。

【注释】

①孤山：在杭州西湖里、外二湖之间。《梦粱录》："西湖堤上名孤山……其山耸立，傍无联附，为湖山之绝胜也。"惠勤、惠思：为杭州诗僧，二人分别与欧阳修、王安石有交游。

②"楼台"句：形容楼台在云雾萦绕中时隐时现，似有似无的情景。

③道人：指僧人。

④宝云山：在西湖北，自宝云山过西泠桥可入孤山。盘纡（yū）：回环曲折。

⑤庐：居住。

⑥褐：粗布衣。团蒲：蒲团，用蒲草编织的圆垫，僧人坐禅时用。

⑦晡（bū）：申时，即午后三点至五点，此指黄昏。

⑧鹘（gǔ）：一种猛禽，雕类。浮图：寺塔。

⑨淡薄：淡泊恬静。

⑩恍：恍惚。蘧蘧（qú）：情景历历在目。

⑪亡逋（bū）：逃亡者。此指稍纵即逝的诗意。

【简析】

腊日，诗人不守妻孥而登孤山游览并会见诗僧，反映了他豪放的性格。此诗基本上四句一段，由写西湖起笔，依次写去孤山和返归途中所见景色，中间虽穿插一些议论、体验，但以写景为主，故与二僧的会见也略而不写。写景，作者善于剪裁，讲究透视、构图，作者采取远景与近景对比映衬、静景与动态景色穿插、交织的手法，以西湖楼台与池中小鱼、云树四合的山顶、猛禽盘旋的高塔和静坐打禅的寺僧互相穿插，使场景变换、跳跃，节奏明快，而在韵律上又一韵到底，宛如山泉凌空飞下，毫不费力，一气呵成。结尾两句，既表达了诗人赏景归来的愉悦、激动，又道出了创作上的一个秘密：要及时抓住灵感，否则"清景一失后难摹"，一首好诗也许就此永远消失了。

十二月八日步至西村

［宋］陆 游

腊月风和意已春，时因散策过吾邻①。

草烟漠漠柴门里②，牛迹重重野水滨。

多病所须唯药物，差科未动是闲人③。

今朝佛粥更相馈④，更觉江村节物新。

【注释】

①散策：扶杖散步。

②漠漠：弥漫。

③差科：封建官府对民户征劳役和赋税。

④佛粥：佛教称腊日这一天为佛祖生日，佛寺造七宝五味粥供佛，故称"佛粥"。供毕，分送贵家。后传入民间，亦以果子杂拌供佛斋僧，或相互馈赠，俗称腊八粥。馈：以食物送人。

【简析】

此诗作于绍熙三年（1192），此时陆游已近古稀之年，简居于山阴，又病。这一年腊日风和，他扶杖出户走动，但见家家"草烟漠漠"，水滨"牛迹重重"。这本是农村极常见的景象，写来却一派生机，反映了诗人病后初愈外出散心时的喜悦。五、六句写他闲居养病而不应差科，这是承接上文写农民的农事活动而来，因而构成一种对照。"闲人"云云，分明含有内疚、自责之意。结尾两句写他受到村邻热情款待后，眼前节日景物都觉得分外清新，这是陆游赤诚童心的流露。平凡的事，普通的景，在诗人笔下，显得如此亲切动人，反映了陆游和普通农家亲密的友好关系，也反衬出诗人内心的纯朴、真诚、高尚。

谢赐腊药感遇之什①

［宋］范成大

鸿宝刀圭下九关②，十年长奉玺封看③。

扶持蒲柳身犹健④，收拾桑榆岁又寒⑤。

天地恩深双鬓雪，山川途远一心丹。

疲甿疾苦今何似⑥，拜手归来愧伐檀⑦。

【注释】

①腊药：古代腊日朝廷以药物分赐臣僚。什：篇什。

②鸿宝：大宝。刀圭：取药物的量具，此代指药物。九关：天门九重，此喻指皇宫。

③玺封：御印封记。

④蒲柳：蒲和柳，两树树叶早落，比喻卑贱低劣。

⑤桑榆：日西落，夕阳光在桑榆之上，故喻指暮年。

⑥甿（méng）：农民。

⑦拜手：指拜首，一种跪拜大礼。跪时，两手相拱至地，再俯首至手。伐檀：《诗经·魏风》中篇名，内容讥刺不劳而获者。

【简析】

此诗作于淳熙六年（1179），时作者知明州（今浙江宁波）兼沿海制置使任内。古代腊日，皇帝有给臣下颁赐药物的习俗，作者对此是感恩戴德的。但其可敬之处在于他能推己及人，为一般农民着想，联想到他们的疾苦，不禁深感愧疚，觉得自己就像《伐檀》中所讥刺的"君子"不劳而获，因而愧对《诗经》的教诲。

冬舂行①

[宋]范成大

腊中储蓄百事利，第一先舂年计米②。

群呼步碓满门庭③，运杵成风雷动地④。

筛匀箕健无粞糠⑤，百斛只费三日忙。

齐头圆洁箭子长⑥，隔箩耀日雪生光。

土仓瓦龛分盖藏⑦，不蠹不腐常新香⑧。

去年薄收饭不足，今年顿顿炊白玉。

春耕有种夏有粮，接到明年秋刈熟⑨。

邻叟来观还叹嗟，贫人一饱不可赊⑩。

官租私债纷如麻，有米冬春能几家。

【注释】

①冬舂：指冬天腊日舂米。作者诗前原序云："腊日舂米为一岁计，多聚杵臼，尽腊中毕事，藏之土瓦仓中，经年不坏，谓之冬春米。"

②年计米：计算一年所需之米。

③碓（duì）：舂谷的设备。

④杵：舂米用的棒槌。

⑤箕：簸箕，用以筛去米糠。粞（xī）：碎米。

⑥齐头：一种两头椭圆而略短的米。箭子：一种两头稍尖而细长的米。

⑦龛（kān）：盛米器具，即瓦仓。

⑧蠹（dù）：虫蛀。

⑨刈（yì）：割。

⑩赊：长久。

【简析】

作者自淳熙九年（1182）因病归家乡苏州石湖，至光宗绍熙三年，在这段时间内写有组诗《村田乐府》十首，此诗为其中之一。全诗分四段，作者以普通农家的口吻先写春稻谷，次写筛糠储米，再写丰年心情高兴，最后笔锋一转："官租私债纷如麻，有米冬春能几家。"诗人运用先扬后抑、前后映照的手法，借写腊日风俗道出了广大贫苦农民的痛苦和不平。风格朴素平易，亲切自然。

腊　日

［明］李先芳

腊日烟光薄^①，郊园晓望空。

岁登通蜡祭^②，酒熟醵村翁^③。

积雪连长陌，枯桑起大风。

村村闻赛鼓^④，又了一年中。

【作者】

李先芳，字伯承，号北山。监利（今属湖北）人，寄籍濮州（今河南范县）。嘉靖二十六年（1547）进士，历仕刑部郎中等职。著有《东岱山房稿》。

【注释】

　　①烟光薄：一层薄薄的云气。

　　②岁登：丰收之年。通：普遍。蜡祭：古俗腊日祭百神报年成。

　　③醵（jù）：凑份子合钱饮酒。

　　④赛鼓：腊日击鼓驱疫。因家家击鼓，鼓声阵阵，如同竞赛，故称"赛鼓"。

【简析】

　　作者描绘的是一幅农村丰岁腊日风情画。雪后初晴，作者漫步郊游，只见家家蜡祭、户户醉翁，风声中传来远近村落一阵阵腊鼓之声，仿佛在宣告一年的光阴行将结束。诗中的农村风光、生活是充满生意的，但作者又从枯桑、大风、腊鼓声中感到了时光的飞逝。一个"又"字道出了他心中淡淡的惆怅，表达了他对年华逝去的惋惜。

腊　　日

[明] 陈子龙

腊后繁云晓渡河，羊裘独钓漫经过①。

南荣春早寒梅发②，北渚风高阳鸟多③。

江上丈人殊不遇④，杜陵男子意如何⑤。

飞腾此日伤怀抱⑥，惨淡三年废啸歌⑦。

【注释】

　　①羊裘独钓：指穿羊皮衣的钓鱼人。

②南荣：南方地区。因南方冬稍暖，草木独茂，故称"南荣"。

③北渚：河北岸。渚，水边。阳鸟：雁。大雁随阳而迁，故名。

④江上丈人：指河上丈人，为战国燕名将乐毅的祖师（乐毅为河上丈人的四传弟子）。作者用此典表示希望能遇到河上丈人这样的高人、隐士，教给他以复国的本领。

⑤杜陵男子：唐杜甫曾居杜陵（今陕西长安境内），自称"杜陵野老"。这里作者以杜甫之爱国自喻。

⑥飞腾：指仕途上的飞速升迁。陈子龙在1646年曾被福建的南明政权隆武帝（即唐王朱聿键）授任兵部右侍郎左都御史，又被浙江绍兴的南明鲁王监国授以兵部尚书七省总漕之衔。

⑦惨淡三年：1644年明亡，同年福王（即南明弘光帝）在南京监国，到1646年作者写作此诗时共约三年。这三年内，陈子龙多次进行秘密的或公开的抗清活动，终因力量悬殊，均告失败。啸歌：长啸歌吟。

【简析】

此诗似作于1646年。陈子龙抗清斗争失败后隐匿民间，颠沛流离，奔走于苏州、松江之间。这一年腊日，陈子龙仍风尘仆仆于道途。诗的前四句写途中所见，寒梅、大雁点明时令，路上人烟皆无，只有河边一人无语独钓，反映出清兵过江南后洗劫一空，一片荒芜的景象。后四句抒情，倾吐了作者深沉的亡国之痛，哀伤感人。

腊八日水草庵即事①

[清] 顾梦游

清水塘边血作燐②，正阳门外马生尘③。

只应水月无新恨④，且喜云山来故人⑤。

晴腊无如今日好，闲游同是再生身。

自伤白发空流浪，一瓣香消泪满巾。

【作者】

顾梦游，吴江（今属江苏）人，原籍江宁（今江苏南京西南）。明末遗民，贡士出身，晚年生活贫困。工诗文、书法，诗大部分已散佚。

【注释】

①庵：寺庙。

②燐：青色火焰，俗称鬼火。

③正阳门：南京城南门名。（见《读史方舆纪要》卷二十）

④水月：水中月影。此写夜景清净空明。

⑤云山：云雾缭绕的深山。故人：旧友。从下文看，当亦系明末遗民，隐迹山林者。

【简析】

荒野鬼火明灭，城门马蹄生尘。前者写百姓流血，后者写清兵铁蹄蹂躏，这是写时代背景，表达了作者内心的激愤。后六句写国破、战乱之后，与同样遁迹山林的旧友重逢。"闲游同是再生身"，反映了作者惊喜交集的心情。最后两句写二人以腊日祭鬼神的习俗作掩护，一齐来到寺庙点起香烛，国仇家恨同时涌上心头，于是悲从中来，热泪满面。全诗气氛凄凉哀痛，景象对比分明，感情真切曲折。

除夕

除夕，古代又叫除日、除夜、岁除。除，是（一年）光阴已去之意。"十二月尽，俗云'月穷岁尽之日'，谓之'除夜'"（《梦梁录》），即指一年中的最后一天。

　　古代除夕的风俗，首先是大扫除、放爆竹，这都源于古代驱鬼逐邪的迷信活动。古代有一种称作"傩"的仪式，所谓"傩，逐疫鬼也"（《论语疏》），"前岁一日，击鼓驱疫疠之鬼，谓之逐除，亦曰傩"（《吕氏春秋》季冬纪注）。这一天，驱鬼之人称傩人，戴假面具，装成将军、判官、钟馗以逐鬼，后来渐渐演变为大扫除，成为一种讲卫生的习俗了。古人放爆竹也是为了驱怪辟邪，现已演变为纯粹表示辞旧迎新的一种庆贺活动了。

　　其次是吃团圆饭、守岁。这一风俗很早就有。如《荆楚岁时记》载："岁暮，家家具肴蔌，诣宿岁（即守岁）之位，以迎新年。"是夜，"围炉团坐，达旦不寐"（《东京梦华录》）。为什么要"守岁"呢？"俗语云：守岁爷长命，守岁娘长命"（《岁时广记》引《岁时杂记》），"坐以待日，名曰守岁，以兆延年"（《帝京岁时纪胜》）。可见，守岁之目的是希望之母、全家都健康长寿，这一风俗并远传至日本、泰国、越南等东南亚国家。

　　古人在除夕还要祭祖宗、祭神灵，这一风俗今天已少见。另外，还有"藏钩"之戏，类似今天的"击鼓传花"，是广大群众在岁终的一种娱乐休息活动。

守岁二首（选一）

[唐] 董思恭

岁阴穷暮纪^①，献节启新芳^②。

冬尽今宵促，年开明日长。

冰消出镜水^③，梅散入风香。

对此欢终宴，倾壶待曙光^④。

【作者】

董思恭，苏州吴县（今属江苏）人。高宗时，官中书舍人。初为右史，后知考功举，坐泄密事，流配岭表而死。诗为时所重。

【注释】

①岁阴：岁暮。穷：最后，将尽。暮纪：古人以一年为一纪，暮纪即指一纪中最后一月，又称"穷纪"。此句意思是，一年中最后一月的最后一天即将完了。

②献节：献岁，岁首。新芳：新春。芳，芳春也。

③镜水：冰化出水。镜，比喻冰平滑光亮如镜。

④待：等待，指守岁。参见王安石《次韵冲卿除日立春》注③。

【简析】

原诗共二首，此选其一。此诗一作唐太宗李世民作。诗头四句说旧岁将去、新春将到，来年元旦时间正长，正可以尽情欢乐庆贺。接着写冰消、梅香泄露了春光，于是作者兴奋痛饮，坐待新年曙光的到来。其殷勤迎新的心理活动，写来颇真实生动。

除　夜

[唐] 王　谌

今岁今宵尽，明年明日催^①。

寒随一夜去，春逐五更来。

气色空中改^②，容颜暗里回^③。

风光人不觉，已著后园梅^④。

【作者】

王谌，开元年间进士，官右补阙。

【注释】

①催：迫促，迫近。

②气色：景象。

③"容颜"句：指春天景色又悄悄回到人间。

④著：附着。意思是，春色已在梅花上表现出来了。

【简析】

除夜五更，新旧在悄悄交替，寒冬在悄悄隐退，春光已来到门外，这是写诗人心理上的想象活动。虽然"风光人不觉"，但是"已著后园梅"，说明诗人忍不住到院中看了梅花。原来梅花早已感受到春天的温暖而开放了，是它首先透露了春光的消息，梅花是春天的使者。结尾如此一点，全诗皆活，充满了生机，确为画龙点睛之笔。

岁暮归南山①

[唐] 孟浩然

北阙休上书②，南山归敝庐③。

不才明主弃，多病故人疏。

白发催年老，青阳逼岁除④。

永怀愁不寐，松月夜窗虚⑤。

【注释】

①南山：此指岘山。因在作者家乡襄阳之南，故称"南山"。

②北阙：朝见皇帝的宫阙。《汉书·高帝纪》注："尚书奏事，谒见之徒，皆诣北阙。"

③敝庐：称自己破旧的家园。

④青阳：春天。"青"为春天的颜色，"阳"指春天温暖的气候。逼岁除：指四季轮转，春天在后面紧逼着旧岁逝去。喻指时间无情。

⑤虚：空寂。

【简析】

孟浩然早年隐居，后改变想法于开元十六年（728）到长安应进士举未第，时年已四十岁。此诗看来系写于落第之后，诗中作者感叹自己仕途坎坷。"明主弃""故人疏"两句表面自责，实际是对朝廷不会用人和对炎凉世态的牢骚不平。既然出仕无路，于是又退而想到隐居，其实诗人的内心有所不甘，故而心情矛盾。后四句便写岁月无情，隐居中不免时光流逝一事无成，于是孤寂无告之苦闷油然而生。诗人的思绪在出处的十字路口徘徊犹豫，吟而为诗，便显得情致曲折、委婉动人。

除 夜 作

［唐］高 适

旅馆寒灯独不眠，客心何事转凄然①。

故乡今夜思千里，霜鬓明朝又一年②。

【注释】

①客心：客居外地思乡之心。

②霜鬓：两鬓发白。此是想象家中亲人思念自己在外已两鬓添霜的情景。

【简析】

"旅馆寒灯独不眠"，作者起笔点明除夕客居外乡，又用"寒""独"二字渲染诗人此时的凄凉和寂寞。按除夕的习俗，此时本应在家团聚守岁，如今却独卧旅馆，心理上便形成一种强烈的失落感，对比之下分外感觉孤单。写了乡思之后，下文为什么又写"客心转凄然"呢？细加分析，原来这是描述作者当时一种微妙的心理转向，诗人由自己思乡进一步想到家人也同样在思念自己，于是后两句就转而从家人的角度写他们在家中同样夜不成眠，十分痛惜地怀念自己在外乡已两鬓添霜。这种从对面着笔的手法在唐诗中很常见，但高适在这里用得尤其自然亲切。

除夜宿石头驿①

[唐]戴叔伦

旅馆谁相问,寒灯独可亲。

一年将尽夜,万里未归人。

寥落悲前事②,支离笑此身③。

愁颜与衰鬓,明日又逢春。

【注释】

①石头驿:在江西新建西北赣江西岸津渡处,又名石头津。此诗疑作于抚州任上。诗人此行可能是取道赣水,入长江,返故里江苏金坛。

②寥落:寂寞,凄清。

③支离:本指形体残缺不全,此指身体病衰,兼有流离在外与家人分离之意。按作者在地方官任上颇有政绩,在抚州任上却被诬下狱,虽得昭雪,但给诗人心灵刺激很大。所云"悲前事",即指此。悲愤之余,诗人觉得在宦海上浮沉显得太可笑,这是一种苦涩的笑。

【简析】

"寒灯"一盏,也颇觉可亲,其孤独、凄楚便不难想见。接着以除夕本是团聚守岁之夜与自己"万里未归"作对比,表达自己乡愁之深。由于乡思、离愁,又想起仕途的坎坷经历,悲哀之余转而觉得自己至今还在宦海上浮沉实在太可笑。一个"悲"字、一个"笑"字,传神地表现了诗人这一曲折的心理活动过程。结尾一个"又"字,表明诗人客居异乡过年已非一次,今年"又"不能例外,因此又一个新春仍只能在忧愁中度过了。字里行间,流露了无限的悲哀。

弦 歌 行①

[唐] 孟 郊

驱傩击鼓吹长笛②，瘦鬼染面惟齿白③。

暗中崒崒拽茅鞭④，倮足朱裈行戚戚⑤。

相顾笑声冲庭燎⑥，桃弧射矢时独叫⑦。

【作者】

孟郊（751—814），字东野。湖州武康（今浙江德清）人。少时隐居嵩山，贞元十二年（796）进士，任溧阳尉。孟郊诗多反映民生疾苦和下层知识分子穷愁困顿之作，感情真挚。与贾岛齐名，有"郊寒岛瘦"之称。有《孟东野诗集》传世。

【注释】

①行：诗的一种体裁。

②驱傩：驱鬼之仪式。

③瘦鬼：扮作疫鬼者。

④崒崒（zú）：拽茅鞭声。拽：拖。茅鞭：用茅草编的鞭子。

⑤倮（luǒ）：同"裸"。裈（kūn）：有裆的裤子。戚戚：忧惧貌。

⑥庭燎：除夕在庭院中点燃的火炬。

⑦桃弧：桃木做的弓。古人以为鬼怕桃树，故以桃木制弓。独叫：指模拟鬼叫的声音。

【简析】

此诗写唐代除夕驱逐疫鬼的一种习俗。从诗中可以看出，驱鬼固然始于迷信，但作为一种古俗流传至唐，实际已含有娱乐性。首句写击鼓吹笛驱鬼，下文写瘦鬼出场后狼狈可笑的情状：花脸、赤足、红裤，拖一条草鞭，惊惊惶惶、鬼鬼祟祟地行走，于是逗得观众一阵哄堂大笑。这时张弓放箭，瘦鬼发出怪声哀叫，惊慌地逃窜。这场面既是在驱鬼，又分明是在表演一出打鬼的幽默滑稽戏。气氛热烈，描写形象生动。

宫　词①

［唐］王　建

金吾除夜进傩名②，画裤朱衣四队行③。

院院烧灯如白日，沉香火底坐吹笙④。

【注释】

①王建《宫词》共百首，此为其中第八十九首。

②金吾：指执金吾，是警卫宫廷、京师的长官。　傩：本指除日驱逐疫鬼的一种仪式，此指傩人，即驱逐疫鬼之人。

③画裤：彩裤。

④沉香：香木名。唐俗，除夕宫内逐除疫鬼时烧蜡烛、香木，并奏乐。

【简析】

唐宫除夕逐鬼时，傩人戴假面具，穿红衣彩裤，扮作威猛的神，列队在寝殿前驱除疫鬼。宫内四处张灯，庭院中燃蜡烛，烧沉香木，明亮如昼，并奏乐。据记载，此时君主、王妃也都来观看，并有赏赐。王建这首诗便是唐宫除夕习俗和侈靡风气的形象写照。

除夜二首（选一）

［唐］卢　仝

殷勤惜此夜，此夜在逡巡①。

烛尽年还别②，鸡鸣老更新。

傩声方去病③，酒色已迎春④。

明日持杯处，谁为最后人。

【注释】

①逡（qūn）巡：徘徊或不敢前进。

②年还别：辞别旧岁。

③傩声：傩人驱鬼之声。去：同"驱"，逐也。

④迎春：指酒后脸色泛红，如桃花之色，故云"迎春"。

【简析】

原诗共二首，此选其一。作者一作姚合。古代除夕守岁，有保佑父母长命百岁，希望大家都延年益寿的意思。此诗的主旨与此风俗有关，又有所区别。诗的头两句，一个"惜"字点明其主题是惜光阴，珍惜光阴实际上也就等于延年增寿。三、四句是深化：烛尽、鸡鸣，就要辞旧岁迎新年了。这即有迎新之意，又含有对旧岁已去——也就是光阴流逝的惋惜。五、六句写守岁习俗，表示希望去病长寿，同时也是在渲染气氛。最后幽默地反问"明日持杯处，谁为最后人"。按古代习俗，守岁饮酒，年长者最后饮。或许是酒席上有老年人经不住熬夜而中途退席休息，故作者表示要坚持到底，看看明天酒席上谁是该最后饮酒的年长者，表现出诗人蓬勃的朝气和乐观开朗的精神风貌。

除日答梦得同发楚州①

[唐]白居易

共作千里伴，俱为一郡回②。

岁阴中路尽，乡思先春来。

山雪晚犹在，淮冰晴欲开③。

归软吟可作，休恋主人杯④。

【注释】

①梦得：刘禹锡字梦得。楚州：今江苏淮安。

②一郡：指楚州。唐代一度改为淮阴郡。

③淮冰：淮河上封冻结的冰（按：淮河由淮安城北流过）。

④主人：指宴请白、刘二人的东道主。

【简析】

宝历二年（826），白居易以病免苏州刺史，刘禹锡罢和州刺史，二人相会于江南，取道运河结伴北还，途经淮安时写下了这首诗。诗的头两句写离任北归，又和好友同行的双重喜悦心情。中间四句借景抒情。本是阴暗的天气，半途中突然放晴，河冰也将解冻，正好赶路，这又是第三喜，难怪乡思更浓、归心比春光跑得更快了。结尾以玩笑的口吻提醒好友：回乡诗情喷涌，诗可作，但酒不可贪。言下之意是，喝醉酒，就走不成路了。作者表达归心似箭的心情时极有层次，从白天到夜晚，娓娓写来，步步深入，兴奋喜悦之情若见。

除 夜 有 怀

［唐］崔 涂

迢递三巴路①，羁危万里身②。

乱山残雪夜，孤独异乡人。

渐与骨肉远，转于僮仆亲③。

那堪正飘泊，明日岁华新④。

【作者】

　　崔涂，字礼山。江南人。光启四年（888）进士。一生穷愁，壮岁游巴蜀，后又游今陕、甘一带。工诗，多离愁之作。有诗集传世。

【注释】

　　①迢递：遥远貌。三巴：指巴郡、巴东、巴西，在今四川东部。

　　②羁危：指飘泊于三巴艰险之地。

　　③转于：反与。

　　④岁华：年华。

【简析】

　　作者客行他乡，万里迢迢，越走离家乡越远，更加上乱山途中过除夕，旅愁、乡思一齐袭来，心情凄苦。诗的头两句点明地点、处境，三、四句写景，更深一层渲染作者的孤苦。后四句直抒当时心情。今年过去，明年又将在异乡度过，离乡愈远，愈觉得身边僮仆的可亲，为异乡雪夜中孤独的诗人平添了几许温暖。

除 夜 雪

〔宋〕梅尧臣

击鼓人驱鬼^①，漫天雪送寒。

腊从今日尽，花作旧年看。

著树多还堕，随风积更干。

明朝预王会^②，畏湿两梁冠^③。

【注释】

①"击鼓"句：古俗，除夕有傩人（驱鬼者）逐鬼驱邪的仪式。

②预：参加。王会：周公以王城（即东都洛邑）建成，乃大会诸侯，创奠朝仪，史因作《王会篇》以纪其事。此句指明天新年元旦将进宫向皇帝朝贺。

③两梁冠：插有两根横脊的官帽。《后汉书·舆服志》："公侯三梁，中二千石以下至博士两梁。"

【简析】

此诗作于皇祐四年（1052）。除夕大雪纷纷，寒气逼人，外面却鼓声咚咚，傩人正按照传统习俗击鼓驱鬼辟邪。看来，时间已很晚，所以作者开始担心，雪如果还不停，明天元旦朝贺将要把官帽弄湿了。这首诗写了当时除夕风俗的一个侧面。

荆州十首（选一）

［宋］苏 轼

残腊多风雪①，荆人重岁时②。

客心何草草③，里巷自嬉嬉④。

爆竹惊邻鬼，驱傩聚小儿⑤。

故人应怜我，相望各天涯。

【注释】

①残腊：岁暮。

②荆人：荆州一带人。岁时：时节，节令。

③草草：忧虑貌。《诗经·小雅·巷伯》："骄人好好，劳人草草。"

④嬉嬉：纵情游乐。

⑤驱傩：驱鬼的一种仪式，又简称为"傩"。

【简析】

原诗共十首，此选其一。嘉祐四年（1059），苏轼与父苏洵、弟苏辙由家乡眉州眉山（今四川眉山）乘舟出三峡，溯汉水北上，途经荆州去汴京。此诗作于荆州旅途。诗写荆州遇风雪，恰逢当地欢度除夕，爆竹连声，傩人冒雪驱鬼，吸引了一群好奇的儿童，街巷中人人嬉笑游乐。节日的传统风俗触发了作者旅途的客思，乐景写愁，更反衬出作者对远方友人怀念之深。

别　岁

[宋] 苏　轼

故人适千里①，临别尚迟迟②。

人行犹可复，岁行那可追③。

问岁安所之④，远在天一涯。

已逐东流水，赴海归无时。

东邻酒初熟，西舍豨亦肥⑤。

且为一日欢⑥，慰此穷年悲。

勿嗟旧岁别，行与新岁辞⑦。

去去勿回顾，还君老与衰⑧。

【注释】

①适：往。

②迟迟：惜别，犹豫。

③岁：年岁，指光阴。

④之：往。

⑤豨（zhì）：猪。

⑥一日欢：《列子·杨朱》："舜、禹、周、孔，彼四圣者，生无一日之欢，死有万世之名。"此句意思是，我们不是圣人，不要追求浮名，还是抓住现在，珍惜现在。联系下句，字里行间有怀才不遇的不平。

⑦行：将要。

⑧还：回顾。

【简析】

嘉祐七年（1062），作者在凤翔（今陕西凤翔）判官任上"岁暮思归而不可得"，便写了一组回忆四川除夕风俗的组诗寄给兄弟子由。组诗共三首，此为其中第二首。诗以惜光阴为主旨，构思新颖。作者从朋友离别时留恋惜别徘徊不舍起笔，作为下文的对照，然后笔锋一转入正题。朋友走了，尚可回来；时光一去，却无法追回。它无影无踪，到哪里去了呢？原来已追逐江水奔向大海一去不回了，还是乘邻舍酒熟、猪肥，痛饮自慰吧。旧岁刚去，新年又将向人们告别，于是诗人劝慰兄弟：光阴既去，就不要老想着往事，那样只能令人衰老。作者在表达思亲的同时，希望兄弟抓住现在，珍惜光阴，不要为往事忧伤，洋溢着对兄弟的一片深情，并富有哲理色彩。

除夜野宿常州城外二首（选一）①

[宋] 苏 轼

南来三见岁云徂②，直恐终身走道途。

老去怕看新历日③，退归拟学旧桃符。

烟花已作青春意④，霜雪偏寻病客须。

但把穷愁博长健，不辞最后饮屠苏⑤。

【注释】

①常州：今江苏常州。

②云：语助词，无实际意义。徂（cú）：去。作者于1071年冬任杭州通判，至此首尾共三年，故云。

③历日：日历、历书，排列月、日、时令、节候之书。

④烟花：指风光景色。

⑤最后饮屠苏：古俗，农历正月初一，家人先幼后长饮屠苏酒。参见顾况《岁日作》注⑤。

【简析】

原诗共二首，此选其一。熙宁六年（1073）冬，任杭州通判的苏轼赴常州赈灾，此诗即作于此时。两年前（即1071年），苏轼议论朝政，触怒王安石，乃自请外放任杭州通判，至此已三年。苏轼此举实迫不得已，内心是郁闷的，这事从一个侧面反映了王安石缺少听取不同意见的豁达风度。此年除夜，苏轼为了赈灾不能与家人团聚，而抱病"野宿常州城外"，心情不免凄凉。诗中云"老去"正是这一情绪的流露，其实当时苏轼才三十八岁。诗人在愁闷之余又自我宽慰，希望病体好转能够"长健"，以便有一番作为，直至真正老境的到来。愁闷时能精神上自我解脱，不为苦闷所压倒，或退一步想，求取心理上的平衡，似乎这正是苏轼"旷达"的表现方式。

除夜对酒赠少章①

［宋］陈师道

岁晚身何托②，灯前客未空。

半生忧患里，一梦有无中。

发短愁催白，颜衰酒借红。

我歌君起舞，潦倒略相同。

【注释】

①少章：秦觌（dí），字少章，著名词人秦观之弟。

②托：依托，依靠。

【简析】

陈师道一生清贫，有时经日断炊，直到三十四岁才由苏轼荐任徐州教授。此诗似作于任职以前。头两句写自己除夜孤单，有客来陪，自感十分快慰。中间四句回忆自己半生穷愁，未老已衰。"一梦有无中"是写诗人的梦想、理想，因从未实现，思想起来便自感虚无缥缈。"有无"二字，传神地反映了诗人这时茫然若失的心情。结尾两句与开头呼应，由于主客潦倒略同，同病相怜，于是一人吟诗，一人踏歌起舞，以互慰寂寞、穷愁，表现了两人相濡以沫的深厚友谊。写得情真意切，凄婉动人。

除　夕

[宋] 唐　庚

患难思年改，龙钟惜岁徂①。

关河先垄远②，天地小臣孤。

吾道凭温酒③，时情付拥炉④。

南荒足妖怪⑤，此日谩桃符⑥。

　　唐庚（1071—1121），字子西。眉州丹棱（今属四川）人。绍
圣年间（1094—1097）进士，为宗子博士，张商英荐为提举京畿常
平。张商英罢相，坐贬惠州（今广东惠阳）。赦还，官承议郎，后
病死于回蜀途中。诗风简洁，有集传世。

【注释】

　　①龙钟：老态。徂：去。

　　②先垄：祖先坟墓。

　　③道：思想体系。这里指自己的理想。

　　④垆（lú）：放酒瓮的土台子。

　　⑤南荒：当指惠州，古代视为蛮荒之地。足：过分，多。

　　⑥谩：通"漫"，随意。桃符：参见王安石《元日》注④。

【简析】

　　广东惠阳，属岭南，古代荒凉，一向被视为畏途。作者流贬于
此。除夕，百感交集。头两句写内心的矛盾：身处窘境，希望旧岁
一去，来年有一个转机。另一方面，年事已高，又怕岁月无情。中
间四句写客居外乡的孤寂、乡思，因而情绪有些消沉，一切抱负、
情思统统付之饮酒吧。结尾呼应前文，荒凉多妖之地，虽逢佳节也
提不起精神，那就马马虎虎换上一副新桃符，权当辞旧迎新吧。

除夜二首（选一）

[宋] 陈与义

城中爆竹已残更，朔吹翻江意未平①。

多事鬓毛随节换②，尽情灯火向人明③。

比量旧岁聊堪喜④，流转殊方又可惊⑤。

明日岳阳楼上去，岛烟湖雾看春生⑥。

【注释】

①朔：指北风。意未平：心潮翻腾起伏。

②"多事"句：意思是，国家处于多事之秋，自己心情本来就烦乱，而鬓发偏又"多事"，年年随着节序的更换增添白发，越发增加自己的烦恼。

③尽情：多情。

④"比量"句：写此诗的前一年正月，作者避金兵奔房州（今属湖北）。作者有诗描述当时的危险处境云：金兵"铁马背后驰……脱命真毫厘"。相比之下，今年的情况就"聊堪喜"了。比量，比较。

⑤流转：辗转流亡。殊方：异乡。

⑥岛：指洞庭湖中的君山。

【简析】

原诗共二首，此选其一。此诗作于建炎二年（1128）。陈与义经历靖康之变，"避虏（金兵）连三年"，颠沛流离于湘、鄂之间。这首诗写于流亡途中，故感慨颇深。头两句暗写守岁，并透露了作者通宵不眠的真正原因是因为心绪烦闷（"意未平"）。三、四句以灯火多情喻佳节之美好，但又感叹自己双鬓已悄悄染霜。五、六句写扶今思昔，喜忧交织的心情。结尾说：明天就是元旦，可登岳阳楼看洞庭湖君山之春色了。但"看春生"实际寄托了作者对国家、对民族未来命运的殷切期望和信念，语义双关，故清人评论这两句"闲淡有味"。

除 夜 雪

［宋］陆　游

只怪重衾不御寒①，起看急雪玉花干②。
迟明欲谒虚皇殿③，厩马蒙毡立夜阑④。

【注释】

①衾：被子。

②玉花：雪花。

③迟明：黎明。谒：晋见。虚皇殿：天皇宫殿，实喻朝廷。

④夜阑：夜将尽。

【简析】

此诗作于淳熙十四年（1187），作者在严州（今浙江建德）知州任上。陆游是一个热诚的爱国者，写此诗时官不过一小小知州，且已是六十三岁的高龄，而锐气不减当年。诗中写年终严寒之夜，急雪纷飞，一匹战马蒙着毛毡待命。诗人想驾着它驰往何处？诗中说是"迟明欲谒虚皇殿"。上天，当然只是一种比喻和象征性的说法，借以表达作者时时不忘向朝廷请缨杀敌的壮志豪情。也不妨说，整装待命的战马，实际上正是作者本人的自我写照。写来感情真挚深沉，含有丰富的弦外之音、象外之境。

除夜自石湖归苕溪①

[宋] 姜　夔

细草穿沙雪未消，吴宫烟冷水迢迢②。

梅花竹里无人见③，一夜吹香过石桥④。

【作者】

　　姜夔（1155—1221？），字尧章。饶州鄱阳（今江西波阳）人。因不满秦桧当政，一生未仕，遨游山水，往来长沙、汉阳、扬州、杭州、湖州、合肥之间。后隐居湖州（今属浙江），因邻近苕溪白石洞天，故号白石道人，终于杭州。长于诗词，又晓音律，能自制曲。词重格律，为南宋格律派词人代表之一。著有《白石道人诗集》。

【注释】

　　①石湖：在苏州市西南，在吴县与吴江之间。苕溪：水名，在吴兴境内，注入太湖。此处代称吴兴，为作者住地。

　　②吴宫：指馆娃宫，春秋时吴国王宫。故址在今苏州灵岩山，此代指苏州。烟冷：形容荒凉冷落。迢迢：形容水向远处流去的样子。

　　③"梅花"句：指生在竹林中的梅花，人们不易看见。

　　④吹香：风送梅花香气。

【简析】

　　全诗写自苏州起程到快抵达住家时一夜旅程上的情景。"细草穿沙雪未消"，连穿沙而出的小草也历历在目，说明这是上船前岸上所见。"吴宫烟冷水迢迢"，写登舟后船渐离苏州，所以远望吴宫烟云迷蒙，河水迢迢，景色凄迷，表达了诗人离别姑苏时惆怅惜别的心情。后两句，所写时间已是深夜，天色昏黑，故而写的全是听觉感受。夜间行船四周寂静一片，夜风送来竹枝摇动的声音和阵阵梅花的幽香，告诉诗人船已过石桥，离家不远了。字里行间透露了诗人抵家时由衷的喜悦，与前两句的色调恰成对比。全诗意境幽美俊秀，是一篇不可多得的写景佳作。

除　夜

［宋］文天祥

乾坤空落落①，岁月去堂堂②。

末路惊风雨③，穷边饱雪霜④。

命随年欲尽，身与世俱忘。

无复屠苏梦，挑灯夜未央⑤。

【注释】

　　①落落：虚空广大貌，从而映衬出己身的孤独。

　　②堂堂：盛多貌，反衬来日无多。

　　④末路：路之尽头，喻王朝末世或人之晚年。

　　④穷边：指穷途。

　　⑤未央：未尽。

【简析】

　　此诗作于至元十八年（1281），时作者在大都（今北京）狱中。特殊环境中方能产生特殊的饱蘸血泪的诗篇。除夜，文天祥身陷图圄，壮志成空，产生天地空阔、岁月空流的孤寂感。"末路惊风雨",是为故国风云突变,一朝覆亡而震惊;下句"穷边饱雪霜"才是写自己,国家、个人都已经走到路的尽头。作者自知旧岁一去,自己的死期也就不远,所以表示必死之决心:"无复屠苏梦",自己决不再考虑合家团聚饮屠苏酒的一天。"挑灯夜未央",既表示守岁,又有"长夜漫漫何时旦"的意思,个人的死算不了什么,但愿长夜早日结束,国家、民族的黎明赶快到来。全诗磊落悲壮,十分感人。

除　夜

[金]郦　权

殊方节物老堪惊①,病怯诸邻爆竹声。

梨栗异时乡国梦②,琴书此夕故人情③。

眼看历日悲存殁④,泪溅屠苏忆弟兄。

白发明朝四十七,又随春草一番生。

【作者】

　　郦权(？—1190),字元舆。河南安阳人。金明昌初召为著作郎,未几卒。有《坡轩集》。

【注释】

　　①殊方:异乡。

　　②梨栗:除夕的节日果品。

　　③琴书:皆指故人平时抚弄、阅读的东西。

④存殁：存亡。

【简析】

这是除夕思亲伤怀之作。头两句扣题，点明时令及病居异乡的窘境，为全诗定下基调。中间四句写思乡、思亲，哀悼亡者。结尾两句吟叹岁月流逝，白发与春草同生。诗的色调哀伤凄苦，比较低沉。

客 中 除 夕

［明］袁 凯

今夕为何夕，他乡说故乡。

看人儿女大，为客岁年长。

戎马无休歇①，关山正渺茫②。

一杯柏叶酒，未敌泪千行。

【作者】

袁凯，字景文，自号海叟。松江华亭（今上海松江）人。元末为府吏，博学有才。洪武三年（1370），荐授御史，以言语触怒朱元璋，惧祸，佯狂得免，乃告归乡里，性诙谐，终免于难。工诗，有盛名。尝赋《白燕诗》，极工丽，为时人所称道，称为"袁白燕"。有《海叟集》传世。

【注释】

①戎马：军马，代指战争。

②"关山"句：指关山重重，家乡相隔遥远。

【简析】

这应是元末明初战乱时期写的离乱思乡诗。前四句写在他乡看到别人的儿女逐渐长大，引起了自己思乡、思儿女的愁绪。后四句点明当时的战争环境，加上关山重重回乡艰难，一杯薄酒又怎能消满腹乡愁，于是悲从中来热泪千行。全诗写自己思乡情绪的产生和回乡希望渺茫的心理活动，细腻、真切。

除夜太原寒甚①

［明］于　谦

寄语天涯客②，轻寒底用愁③。

春风来不远，只在屋东头④。

【作者】

于谦（1398—1457），字延益。钱塘（今浙江杭州）人。永乐年间进士，历仕监察御史，及山西、河南、江西巡抚，兵部尚书等职，在地方官任上兴利除弊，政声卓著。正统十四年（1449），蒙古之一支瓦剌内侵俘英宗，于谦拥立英宗之弟为帝，率军退敌。次年，瓦剌放回英宗。七年后，英宗乘景帝病危政变复辟，于谦遂被诬杀害。其诗风乐观，质朴刚劲。有《于忠肃公集》。

【注释】

①太原：今山西太原。

②天涯客：远方飘泊之人。

③底用：何用。

④屋东头：比喻近在眼前。

【简析】

此诗应作于山西巡抚任上。除夜已是残冬，却出现"寒甚"的天气，作者抓住这件事抒发了不畏艰难和坚信来日的信念。前两句是鼓舞激励异乡的游子。除夕本来很冷，作者却轻描淡写地用一个"轻"字表示对严寒的藐视。后两句意思更进一层："春风来不远，只在屋东头。"作者以浅近的比喻，指出除夕意味着残冬，春天已经悄悄来到了身边，概括了比字面涵义深广得多的人生体验：当人们处境恶劣之时，也往往是转机即将出现之时，寓意是很深刻的。（姜东）

辛巳越中除夕（选一）①

［明］陈子龙

两年故国思难裁②，此夕他乡春又回。

五夜管弦金屋暖③，千门帘幕火城开④。

且将嬉燕随民俗⑤，幸有丰登愧吏才。

岁月莫愁容易尽，风光次第逐人来⑥。

【注释】

①辛巳：崇祯十四年（1641）。时作者任绍兴府推官，并署理诸暨县知县。

②"两年"句：1640年作者守孝（母丧）毕，离家进京请起复，授任绍兴推官，至1641年前后刚好两年。故国：故园，家乡。裁：控制，制止。

③五夜：古人把一夜时间分成五段，称五夜。此指整个夜晚。金屋：华丽之屋。

④火城：地方官节日出行时，排列火烛多至数百炬作仪仗，谓之"火城"。

⑤嬉：玩乐。燕：宴饮。

⑥次第：依次。

【简析】

原诗共二首，此选其一。诗首句写思乡，但这乡思很快为眼前除夕的热闹景象所转移和改变。通宵乐音绕耳，烛光中炬，风光诱人。"且将嬉燕随民俗"，诗人在与民同乐中心情也由愁转喜了。陈子龙的高兴还应当联系当时的社会背景，才能理解深刻。原来，此年春绍兴一带发生饥荒，陈子龙曾在此地赈灾，幸好夏秋"丰登"，局势才转危为安。百姓欢乐，陈子龙也为之高兴，以至连萦绕心头的思乡之情也为之淡化乃至消失了。这反映出陈子龙的感情比较贴近人民，是应予肯定的。

壬辰除夕寓湄州禅院①

〔明〕张煌言

浪迹天涯又岁寒，强将枯影对辛盘②。

乡心暗逐鲸波泻③，世事明随渔火看。

柏叶尊前催律吕④，莲花漏上换支干⑤。

江山百战浑非旧，留得磻溪把钓竿⑥。

【注释】

①壬辰：1652年。湄州：湄州岛，在福建莆田湄州湾外。禅院：寺庙。

②辛盘：元旦迎春，以葱、韭、蒜、薤（xiè）等辛辣味食品装盘，谓辛盘。参见杜甫《立春》注①。

③鲸波：鲸鱼掀起的大浪，此喻海浪。

④柏叶：指柏叶酒。律吕：古人以音乐上的十二调（简称律吕）应十二个月。此处即以律吕代指时间。参见朱淑真《立春古律》注①。

⑤莲花漏：指刻有莲花的铜壶滴漏（计时器）。换支干：古人以天干（甲乙丙丁……）、地支（子丑寅卯……）两两相配以纪年，换支干即换新年。

⑥磻（pán）溪：在陕西宝鸡市东南，源出南山，北流入渭河，传说为姜子牙未遇周文王时垂钓之处。

【简析】

1652年，张煌言等率领撤退至福建的浙东抗清义师驻军湄州岛，为北伐收复浙江等地作准备。诗的头两句点明时令，第三句写"乡心"，表明作者收复失土的决心，故而下句写"世事明随渔火看"，意思是：局势犹如远处海上的渔火时暗时明，表达他不怕挫折的信念。然后，由岁月易逝追怀这几年河山改貌，战火遍地。由于敌我力量的悬殊，作者想到万一失败后的退路，所以末句说"留得磻溪把钓竿"，到时就学当年的姜太公隐居垂钓以待时机，表现出作者坚忍不拔的意志。

乙酉岁除八绝句（选一）①

[清] 傅　山

纵说今宵旧岁除②，未应除得旧臣荼③。
摩云即有回阳雁④，寄得南枝芳信无⑤。

【作者】

傅山（1607—1684），字青主。山西阳曲人。明秀才，明亡，换道士装隐居山西青羊山，住土穴。清康熙中，被举试博学鸿词科，强征至京，授官，以死坚辞，得放归，家居行医为生。博学，兼工书画、诗文。有《霜红龛集》。

【注释】

①乙酉：顺治二年（1645）。岁除：年终。

②纵说：纵然说。

③旧臣：作者是明遗民，故自称"旧臣"。荼：苦菜，喻苦。

④"摩云"句：指大雁高飞接云。回阳雁：大雁每年秋冷飞向南方，第二年阳春转暖再飞回北方，因随阳而迁，故称"回阳雁"。

⑤"寄得"句：用雁足传书的典故。意思是，大雁能从南方带来佳音吗？南枝，梅树向南的树枝，此处用以表示对南明唐王朱聿键在福建的政权的怀念。芳信，佳音。

【简析】

原诗共八首，此选其一。作者是明末遗民，作诗的这一年距明亡不过两年，且福建的唐王朱聿键的南明政权还在进行抗清活动，所以作者既有亡国之遗恨，又抱有复国之希望。头两句作者巧用"除"字的多义性，就除夜"未应除得旧臣茶"表达了时时萦绕心头的亡国之痛。后两句希望春暖雁回，从南方带来抗清胜利的佳音，反映了作者的爱国热忱。

台湾竹枝词（选一）

[清]钱　琦

除夕先除一岁凶，门前压煞火云红①。
眼看猛虎低头去，不用为文更逞穷②。

【注释】

①压煞：除夕用红纸做成虎形，虎口充以鸭血，于门外燃之，名为"压煞"。

②文：指虎身花纹。穷：指凶恶之极。

【简析】

古代除夕风俗要驱鬼，台湾则流行"压煞"，都是希望驱邪消灾、来年幸福的意思。这首诗反映了台湾除夕风俗的一个侧面。后两句并想象恶虎低头逃去的情状，写来风趣诙谐。

岁 暮 到 家

［清］蒋士铨

爱子心无尽，归家喜及辰①。

寒衣针线密，家信墨痕新。

见面怜清瘦，呼儿问苦辛。

低回愧人子②，不敢叹风尘③。

【作者】

蒋士铨（1725—1784），字心余，号清容居士。江西铅（yán）山人。乾隆二十二年（1757）进士，授翰林院编修，晚年主讲书院。其与袁枚、赵冀并称"江右三大家"，诗风浑厚、奔放，散文、戏曲亦有名。有《忠雅堂集》等。

【注释】

①辰：通"晨"。

②低回：徘徊。

③风尘：喻旅途艰辛。

【简析】

在一年的最后一天，客居异乡的游子有谁不归心似箭？"爱子心无尽，归家喜及辰"，表现了作者在年底及时赶回家中的高兴心情。这高兴当然包含了作者见到母亲的喜悦，而更主要是因为给了母亲以精神上的安慰。三、四句则通过寒衣、家信两个细节，写母对子的关怀和子对母的感激。一路风尘仆仆归来，本有多少旅途的艰辛欲待诉说，但母亲一见面就怜惜儿子"清瘦"，因而千言万语也不忍心说出口了。诗中写的这些心理活动和生活细节很真实、典型，使人似闻若见，因而很能激起人们的共鸣。

癸巳除夕偶成①

［清］黄景仁

千家笑语漏迟迟②，忧患潜从物外知③。

悄立市桥人不识④，一星如月看多时。

【注释】

　　①癸巳：乾隆三十八年（1773），作者自安徽回乡过年时作。

　　②漏迟迟：时间慢慢流逝。

　　③潜：暗暗地。物外：指超越事物外部表象观察事物。

　　④悄立：寂寞惆怅貌。

【简析】

　　除夕之夜，在千门万户的笑语声中，作者却产生一种莫可名状的忧患之感，这种感觉是作者由"物外"得知的，也可以说是用一种超越世俗的眼光冷眼观察世相所得的一种预感。因而他又有一种众人皆醉我独醒的孤独感，"悄立市桥人不识，一星如月看多时"正是这一心境的反映。诗中所表现的忧患感和孤独寂寞感，很容易使人联想起同样产生于乾隆"盛世"背景下的《红楼梦》中贾宝玉的孤独和寂寞情绪。

初 版 后 记

姜　云

　　一个民族的传统节日，是该民族在其历史发展过程中逐步形成的。它反映了本民族历史进程中的生产生活方式、习俗风情、民族心理、愿望信仰、伦理道德、文学艺术，乃至历史、地理、时令等多种内容，因而传统节日是形成民族凝聚力的民族心理因素之一。由于节日特别能触发人们的思绪、灵感，古代的诗人对佳节而吟，写下了大量优秀的节令诗，其中一部分是传诵千古的佳作。其内容或思亲怀友，或抒写豪情，或壮志难酬、忧国忧民，或吟唱祖国大好河山。回想自己的少年时代，清明节听先君培英公讲唐诗名句"清明时节雨纷纷"，端午听先祖竹轩公说屈原投江，七夕听母亲说牛郎织女相会，那时心里曾涌起过多少遐想，而今天有幸编这本节令诗真是感慨万千。

　　此书的编写，从一开始就得到汪贤度先生的大力支持和帮助。从体例、选目诸方面，都采纳了他不少建设性意见。他利用晚上读完全部书稿，提出许多中肯意见，又为本书作序。田树生先生修正了不少错讹、欠妥之处，付出了艰辛的劳动，借此机会向他们表示衷心的感谢。笔者还要深切感谢启功先生，他不顾高龄在病中为本书题签，故而笔者在感到十分荣幸之余，内心是深为不安的。

　　本书共收节令诗三百余一首。大部分篇幅由笔者编撰，宋平参加了相当一部分诗篇的校注和资料收集理工作，另有一部分诗篇的"简析"则由姜东撰写初稿，在此一并说明。本书的缺点、错误之处，恳请广大读者批评指正。

1987年3月初稿

1988年6月修改于安徽大学

出版后记

  中国是诗歌的国度，流传至今的诗歌更是数量惊人，抒写的题材也是多种多样。姜云先生选注的《古人吟佳节》属于专题性的诗歌选本，该书从汉代至清代的大量诗歌中选取了有关歌咏传统节令的诗篇三百余首，按元日、立春、元宵、寒食、清明、端午、七夕、中秋、重阳、腊日、除夕等十一个节令分类整理，并对每一个节令都作了源流演变、风俗习尚的介绍，还对每首诗作了简明的注释和精妙的赏析，使得这些古典诗歌作品的思想性和艺术性以及诗歌中体现的风情民俗得到了更好的呈现。

  在本书分类整理的十一个节令中，有些节日从古代一直延续到现代，如元宵、清明、端午、中秋、重阳、除夕等，而有些节日已经是单纯的时令节气或者已经消失了，如立春、寒食、腊日等已不是我们现代意义的传统节日了，但它们依然是中华传统文化的一部分，我们也有必要知道和了解这些节日，并理解和体会古人赋予这些节日的意义和价值。正如姜云先生在初版后记里所说，一个民族的传统节日是该民族在其历史发展过程中逐步形成的，它反映了本民族在其历史发展进程中的生产生活方式、习俗风情、民族心理、愿望信仰、伦理道德、文学艺术，乃至历史、地理、时令等多种内容，因而传统节日是形成民族凝聚力的民族心理因素之一。所以，这本书同时满足了诗歌欣赏和文化传承两个方面的需求，既反映了时代的社会风貌，又表现了诗人的生活和情感。此书从1989年首次出版至今虽已经过去了近三十年，但它依然在市场上有一定的影响力并为读者所念念不忘，足以证明它是一部真正的好书，也具有在当下重新再版的价值。

《古人吟佳节》一书是在语文出版社1989年初版本的基础上修订再版的。鉴于选注者姜云先生已于2007年去世，本书的结构、体例、篇目等保持不变，主要修订了内容的部分错讹以及部分过于偏颇和不合时宜的观点，并由姜云先生之子姜东先生（也是《古人吟佳节》初版本部分赏析的作者）进行了全书的审订。同时，保留了初版本启功先生的书名题字，并邀请了著名文史作家、前语文出版社文化图书部主任十年砍柴倾情作序推荐。希望这本书能给广大古典诗词爱好者和民俗研究者带来诸多裨益，也为中国古典文化的传承和发展贡献力量。

2017年7月